BIANCA PALMA

Römische Vergeltung

Über die Autorin

Bianca Palma studierte Musik und arbeitete als Dolmetscherin in Rom. Zeitweise lebte sie auch in Sizilien und einem sturmumwehten Bergdorf in Umbrien. Heute verbringt sie die Sommermonate in Italien, den Rest des Jahres lebt sie mit ihrem Jack Russel in Deutschland. Sie liebt Verdi, Wagner und die internationale Filmszene.

BIANCA PALMA

Römische Vergeltung

Ein Fall für Commissario Caselli

Kriminalroman

5. Fall

be THRILLED

beTHRILLED

Vollständige ePub-to-Print-Ausgabe des in der Bastei Lübbe AG erschienenen eBooks »Römische Vergeltung« von Bianca Palma

beTHRILLED in der Bastei Lübbe AG

Textredaktion: Beke Ritgen
Lektorat/Projektmanagement: Stephan Trinius
Covergestaltung: Christin Wilhelm, www.grafic4u.de unter Verwendung von Motiven von © shutterstock: gyn9037 | ilolab
Satz: 3w+p GmbH, Rimpar
Druck: Books on Demand GmbH, Norderstedt

ISBN 978-3-7413-0132-2

www.be-ebooks.de
www.lesejury.de

FSC
www.fsc.org
MIX
Papier aus verantwortungsvollen Quellen
Paper from responsible sources
FSC® C105338

1

Der starke Stahl der Dusche traf auf Casellis Schultern. Das heiße Wasser tat gut. Er legte den Kopf in den Nacken. Abertausende Wassertropfen rannen über sein Gesicht. Er blieb eine Weile unter dem Strahl stehen, dann griff er nach dem vom Hotel zur Verfügung gestellten Duschgel. Während er es großzügig auf dem Körper verteilte, spürte er, dass seine Brustmuskeln an Umfang gewonnen hatten. Das Gerätetraining fruchtete. Der Spa-Bereich des Hotels ließ keine Wünsche offen, und er hatte ihn in den letzten Wochen genutzt, sehr oft, beinahe öfter als er in der Questura gewesen war.

»Brauchst du noch lange, *Chéri?*«, hörte er Chantal aus dem Zimmer rufen. »Schwarzes Hemd? Ich lege es dir raus, *ca va bien?*«

»Ja …!«, rief Caselli durch den Dampf. Er hörte das Wasser im Abfluss gurgeln, sah den feinen Schaum von den edlen Schieferfliesen rinnen, auf denen er stand. Er öffnete die Glastür der luxuriösen Dusche und griff nach dem großen, weißen Badetuch. Er trocknete sich zügig ab, schlang es sich um die Hüften und sah in den Spiegel über dem Waschbecken. Sein Haar war kürzer, *stile imperatore romano.* Der ultraperfekte Haarschnitt eines Star-Coiffeurs, der Chantals uneingeschränktes Vertrauen besaß. Einmal mit dem Kamm darüber, fertig. Ein letzter Blick. Caselli spannte die Kiefermuskeln an. *Bin ich das?* Der Zweifel währte nicht, denn er hörte Chantals Lachen am Telefon. Ihr Lachen, das er liebte. Und in diesem Moment wurde ihm richtig bewusst, dass er nun eine Frau an seiner Seite hatte – und was für eine. Er brauchte das Lächeln nicht zu unterdrücken. Ja, da war Stolz, tiefe Befriedigung und ein Glücksgefühl, das er lange vermisst hatte. Chantal … eine Frau, die jeder begehrte, jeder haben wollte, mit Stil, Klasse und Eleganz, liebenswert, klug und bildschön. Er hatte sie. Doch … zu welchem Preis? Caselli sog tief Luft ein und atmete angestrengt durch. Dann griff er nach einem der Flacons, die die Hausdame für ihn auf dem Silbertablett arrangierte, eine Auswahl Düfte, zugeschnitten auf seine Wünsche. Caselli sprühte seinen Oberkörper ein. Chantal mochte das. Die Stunden mit ihr, der Nachmittag im Hotel, die Hitze der Mittagssonne, ausgesperrt hinter den venezianischen Fensterläden, durch deren schmale Schlitze gleißend helle Lichtstreifen blitzten. Gegen vier Uhr dann die kühle Brise, die den Vorhang bewegte. Caselli wandte sich um und öffnete die Badezimmertür. Sein erster Blick fiel auf die zerwühlten weißen Laken, das Bett, auf dem sie sich geliebt hatten … und auf Chantal. Sie war vor ihm im Bad gewesen und nun ausgehfertig. Noch ein Handgriff an den Valentino Rockstuds und das Riemchen, das sich atemberaubend um ihre Fußknöchel schlang, saß. Caselli blieb in der Tür stehen, um das Bild ganz in sich aufzunehmen. Chantals feminine Figur, das kleine Schwarze, die langen Beine, der graziöse Schwung, mit dem sie von der Bettkante aufstand, das Haar zurückschüttelte und lächelte. Casellis Augen blitzten auf. Zwei Schritte, und er war bei ihr.

»Oh, Alessandro …«, flüsterte sie, als er sie aufs Bett warf und küsste. Jede andere hätte gesagt, er solle aufpassen, dass er ihr Kleid nicht zerdrückte oder das Make-up nur ja nicht litt. Doch sie sagte nur: »Oh, Alessandro …«, erwiderte seinen Kuss und drängte sich hingebungsvoll an ihn. Caselli ließ die Hand über ihre nackte Haut gleiten, die der tiefe Rückenausschnitt freigab, spürte die aufgestickten Pailletten auf dem Stoff, der über ihren Rundungen spannte, und verlor sich erneut in Chantals Armen. Das Läuten des Hotelapparats unterbrach sie.

»Das ist Kabir …« Chantal stemmte überraschend entschlossen eine Hand gegen Casellis Brust. »Er hat vorhin schon mal angerufen … wir dürfen ihn nicht länger warten lassen.« Sie machte sich los, stand auf und zog das Cocktailkleid zurecht. Caselli nickte.

»Deine Sachen liegen auf dem Stuhl. Ich gehe ins Bad und frische den Lippenstift auf.« Ein Lächeln, ein Blick und eine Drehung des Kopfes, die Caselli wie in Zeitlupe auskostete. *La femme.* Er schnaufte. Sie war hinreißend. Ja, das war sie.

Caselli kleidete sich an. Als er sich bückte, um nach den Lackschuhen zu greifen, die er zum Smoking tragen würde, spürte er leichten Schwindel. Das ging schon eine Weile, sicher nur die Liebe. Die mache einen Mann schwach, sagte man in Sizilien. *Far l'amore indebolisce.*

Caselli zog gerade das Hemd über die Schultern, als Chantal aus dem Bad trat. Er schloss die Manschette. Chantal hauchte einen Kuss in seine Handfläche. »Komm, ich helfe dir!« Sie stellte sich vor ihn, und Caselli straffte die Schultern.

»Das machst du doch extra!«, lachte sie, als das Hemd über seiner Brust spannte und sie Mühe hatte, die verdeckten Knöpfe zu schließen. »Die Größe passt. Alberto misst exakt. Ausatmen! Los!«

Caselli lachte.

»Also, ich hätte ja plissiert genommen …«, meinte sie, hörte beim Knopf in der Mitte auf und strich über die Blende.

»Nie im Leben. Plissee tragen schwule saudische Prinzen wie dein Kabir.«

»So kann man das nicht sagen. Wir verkaufen im Laden viele davon. Und Kabir ist weder schwul noch ein Prinz. Er ist ein sehr, sehr reicher Geschäftsmann und Diplomat seines Landes. So, fertig.«

Sie trat einen Schritt zurück, und Caselli sah sich gemustert. »Ach, du sieht einfach fantastisch aus …«, flüsterte sie angetan, drückte sich an ihn und schob ihre Hand unter sein halb offenes Hemd. Während sie an seiner Kinnpartie schnupperte, glitt die Hand ein wenig tiefer. Chantals Seufzen ließ Caselli schmunzeln. Dann ließ sie von ihm ab, nahm das Jackett und reichte es ihm. »Schwarz steht dir unglaublich gut, Alessandro.«

»Danke«, Caselli zog es über. »Das Kompliment kann ich nur zurückgeben.« Er stippte einen Fusel von der Seide des Schalkragens, dann schloss er zwei der drei Knöpfe, die Chantal offen gelassen hatte. »Gehen wir?«

»*Oui.*« Chantal griff nach ihrem bestickten, schwarzen D&G-Abendtäschchen. »Das habe ich gesehen. Lass sie doch offen!«

»So laufe ich nicht herum.«

»Aber das machen jetzt alle so.«

»Ich nicht.«

»Aber es ist sexy und *en vogue.*«

»Tut mir leid. Es muss dir der *sexy* Rest genügen. Meinen Solarplexus kannst du dir ansehen, wenn wir allein sind. In der Öffentlichkeit trage ich ein Hemd nicht bis zum Magen offen. Das macht man nicht.«

»Ach, *Chéri!*«, seufzte sie. »Na, wie du willst. Also dann … *dans de combat!*«

Caselli sah sie kurz von der Seite an. Sie gingen auf eine Party, um sich zu amüsieren. Sie zogen nicht in einen Kampf. Oder empfand sie das etwa so?

Chantal zog Blicke auf sich, als Caselli mit ihr die Hotelhalle durchquerte. Das Publikum im de Russie an der

Piazza del Popolo war geldschwer. Eigentlich nicht seine Welt. Chantal hatte das zu seiner Welt gemacht, und Caselli wusste sich in dieser neuen, faszinierenden Umgebung durchaus zu bewegen. Nur, wo sollte das hinführen? Er gab viel Geld aus, weit mehr, als er sich leisten konnte, und seine Arbeitsmoral hatte gelitten, euphemistisch ausgedrückt. Er merkte das, und es war ihm ganz und gar nicht gleichgültig. Vor dem Privat-Lift, der sie in die Nijinski-Suite bringen würde, zog Caselli Chantal an sich und küsste ihren Hals. Sie trug den klassischen Duft von Balenciaga, den er so an ihr mochte. Sie umschloss fest seine Hand, und sie warteten eng beieinander, dass der Aufzug sich mit einem leisen Klingelton öffnen würde.

Der Gastgeber, ein saudischer Geschäftsmann, residierte in der Loft. Die Dachterrasse bot einen atemberaubenden Blick über Rom. Die Entourage des Saudis hatte für drei Monate die ganze obere Etage in Beschlag genommen.

Als sich der Lift öffnete, bot sich das gewohnte Bild. Im Entree kontrollierten zwei bullige, mehr US-amerikanisch als arabisch wirkende Bodyguards die Gäste. Sie grüßten. Caselli nickte. Man kannte sich inzwischen. Er ließ Chantal den Vortritt. Eine lange Partynacht als Gäste von Kabir Abdul Ben Salem erwartete sie.

2

»Ach, endlich ist die Rasselbande im Bett!« Marcella ließ sich in T-Shirt und Jogginghose, die zwar ausgeleiert war, aber eben deshalb so richtig bequem, neben ihren Mann auf die Couch fallen.

Sergente Scurzi, der sich ein Bier aufgemacht hatte, zog den Kopf ein. Gleich würde er zu hören bekommen, er solle sich ein Glas holen. Er nahm einen hastigen Schluck aus der Flasche, um den Schaum abzutrinken, und wollte dann aufstehen.

»Bleib doch sitzen. Du magst es doch lieber so«, sagte Marcella sanft. Sie rückte nah zu ihrem Mann, um ihm den Nacken zu kraulen. »Du hast momentan so viel um die Ohren in der Questura. Entspann dich.«

»Ahh …«, machte Scurzi. Das tat gut. Er nahm noch einen Zug, dann lehnte er sich zurück, legte die Füße auf den flachen Couchtisch und behielt das Bier in der Linken. Mit der Rechten streichelte er seine Frau, die sich an ihn schmiegte.

»Entschuldige …« Marcella ließ von ihm ab und öffnete den Plastikzwicker, mit dem sie ihr kräftiges, braunes Haar hochklippte. Die Kunstblumen-Chrysantheme, die ihn zierte, war schon leicht zerfleddert. Marcella drehte das Haar mit routinierten Handgriffen zusammen und klippte es wieder hoch. »Ich sehe furchtbar aus, ich weiß.«

Scurzi blickte sie liebevoll an. »Ach, *Amore,* du bist wunderhübsch!« Erst traf sein Blick ihre schönen braunen Augen, die ihn immer sehr direkt ansahen. Dann glitt er eine Etage tiefer auf den Ausschnitt des verwaschenen Tank-Tops und den schwarzen BH-Träger, der hervorblitzte, und blieb schließlich in Marcellas üppigem Dekolleté hängen, auf dem das goldene Kettchen mit dem Medaillon der Heiligen Jungfrau Maria mehr auflag, als baumelte.

»Heute ist doch unser Paarabend. Das haben wir ja so vereinbart, dass wir zwei Abende in der Woche für uns haben. Ich wollte mich umziehen, bevor du kommst, aber dann hat Giacomino mich vollgesabbert, und Amelina war schlecht von den Marshmallows, die deine Mutter ihr erlaubt hat. Die Kleine weiß noch nicht, wie viel ihr guttut. Sie futtert die ganze Packung in sich rein, wenn man sie lässt. Und zum Haarewaschen bin ich auch nicht mehr gekommen, weil in der Pförtnerloge dermaßen viel los war, dass ich nicht früher wegkonnte.« Marcella seufzte tief.

»Aber du musst dich doch nicht entschuldigen. Du gefällst mir auch so, und das weißt du.« Scurzi stellte die Bierflasche auf das Tischchen neben der Couch und griff zur Fernbedienung. »Es kommt *Ballando,* die Tanz-Show mit Milly Carlucci. Die siehst du doch gern.« Er streckte den Arm aus und drückte auf die Starttaste der Fernbedienung.

»Ja, aber auf RAI DUE läuft Champions League. Die schaue ich natürlich mit dir an.«

»Echt?« Scurzi verzichtete darauf, zu widersprechen. Anstaltshalber hätte sich das gehört. Aber so war es sicherer. Das Spiel wollte er wirklich gern sehen. Doch heute war ja Paarabend, und da musste er nett sein und auf Marcella eingehen, hatte die Frau bei der Eheberatungsstelle gesagt, als es vor ein paar Monaten in ihrer Ehe richtig gekriselt hatte. »Du bist einfach die Beste!« Er suchte den richtigen Kanal und legte dann den Arm auf die Sofalehne.

Marcella rutschte zu ihm und legte ihre Füße in rosa Schweinchen-Puschel-Pantoffeln ebenfalls auf den Couchtisch.

»Ich bin wirklich total erledigt. Ah, es läuft noch das Telegiornale. Das Spiel geht in fünf Minuten los. Ich glaube, ich hol mir noch ein Bier.«

»Dann bring auch den Teller mit dem Tramezzini aus der Küche mit. Hab ich schon vorbereitet. Steht alles im Kühlschrank.«

»Ja, mach ich«, erwiderte Scurzi, hielt aber Marcella weiterhin im Arm. Es war gerade so schön mit ihr. Er mochte jetzt nicht sofort aufstehen. »Der Commissario lässt in letzter Zeit alles mich machen«, begann er. »Eigentlich ganz gut, mehr Verantwortung und so. Ich leite die Ermittlungen seit drei Wochen quasi allein. Wenn er sich blicken lässt, dann nur im Büro. Auf Außendienst geht er gar nicht mehr. Ich bin da ganz auf mich gestellt. Er kommt kaum noch in die Questura. Ich möchte bloß wissen, was da läuft.«

»Aber Commissario Caselli ist doch sonst immer ein Ausbund an Korrektheit? Was ist denn los?« In Marcellas Stimme schwang bares Erstaunen. Sie hob den Kopf und sah Raffaele mit großen Augen an.

»Ich habe keine Ahnung, Marcella. Na ja, oder sagen wir, so halb …«

»Na los, mir kannst du es doch sagen! Ist eine Frau im Spiel?«

»Wieso kommst du denn sofort darauf?«

»Was soll es sonst sein. Hat er sich verliebt? Ach, ich gönne es ihm. Er war so lange allein. Das ist nicht gut für das Herz und so weiter, wenn ein Mann zu lange allein lebt.«

»Schon, aber jetzt übertreibt er es. Hat sich ziemlich verändert, der Commissario. Ich mache mir echt Sorgen.«

»Jetzt erzähl doch mal!« Marcella rückte von ihm ab, und griff nach der offenen Chipstüte auf dem Tisch. Dann stopfte sie sich ein Kissen hinter den Rücken, winkelte die Knie an und sah Raffaele auffordernd an. Sie schob ein paar Paprika-Chips in den Mund und kaute. »Nun sag schon!«

***

Die Einladungen des saudischen Prinzen seien in Rom sehr beliebt, sozusagen Kult, hatte Caselli sich sagen lassen. Und nicht nur wegen des exzellentes Essens und des teuren Champagners, der in Strömen floss. Hier traf man einflussreiche Vertreter der römischen Gesellschaft und konnte Kontakte knüpfen. Alles Namen, die Caselli bis vor vier Wochen, als er Chantal zum ersten Mal begleitet hatte, nur aus der Presse gekannt hatte. Es hieß, der Gastgeber verfüge über unbegrenzte Mittel. Seine Großzügigkeit war legendär. An diesem Abend war die Atmosphäre aufgeladen. Angeregtes Stimmengewirr summte in den Salons. Während man sich sonst bei Lounge-Musik ohne die Stimme zu erheben unterhalten konnte, heizte heute der Song *Meravigliosamente* von Sal Da Vinci die Stimmung an. *Non potrai resistermi lo so!,* schmetterte Sal emotional voll da. Die ganze Suite vibrierte schon. Der Neapolitaner feierte momentan Erfolge. Ein Star der älteren Generation, Renato Zero, hatte diesen Titel für Sal geschrieben. Bis vor Kurzem hätte Caselli das nicht gewusst, aber auf den Partys bekam er einiges mit, wofür er sich früher nie interessiert hätte. Chantal hatte erwähnt, Kabir lege die CD ein, wenn er bei Laune sei, wie sie es ausdrückte. Man konnte nur mutmaßen, was das heißen sollte. Chantal dachte wohl dasselbe wie er, denn sie wandte sich um und machte eine eindeutig zweideutige Handbewegung. Caselli lachte. Das konnte sie schon recht gut, für eine Französin. Er neigte sich zu ihr, um zu verstehen, was sie ihm sagen wollte. »Heute kommt noch ein besonderer Gast. Kabir hat sich wieder mal ein Spielzeug aus Neapel einfliegen lassen!«

Casellis Mundwinkel zuckten. Er mochte es nicht, wenn Chantal den Ton, der in Roms Gesellschaft gern mitschwang, aufgriff. An die Süffisanz in jedem Satz würde er sich wohl nie gewöhnen. Er ließ den Blick über die Gäste wandern. Man kannte sich vom Sehen. Bestimmte Grüppchen standen immer zusammen und blieben unter sich. Es sprach nicht jeder mit jedem. Doch mittlerweile hatte Caselli hier einige gute Bekannte. Alles war entspannt. Und … Chantal war hier sicher.

Casellis Miene verdüsterte sich. Damit musste er leben. Seit dem Anruf aus Ragusa, der die höheren Chargen im Präsidium aus ihrer römisch-bequemen Geruhsamkeit aufgeschreckt hatte, lag ein Schatten über dem unbeschwerten Glück. Im Moment bestand keine akute Gefahr. Also würde er sich die Stimmung nicht verleiden lassen. Er war wachsam, mehr nicht. Dass er nervös wurde und sich daran aufrieb, war doch genau das, was man in Sizilien erreichen wollte. Während Caselli sich hinter Chantal durch die Menge launiger Partygäste schob, wurde er von links und rechts begrüßt. Monsignore Bertram, in Anzug mit Collar, nickte ihm zu. Caselli hob die Hand und grüßte. Dottore Gardoni, der Diätologe, war da, und an der Tür zum Blauen Salon standen Professor Torri und seine Gattin Carla, beide Dozenten der LUISS, Roms Nobeluniversität in der Nähe der Villa Ada. Caselli mochte diese Abende. Und er schätzte Kabir. Seine Bildung, die zuvorkommende Freundlichkeit. Es gab aber auch Kritik. Dass der Saudi seine Ehefrauen, dem Titel nach Prinzessinnen, von den Soireen ausschloss, wurde ab und an offen angesprochen. Kabir antwortet dann mit ausgesuchter Höflichkeit, doch seine Autorität duldete keinen Widerspruch, und das Thema erlosch. Der Kopfputz eines Transvestiten ragte aus der Menge der Köpfe. Rosa Straußenfedern mit Strass à la Folies Bergères wippten im Takt. Das war Goliarda. Der Name passte zu dem Hünen wie die Faust aufs Auge. Seine bühnenreifen Outfits brachten Farbe ins uniforme Schwarz der Männer im Smoking. Gays und Transsexuelle, alles geladene Gäste Kabirs, mischten die bourgeoise, römische Gesellschaft konsequent auf. Später ginge Chantal eine Stunde hinüber in die Nebensuite, um den Prinzessinnen Gesellschaft zu leisten. Das gehörte zu ihrem Job. Caselli hatte dann Zeit für sich, Muße, die Vorfreude auf die Liebesnacht zu genießen. Nach Jahren, in denen er sich fast nur dem Polizeidienst gewidmet und sein Privatleben vollkommen ruiniert hatte, gönnte er sich den Luxus, bei Chantal im Hotel zu übernachten. In die Via dei Cappellari kam Chantal nicht, und wenn er sie noch so bat. Daher ging er seit Ende April im de Russie ein und aus. Chantal war vor Kabirs Eintreffen nach Rom gekommen, um alles vorzubereiten. Die Abendgesellschaften in der Suite wurden also von einem ebenso elitären wie schillernden, für seine Offenheit geschätzten Kreis von Menschen frequentiert. Und er, Caselli, gehörte seit dem Frühjahr dazu.

Chantal entdeckte eine Freundin und sagte, sie gehe kurz zu ihr. Weiter weg an der Schiebetür zum Blauen Salon sah Caselli Jacques. Jacques … man konnte mit ihm reden wie mit einem Mann. Man merkte nicht auf Anhieb, dass er homosexuell war. Kurze, dunkle Locken, Schnurrbart. Gertenschlank. Caselli hatte sehr wohl mitbekommen, dass sich Jacques für ihn interessierte. Es kam durch, wenn sie redeten. Avancen gab es nicht, dennoch vermied Caselli die Toilette aufzusuchen, wenn Jacques in der Nähe herumstand. Er hatte öfter knapp vor der Toilettentür seine Meinung geändert, wenn der Soundtrack eindeutige Hinweise geliefert hatte. Jacques hatte ihn noch nicht entdeckt und plauderte mit seinen Gay-Freunden. Der Bankier war auch da. Caselli sah ihn geradewegs auf sich zukommen.

»*Buona sera,* Alessandro.«

»Pierluigi, auch mal wieder hier?«

Crasso stellte sich neben ihn. »Chantal sieht ja heute wieder bezaubernd aus.«

Einem Moment verfolgten sie gemeinsam, wie Chantal auf ihre Freundin zuging. Nun küsste sie sie auf die Wangen.

»*Tutto bene?*« Caselli nahm ein Glas vom Tablett eines Kellners. Er hatte den Bankier im Zuge von Ermittlungen kennengelernt und kürzlich hier im Hotel wiedergetroffen. Der Hemdkragen saß zu eng. Crasso hatte ordentlich zugelegt. Aus Kummer, nahm Caselli an und trank einen Schluck Champagner. Die Contessa Lante della Quercia hatte sich von ihm getrennt und nicht nur sie … Caselli lächelte still. Alessia schwirrte immer mal wieder in seinem Kopf herum. Sie war bezaubernd.

»Ein Moët, großartig, aber ich verzichte. Bin auf Diät. Neuer Versuch«, seufzte Crasso. »Alkohol ist das Allerschlimmste, davon nimmt man zu wie nichts, sagte Dottore Gardoni. Ich bin ja jetzt in seiner Praxis an der Piazza Mazzini. Wimmelt da nur so vor Prominenten, sage ich Ihnen. Sein Buch ist ein Bestseller. Na, er zeigt es ja auch in jeder Fernsehshow herum.«

»Hmhm«, machte Caselli. Seine Kiefermuskeln spannten sich an. Im hinteren Bereich geschah gerade, worüber er zwangsläufig schwieg. Jacques tat, was er immer tat: Er verschob Tütchen weißen Pulvers … diesmal an einen TV-Moderator. Daneben wartete ein Minister der aktuellen Regierungskoalition, dass er an die Reihe käme. Caselli nahm noch einen Schluck und sah weg. Crasso legte ihm sacht die Hand auf die Schulter. »Ich sage Ihnen das im Vertrauen, Alessandro … auch ich bin manchmal am Limit dessen, was ich verantworten kann, wenn ich gewisse Transaktionen für den Prinzen abwickle. Lassen Sie es gut sein. Sie sind ja privat hier.«

»Ja«, knurrte Caselli, »aber ich bin immer noch Polizist.«

»Dann sagen wir doch einfach, es ist nicht Ihr Ressort.«

Caselli kippte den Champagner hinunter. Er sah wieder zu Jacques. Dreißig, elegant, kultiviert. Seit er erwähnt hatte, die Parsifal-Einspielung, Bayreuth 1962, mache ihn wahnsinnig, weil Knappertsbusch so schleppe, nahm Caselli ihn ernst. Er war nicht im klassischen Sinn gut aussehend, aber man kam nicht umhin zuzugeben: Jacques besaß Charme. Wie immer trug er Schwarz. Das Hemd nach dem momentanen Modespleen in Rom ultratief aufgeknöpft. Nicht easy-rider-mäßig mit ausgestelltem Kragen wie in den Siebzigern, sondern so, dass man erst auf den zweiten Blick den klaffenden Spalt und dann die ganze Brustpartie sah, was seine eklatante Wirkung nicht verfehlte und Ladys wie Homosexuelle anscheinend gleichermaßen aus dem Häuschen brachte.

»Würde man nicht glauben, dass er homosexuell ist, was?«, kommentierte Crasso, der Casellis Blick gefolgt war.

»Wer … Jacques?«, fragte Caselli, es war als rhetorische Frage gedacht, sonst nichts.

»Nun, eigentlich heißt er ja Giacomo Grignani, der Gute.«

»Ach?«

»Ja. Er eifert Jacques de Bascher nach, deshalb auch der Schnurrbart.« Crasso strich sich mit zwei Fingern über seinen eigenen.

Casellis verständnisloser Blick, veranlasste den Bankier auszuholen. »De Bascher, YSL, Lagerfeld … die Achtzigerjahre in Paris. De Bascher war der Liebhaber von allen … und hat YSL mit Drogen reingeritten.«

Caselli fragte sich, woher der Bankier das alles wusste.

»Meine Frau liest *Gente*«, beeilte sich Crasso zu versichern, wohl besorgt keinen falschen Eindruck zu erwecken. »Und hier bekommt man ja auch so einiges an Klatsch mit …«

»Hmhm. Wo ist er denn, unser Gastgeber?« Suchend ließ Caselli den Blick durch den großen Salon schweifen. Zweisitzer und Sessel, Tische zum Abstellen der Gläser dazwischen, arrangiert nach Lust und Laune der Gäste, die locker ins Gespräch kamen.

»Der Prinz? Da drüben!« Mit einer Kopfbewegung wies Crasso zum kleinen Blauen Salon.

Chantal, eine Sektschale in der Hand, saß überaus dekorativ auf der Lehne eines exquisiten Sessels, der mit einem blauen Jacquard bezogen war, daher der Name Blauer Salon. Hinter ihr stand eine Konsole. Darauf befanden sich eine Bronzeuhr mit Glassturz und eine Amphore aus Porzellan in der ausladende, große Mandelblütenzweige arrangiert waren. An der Wand ein Stich von Piranesi. Vedute der Piazza Rotonda, um siebzehnhundertfünfzig. Caselli sah es an den Glockentürmen, die Papst Urban VIII. dem klassischen Säulenportikus hatte hinzufügen lassen, damit das Pantheon wenigstens einigermaßen nach Kirchenbau aussah. Um achtzehnhundertachtzig kamen die Eselsohren, wie die Römer sie spottend genannt hatten, wieder weg. Er dachte an seinen Vater, der ihn oft nach Rom mitgenommen hatte. *Tempi passati.* Casellis Blick ruhte auf Chantal. Dort unter dem Piranesi, wo Chantal gerade saß, war sein Lieblingsplatz. Am späteren Abend, wenn sie in der Nebensuite war, setzte er sich gern auf den Sessel, legte sein Zigarettenetui und das Feuerzeug auf der porphyrgrünen Marmorplatte ab und machte es sich mit einem Glas Whisky in der Hand gemütlich. Von hier aus hatte er den mittleren Salon im Blick, bekam mit, was sich tat, ohne dass man ihn beachtete. Und dabei konnte Caselli sich dann endlich mal so richtig entspannen.

Chantal fing seinen Blick auf. Der Prinz beugte sich tief zu ihr. Eifersucht keimte nicht auf. Auf Chantal konnte er sich verlassen. Gleich würde sie zu ihm kommen. In der Tat stellte Chantal ihr Glas ab und durchmaß die Suite in seine Richtung. Ihr Gang war eine Sensation, weich, feminin, elegant, keineswegs ordinär.

Chantal nickte dem Bankier zu und hakte sich bei Caselli unter. Er erwiderte ihren Kuss, flüchtig, denn der Prinz hatte sie erreicht.

»Alessandro, ich freue mich, Sie zu sehen. Wir rauchen später eine Zigarre zusammen, nicht wahr? Ich habe gehört, Ihr schönes Anwesen in der Nähe von Modica steht zum Verkauf?«

»Woher wissen Sie das?«, fragte Caselli verblüfft.

»Ich habe meine Quellen, und ich habe Interesse daran, großes Interesse. Die Nächte in Sizilien, der Duft des arabischen Jasmins, das Rauschen des Meeres, all das ist mir teuer und erfreut mein Herz. Und ist nicht so weit entfernt wie mein Land, mit dem Learjet ja kaum eine Stunde.« Sein Lächeln legte zwei perfekte, weiße Zahnreihen frei und alles in allem wirkte er eher wie ein amerikanischer Filmheld der Fünfzigerjahre denn wie ein

Araber. Er war groß, breitschultrig, von sportlicher Figur. Man hätte ihn für einen Europäer halten können, wäre da nicht die dunklere Hautfarbe gewesen. Das lag sicher daran, dass seine Mutter Engländerin war, wie Chantal erzählt hatte. Kabir hatte zwei Jahre in Cambridge studiert und auf seiner Grand Tour seine Liebe zu Italien entdeckt.

»Lassen Sie uns später bei einem Drink über Ihre wundervolle Insel plaudern, Alessandro, machen Sie mir die Freude!« Kabir sah zum Aufzug, und seine Pupillen weiteten sich. »Ah! Mein Ehrengast ist eingetroffen! Pardon, wenn Sie mich entschuldigen!«

Caselli nickte verbindlich. »Sicher, gern. Aber ich kann Ihnen gleich sagen …«

Eine angedeutete Verbeugung, die rechte Hand auf dem Herzen: Der Prinz empfahl sich. Caselli, mitten im Satz unterbrochen, bemerkte, dass Chantal Kabir unauffällig nachsah. Verständlich. Ein Prachtexemplar von einem Mann. Er trug einen teuer aussehenden Smoking von Tom Ford mit weißem Hemd, der Mode nach ultratief offen, was seiner autoritären Seriosität aber keinen Abbruch tat. Nichts an ihm war protzig. Abgesehen davon, dass der breite Pavé-Ring aus schwarzen Diamanten an seiner Rechten sämtliche Jahresgehälter eines italienischen Staatsdieners bis zur Pensionierung um ein Vielfaches überstieg. Einen ähnlichen hatte Caselli bei BULGARI gesehen, als Chantal dort etwas abholte. Sie stand nun dicht neben ihm. Caselli spürte ihre Hand, die seine umfasste, während Chantal mit dem Bankier plauderte. Um dessen Krawattenauswahl kümmerte sie sich neuerdings auch.

Wie lange war das jetzt her, dass er Chantal bei seinem Herrenausstatter in der Via del Gambero zum ersten Mal gesehen hatte? Dezember. Es war im Dezember gewesen. Sie hatte es ihm wirklich nicht leicht gemacht, aber nun waren sie ein Paar. Caselli drückte ihre Hand. Ja, das waren sie.

»Da, schau ...«, sagte Chantal, fasste Caselli am Arm und wies mit einer Kopfbewegung zum Eingang der Suite. »Das ist er, der spezielle Gast!«

»Ein *femminiello!*«, rief der Bankier aus, und es klang ebenso überrascht wie ehrfurchtsvoll. Den Eindruck wollte er wohl gleich wieder revidieren, denn er fügte gehässig hinzu: »Die Edel-Transvestiten an der Piazza della Repubblica sind ihm wohl nicht mehr exotisch genug. Jetzt setzt er noch eins drauf!«

Caselli sah Goliarda und Jacques durch die Menge zum Entree drängen. Sie hatten es eilig, den Gast zu begrüßen.

»Es ist Carminiello! Ich kenne ihn«, sagte Chantal.

Der Kopfputz des Transvestiten schob sich ins Bild, rosa Straußenfedern, die wippten.

Caselli reckte den Hals, um zu sehen, was da vorn los war. Er hatte von den neapolitanischen *femminielli* gehört. Sie waren eine Kategorie für sich, wenn man das blasphemisch sagen wollte.

»Carmine war auf Kabirs Jacht, als sie Ostern im Golf von Neapel ankerte«, erklärte Chantal. »Ich war zwei Tage dabei. Wir werden viel Spaß haben mit ihm!«

Irgendwie zweifelte Caselli daran.

***

»Mamma! Ich kann nicht schlafen. Ich habe was ganz Schlimmes geträumt!« Amelina stand im Pyjama, mit ihrem Stoffhasen im Arm, der schon bessere Tage gesehen hatte, in der Tür. »Kann ich bei euch bleiben ... ich bin auch ganz brav!« Sie tappte barfuß zur Couch und war dabei, entschlossen auf den Schoß ihres Vaters zu klettern. Scurzi hob sie hoch, und sein Töchterchen kuschelte sich gleich in seine Arme.

»Jetzt sag schon!«, wiederholte Marcella. »Was ist denn nun mit dem Commissario?«

»Na, alles fing vor drei Wochen an, da kam ein Anruf aus Sizilien …«

»Amelia, nicht! Du sollst doch nicht immer an dem Hasenschlappohr herumnuckeln! Der Stoff ist schon ganz kaputt, und außerdem ist das schlecht für die Milchzähne! Raffaele, nimm ihn ihr weg!«

»Uaahhhhh!«

»Ja, ist ja schon gut. Wie kann ein kleines Mädchen nur dermaßen laut brüllen. Komm, hier hast du deinen Hasen wieder … sei schön … brav jetzt.«

»Raffaele!«

»Ach komm, lass sie doch. Sie ist doch erst vier.«

»So gewöhnt sie sich das nie ab.« Marcella atmete tief durch. »Na gut … komm, erzähl weiter. Du warst bei dem Anruf …«

»Ja … vom Polizei-Präfekten von Ragusa. Caselli hat danach sehr betroffen gewirkt, hat Flavia gesagt. Tags darauf hat dann der Generalstaatsanwalt den Vice-Questore kontaktiert. Flavia hat das Gespräch verbunden, also ihn durchgestellt. Pertoni, das ist der Generalstaatsanwalt, kam zu uns in die Questura. Allein schon das. Ich war da nicht da. Flavia hat berichtet, die hätten alle lange Gesichter gemacht und geschlagene zwei Stunden in Di Verdacchianos Büro geredet.«

»Papa, der Drache, von dem ich geträumt habe, der war ganz groß!« Amelia schüttelte ihr Kuscheltier. »Liest du mir eine Geschichte vor?«

»Es sei auch laut geworden. Als sie Erfrischungen reinbrachte, herrschte dicke Duft. Der Vice-Questore war ganz rot im Gesicht, hat Flavia gemeint. Der Generalstaatsanwalt habe aalglatt auf seinem Stuhl gesessen und gesagt: ‚Die Arbeit im Staatsdienst birgt nun mal persönliche Risiken. Wir können nicht jeden schützen, wie stellen Sie sich das denn vor!' Und der Commissario sei vor dem Fenster gestanden mit düsterer Miene und habe die ganze Zeit geschwiegen.« Scurzi griff zur Fernbedienung und stellte den Ton an. Die Nachrichten waren vorbei. Das Spielfeld wurde eingeblendet. »Da läuft was hinter meinem Rücken. Die sagen mir nichts. Caselli auch nicht. Es trifft mich, dass er mich außen vor lässt. Ich dachte, unsere Zusammenarbeit sei gut, und dass er mir vertraut. Aber offenbar ist dem nicht so.«

»Papa …« Amelina fasste nach Scurzis Kinn.

Marcella nickte beipflichtend und schob noch eine Handvoll Chips in den Mund.

»Er verheimlicht mir was«, fuhr Scurzi fort. »Ich bin doch nicht blöd, ich merke das.« Er legte die Fernbedienung wieder weg.

»Dann stell eigene Nachforschungen an, Raffaele. Du bist doch Polizist. Du ermittelst jeden Tag. Krieg selbst raus, was da los ist.«

»Ich weiß nicht. Das käme mir nicht loyal vor. Ich kann nicht hinter ihm her spionieren, schließlich ist Caselli mein direkter Vorgesetzter.«

»Offenbar will er etwas allein durchziehen. Wenn ja, dann ist das was echt Brisantes. Könnte sein, dass er in Schwierigkeiten kommt und er gerade deshalb deine Hilfe braucht. Ich würde versuchen rauszukriegen, worum es sich handelt. Scheint eine größere Sache zu sein«, meinte Marcella. »Schrecklich, die Chips. Die tun da was rein. Das macht einen total süchtig. Es ist jedes Mal das Gleiche. Wenn man mal anfängt, kann man nicht mehr aufhören!« Sie seufzte, sah in die Tüte und griff noch einmal hinein.

»Mamma, nicht alle essen, dann bekommst du Bauchweh, wie ich das hatte!«, rief Amelina mit ihrer Piepsstimme.

»Na, da schau an«, lächelte Marcella. »Ja, merk dir das schön mit den Marshmallows … ja, Schatz?«

Scurzi stand auf und nahm Amelina auf den Arm. »Das Spiel fängt an. Ich hole das Bier und die Sandwichs aus der Küche … so, Prinzessin, und du gehst jetzt ins Bett! Mamma hat dir vorhin schon zwei Geschichten vorgelesen, jetzt wird geschlafen, damit du morgen im Kindergarten fit bist. Ihr geht doch auf den Ausflug in den Park der Villa Ada mit eurer Kindergärtnerin. Da willst du auf die Rutsche und die Schaukel … und Herumtoben, deshalb musst du jetzt schlafen. Wir lassen das Nachtlicht an, ja? Den kleinen Stern. Dann traut sich der Drache ganz bestimmt nicht noch mal her.«

Amelina quiekte vergnügt, als Scurzi sie hoch in die Luft hob.

Nachdem er sein Töchterchen ins Bett gebracht hatte, ging er in die Küche. Das Spiel lief schon. Die erste Viertelstunde hatte er verpasst.

Er mochte es nicht, wenn Marcella ihm Ratschläge gab, wie er seinen Job machen sollte, aber im Grunde hatte sie nicht mal so unrecht. Vielleicht würde er wirklich eigene Nachforschungen anstellen. Wenn Caselli ihn aus der Sache raushalten wollte, dann musste es um Leben oder Tod gehen … oder Schlimmeres.

3

Casellis Kopf lag auf der Eichenholzplatte des Gründerzeitschreibtischs. Er sah auf, so gut es ging. Sein Nacken war steif, der Blick verhangen, alles wie im Nebel. Er blinzelte, um etwas zu erkennen. Ein weiß gekälktes Bücherregal, zwei Van-der-Rohe-Barcelona-Sessel mit cognacfarbenem Lederpolster. Ein Smokingjackett an der Klinke. Das war seine Wohnung. Aber wie war er hierhergekommen?

Kabir, das wusste er noch. Er war in der Suite gewesen. Mit zwei Whiskygläsern in der Hand hatte Kabir ihn zu sich in den Privatsalon gebeten. Ein rauchiger Scotch, Lagavulin, sechzehn Jahre gereift. Aus einer kleinen Brennerei auf den schottischen Hebriden.

Dann Blackout.

Auf der Terrasse. Er war zu sich gekommen ... in einem der runden Korbsessel, es war spät. Die Kellner räumten zusammen, die Gäste waren schon gegangen. Chantal war nirgends zu sehen. Kabir sprach mit dem Monsignore im Salon. Sie rauchten und wirkten ins Gespräch vertieft. Caselli sah sich an der Glasschiebetür stehen. Er hatte die Konversation des Gastgebers nicht stören wollen und war einfach gegangen. Bougainvilleas. Daran war er vorbeigekommen. Der Tontopf neben der Terrassentür.

Caselli kam hoch. Er umfasste die Nasenwurzel und schloss einen Moment die Augen. Sein Kopf dröhnte. In der Nacht war das anders gewesen, extreme Klarheit, als er die Suite Kabirs verließ ...

Der Mittelteil fehlte. Caselli setzte alles daran, sich zu erinnern. Das Entree … Marmorboden … ah … Ein paar Stunden zuvor hatte er Kabir so diplomatisch, wie er konnte, klargemacht, dass er *La Zagara* keinesfalls verkaufen würde. Die Partagas-Zigarre hatte er nur halb geraucht und sich dann höflich verabschiedet. Wieso war er später auf der Terrasse hochgeschreckt? Was war denn passiert, vorher? Er war auf dem Weg zu Chantal gewesen … zum Hotelzimmer. Entree. Marmorboden. Der hatte sich kalt angefühlt an seinem Gesicht. Ja, genau, er lag auf dem Boden. Da war Jacques … und Carmine, der neue Gast aus Neapel … es hatte Streit gegeben mit ihm. Der *femminiello* hatte ihn provoziert. Monsignore Bertram schlichtete … ah, die Erinnerung kam zurück. Als er gehen wollte, hatte Goliarda sich ihm in den Weg gestellt. Neroli Portofino von Tom Ford, Jacques' Herrenduft …

Und Blackout.

Dann Erinnerungsfetzen aus der Questura. Caselli presste die Finger gegen seine pochende Schläfe. Wieso war er in der Questura gewesen, mitten in der Nacht? Taxi … Akten … zwei Uhr nachts musste das gewesen sein. Hellwach. Er hatte das Dossier durchgelesen, das der Sergente angelegt hatte … Messerstecherei unter Migranten an der Stazione Termini … die Zusammenhänge waren glasklar. Hatte der Sergente das nicht kapiert? Caselli hatte Haftbefehl beantragt, dann im Lichtkegel der Lampe auf dem Schreibtisch die überbordende Ablage durchgeackert, interne Mitteilungen, Rundschreiben. Überfällige Berichte. Alles. Konzentriertes Arbeiten, ohne jede Müdigkeit.

Und dann?

Das Taxi umrundete den Najaden-Brunnen. Piazza della Repubblica. Ein brasilianischer Transvestit mit dem

Gesicht eines Erzengels, überirdisch schön, stieg da gerade vor der Säulengalerie des Hotels Exedra aus einer Limousine. Ganz in Weiß. Dann wieder Filmriss. Ob er das Taxi bezahlt hatte, wusste Caselli nicht.

Irgendwann war er offenbar auf der Couch weggesackt und jetzt ging es ihm … unbeschreiblich schlecht. Ein Kater war das nicht. Er hatte zwar schon länger keinen mehr gehabt, aber er wusste schließlich, wie man sich am nächsten Morgen fühlte, wenn man einen über den Durst getrunken hatte. Das hier war anders, wie Nebel im Kopf. Caselli fühlte sich wie gerädert, gleichzeitig niedergeschlagen, sein ganzer Körper schmerzte. Ein Stechen, Zucken der Augenlider, penetrantes Pochen an der rechten Schläfe. Er spürte richtig, wie die kleine blaue Ader rhythmisch pulsierte. »Ah!« Er kam ins Wanken, streckte noch die Hand aus, um sich an der Kante des Schreibtischs festzuhalten, und sackte zusammen. Das Feuerzeug in Form des Grenadiers kippte. Fiel. Caselli sah es in Zeitlupe auf dem Teppich aufschlagen, leise wie Watte. Was war nur mit ihm los? Er fasste sich an die Herzgegend. Ein Infarkt? Ein Iktus? In seinem Alter? Mitte dreißig konnte man doch nicht … seine Rechte verkrampfte sich äußerst schmerzhaft. »Ah!« Caselli wand sich. Schlecht war ihm auch … dazu Trostlosigkeit, Leere, Dumpfheit. Langsam dämmerte es ihm. Caselli fühlte den kalten Schweiß auf der Stirn. Verdammt. Drogen? Die Symptome kannte er, zumindest vom Hörensagen. Er rekapitulierte: hochgeputschte Wachheit, luzide Gedanken und, nun ja … übersteigertes sexuelles Verlangen, das war da auch gewesen. Das hatte er aber im Griff gehabt, hoffentlich. Caselli wollte auflachen, als ihm klar wurde, was er dachte, aber es wurde nur ein röchelndes Husten. Es überlief ihn siedend heiß. »Nein … *cazzo di merda di una cecha napoletana, cosa mi hai fatto!«* Er knöpfte panisch an seinen Manschetten herum, streifte den Hemdsärmel zurück, senkte den Kopf, um etwas zu erkennen. Er strich über seine Haut. *Nicht das!* Er presste die Finger in die linke Armbeuge und suchte frenetisch nach einem Einstich. Da war nichts. Er kontrollierte den rechten Arm. Auch nichts. Caselli schüttelte den Kopf, eine peinliche Attacke Hysterie. Ein Krampf in der rechten Leiste. Caselli presste die Hand auf den Oberschenkel und krümmte sich vor Schmerzen. Als der Krampf nachließ, rang er erst einmal nach Luft. Dann öffnete er entschlossen mit einer Hand seinen Gürtel. Er ließ die Hose ein Stück herab und stellte sich breitbeiniger hin, damit sie nicht ganz auf den Boden rutschte. Er angelte nach der metallenen Schreibtischlampe, knipste sie an, zog sie heran. Er wankte, konnte sich kaum auf den Beinen halten. Kein Einstich an den Oberschenkeln, in der Leiste. Zu guter Letzt zog er mit der Linken sein Hemd hoch, senkte tief das Kinn und prüfte die Haut am flachen Bauch. Caselli atmete durch. Gespritzt hatten sie ihm schon mal nichts. Er zog die Hose wieder hoch und schloss den Gürtel. Das Hemd hing heraus. Noch Ausgehkleidung. Er taumelte, umklammerte die Schreibtischkante ein weiteres Mal. Vielleicht gebe ich ihn doch nicht weg, kam ihm in den Sinn, während er auf die Platte des Schreibtischs starrte und mit dem Schwindel kämpfte. Stabil ist er ja, Nussbaum, massiv. Wozu einen neuen kaufen? Er wollte wissen, wie spät es war, sah auf die Armbanduhr, alles verschwommen. Er hob den Arm vor das Gesicht, die Ziffern dicht vor Augen. Fünfzehn Uhr. War er nicht eben erst … kein Zeitgefühl. Und Chantal? Schrecksekunde. Er musste sie anrufen. Sofort. Caselli hob ruckartig den Kopf und suchte mit den Augen sein Handy. Er konnte es nirgends entdecken. Er schluckte. Und seine Waffe? Aufrecht und starr, als könnte er auf diese Weise den Schwindelanfall stoppen, tastete er nach dem Messinggriff und öffnete mit einem Ruck die Schublade. Den Kopf zu drehen schmerzte und kostete Kraft. Der Nacken war nach wie vor steif, die ganze Schädeldecke pochte höllisch. Caselli schielte nach unten. Er drückte auf den Knopf, das Geheimfach sprang auf. Die Beretta war da. Caselli atmete durch. Er hangelte sich zum Bad. Am Waschbecken knöpfte er sein Hemd ganz auf. Er ließ Kaltwasser laufen und klatschte es aus der hohlen Hand gegen Gesicht und Brust. Dann drehte er den Hahn zu. Spiegelbild. Wasser tropfte von seiner Stirn über die glatte, nackte Brust. Er hatte irgendein giftiges Zeug in sich. Vielleicht Kokain. Erst ein manipulierter Drink, dann eine Line verpasst bekommen. Caselli zwang sich, regelmäßig zu atmen. Dann ging es wieder. Er griff nach dem Handtuch. In der Tasche des Jacketts fand er sein Handy und wählte Chantals Nummer. Sie antwortete, und Caselli schloss vor Erleichterung einen Moment die Augen. »Alessandro hier … alles in Ordnung?«

»Ja, natürlich. Hattest du einen Einsatz?«

»Ja, tut mir leid.«

Sie zögerte. »Sehen wir uns heute Abend?«

»Ja«, sagte Caselli und merkte, dass er feuchte Augen hatte. Er wischte sich über Wange und Nase.

»Du klingst so seltsam. *Tout va bien avec toi?*«

»Aber ja. Wo möchtest du hin?« Caselli sog tief Luft ein.

»Ich hätte Lust auf das … Imagò. Ich war nur noch selten im Hassler seit der Sache mit …«, sie brach ab. »Ich habe Sehnsucht nach der Aussicht.«

»Ich bestelle einen Tisch für acht dreißig im Roof-Garden. Ist dir das recht?«

»*C'est parfait.*«

»Also dann.«

»Ist wirklich alles in Ordnung *avec toi?*«

»Natürlich … *ti adoro* …« Seine Stimme brach.

»Ich dich auch …«, erwiderte sie sanft. »Bis heute Abend.«

Caselli legte auf. Er wusste nicht, wie ihm geschah. Eines war klar: Er hatte sich nicht unter Kontrolle. Da war Schmerz überall. Anspannung. Verkrampfung. Die abflauende Wirkung der Drogen im Nervensystem bescherten ihm gnadenlos einen Absturz. Umso mehr, da es das erste Mal war. Caselli wankte zur Couch. Er setze sich und blickte auf die Lackschuhe und langen Socken, die wie hingeworfen herumlagen. Die hatte er wohl irgendwann ausgezogen.

Er legte sich hin, den rechten Unterarm über der Stirn, und starrte an die Decke. Ruhelos, wie er war, fiel sein Blick erneut auf den Schreibtisch. Sein Großvater … er hatte vom Deutschland der Nachkriegszeit erzählt und ihm klassische Musik nahegebracht. Brangäne. Tristan. *Einsam wachet in der Nacht.* Präzise erklang Note um Note in Casellis Kopf, ausdrucksstark, ergreifend, Wagner eben. Die Weinerlichkeit, die sich in ihm breitgemacht hatte, wich Tristesse … alles leer. Bodenlose Traurigkeit. Sinnlose Existenz, ein vertanes Leben. Der Knick in der blendenden Karriere, die er vor sich gehabt hatte. Alte Narben brachen der Reihe nach auf, vielmehr waren sie nie verheilt und würden es auch nie sein. Ausgehebelt von der Mafia, ins Exil gejagt wie ein Hund, so kam ihm gerade hyperluzide sein Leben vor. Carmine. Hatte der *femminiello* ausgesprochen, was wahr war, aber nicht wahr sein durfte? Die Beweggründe, die kannte Carmine nicht, doch das Endresultat war das nicht tatsächlich offensichtlich? Es schien, als habe die Droge die Pforten zu Casellis Unterbewusstsein geöffnet, in das er seit Jahren alles pferchte, was er wach nicht ertrug. Und ihm war übel. Er hätte wohl lieber den Putzeimer aus der Abstellkammer neben die Couch stellen sollen. Daran gedacht hatte er, vorhin.

Caselli sah mit zusammengekniffenen Brauen zum Nussbaummöbel. Gründerzeit. Er hatte nichts gegründet. Nicht mal eine Familie. Die Brieftasche lag offen da. Er sah seine Kreditkarten, und die herbe Erkenntnis durchzuckte ihn, dass er in den vier Wochen, seit er mit Chantal schlief, den gesamten Betrag verprasst hatte, der einmal für die Einbauküche … die Dora für die gemeinsame Wohnung in Modica …

Unbeschönigt, schmerzte ihn das in seiner aktuellen Verfassung exzessiv. Dass bei einem solchen Lebensstil Erspartes schnell perdu wäre, hatte er aber vorher gewusst. Die Einbauküche brauchte er nicht mehr. Dora hatte sich von ihm getrennt, die Verlobung war gelöst. Die innere Leere schlug wieder in Gefühlsduselei um, hebelte jede Objektivität aus und drückte sein Selbstwertgefühl auf Werte weit unter null. Dagegen kam er nicht an. Caselli presste die Lippen fest zusammen, doch das Schluchzen, das er zu unterdrücken suchte, brach geradezu haltlos durch. Er bot jeden Rest Willensstärke auf, dessen er habhaft werden konnte, um den Tatbestand, dass er Rotz und Wasser heulte, zu ändern. Vergebens. Er fühlte sich miserabel, und im Liegen war es schlimmer. Er stand auf, griff nach dem Zigarettenetui. Er öffnete es, steckte sich eine Zigarette zwischen die Lippen und bückte sich mühsam, um das Feuerzeug aufzuheben. Seine Finger zitterten beim Anzünden. Er stellte das Feuerzeug weg, nahm einen Zug und sah zu Boden. Müde, erschöpft, aber es hieß ja, man könne kein Auge zutun, solange der Crash nicht vollständig abgeklungen sei. Das konnte dauern. Die Zigarette schmeckte nicht. Caselli drückte sie im Ascher aus. Dafür ruinierten Jugendliche und Junkies nun ihr Leben! Für ein abgrundmieses Gefühl nach einem Kurzeithype. Die Mafia machte Riesengeschäfte mit Kokain … für heulendes Elend nach wenigen Stunden Luzidität und … Caselli runzelte die Stirn. Ihm wurde klar, dass er aus Gewohnheit auf den ausgetretenen Pfaden seiner Synapsen prompt den pseudo-sexuellen Drive in der Questura ausgelebt hatte, wie so oft in den letzten Jahren, anstatt in den Armen einer Frau … an Chantal hatte er überhaupt nicht gedacht! Caselli lachte matt und wischte sich mit dem Hemdsärmel über die Nase, *finis elegantiae.* Ende der Eleganz. Ein Blick zum Schlafzimmer, dort in der Kommode … er setzte sich in Bewegung, schaffte es aber nur bis zum Van der Rohe. Im durchnässten Hemd ließ er sich auf den Designerstuhl fallen und hoffte, das Leder hielte das schon mal aus. Er rutscht tief ins cognacfarbene Polster, streckte das linke Bein aus und bog den Kopf in den Nacken. Die Verspannung war noch da, aber der Kopfschmerz schien in dieser Position erträglicher. Der linke Arm hing herab, der rechte ruhte auf dem Oberschenkel. Caselli spürte, barfuß wie er war, die Holzbohlen unter den Zehen.

Und dann ließ es nach. Er fühlte sich etwas besser. Er atmete bewusst regelmäßig. Von diesem einen Mal würde er schon keinen Schaden davontragen. Dass Kokain sich im Rückenmark speicherte und dort irreversibel, sprich für immer, die Abhängigkeit zementierte, war Quatsch …

Er hob den Kopf und strich mit der Rechten gedankenverloren über seine Brust. Den Bruchteil einer Sekunde dachte er an Jacques.

Chantal … in wenigen Stunden würde er sie wieder sehen. Wenig später sank sein Kopf zur Seite, die Rechte rutschte auf das Polster, die Anspannung wich. Caselli gab seiner Erschöpfung nach und schloss die Augenlider.

***

Kalte Dusche, doppelter Espresso und eine Rasur, danach war alles möglich, zumindest einigermaßen. Caselli wollte zu Fuß zum Hassler. Er brauchte Luft und Bewegung. Von der Via dei Cappellari war das ein gutes Stück und, um nicht vollkommen verschwitzt anzukommen, nahm er beim Pantheon, etwa nach der halben Strecke, dann doch ein Taxi.

Als er an der Piazza di Spagna ausstieg und den Fahrer bezahlte, tauchte die milde Abendsonne den Obelisken vor der Trinità dei Monti in goldenes Licht. Das Hassler lag oberhalb der Scalinata. Eine bessere Lage für ein Hotel in Rom gab es kaum. Das Hassler galt als elegantes Refugium im Herzen Roms und die Aussicht vom Roof-Garden war nicht nur dann, wenn die Sonne mit einem spektakulären Farbenspiel am Horizont versank, sondern auch zu jeder anderen Tageszeit phänomenal.

Caselli klopfte die Sakkotasche ab. Die Brieftasche war da. Die dreihundert Euro, die er eingesteckt hatte, würden hoffentlich reichen, ansonsten würde er mit Kreditkarte zahlen. Er hatte weiter nichts dabei. Nachher gingen sie ins Hotel de Russie … im Bad dort gab es alles, was er für eine Übernachtung brauchte. Bademantel, Pantoffeln, Toilettenartikel. Ein Hemd zum Wechseln brächte Chantal mit, auf den Schlafanzug verzichtete er angesichts der Umstände. Er stieg die Stufen der Spanischen Treppe hinauf. Es war die Zeit der blauen Stunde, in der man froh ist, einen Ort für die Nacht zu haben und einen geliebten Menschen, der einen erwartet. Ihn erwartete mehr, als er je zu hoffen gewagt hatte. Chantal. Es hatte gedauert, sie zu erobern. Erst im April, nach Ostern, war sie zum ersten Mal mit ihm ausgegangen. Aber jetzt war es unbeschreiblich.

Die Spanische Treppe lag schon im Schatten. Als Caselli den Blick hob, streiften die letzten Strahlen der Abendsonne den Obelisken. Und da wurde Caselli bewusst, dass dieser eine Augenblick das Glück war. Jetzt.

Während er Stufe um Stufe hinaufging, holte ihn die Realität ein. Das Fehlen der Azaleen zeigte die miserable Finanzlage, mit der sich die Stadtverwaltung abzufinden hatte. Und später im de Russie … sollte er da Jacques zur Rede stellen? Oder lieber das Ganze totschweigen?

Aber Jacques war nicht das Problem. Unwillkürlich stockte Caselli kurz der Atem. Was ihm auf der Seele lag, war etwas ganz anderes. Enzo Calduzzos Haftentlassung und sein emotionaler, massiver Racheschwur damals im Gericht.

Enzo Calduzzo.

Mit hoher Wahrscheinlichkeit war er es gewesen, der im Auftrag der Moreno-Catanazza das Attentat auf Casellis Vater verübt hatte. Beweisen konnte Caselli das nicht. Er hatte ihn lediglich wegen Drogenhandels hinter Gitter bringen können. Calduzzo. Der Killer mit dem Ruf des Weiberhelden. Sein Talent, sich zu verstellen und wenn nötig Süßholz zu raspeln, hatte das ominöse Gutachten dieser Psychologin, dank dessen er vorzeitig aus der Haft entlassen worden war, sicher begünstigt. Was für eine Farce. Monatelange Ermittlungen, dann die riskante Festnahme, und nun kam Calduzzo nach fünf Jahren frei! Auf den Klippen am Meer hatte er wild um sich geschossen. Dabei war einer von Casellis Männern schwer verletzt worden, Giovanni Spadaro. Enzo Calduzzo war heißblütig und impulsiv, verstand es aber auch, klar und überlegt zu handeln. Mit dem Präzisionsgewehr im Anschlag war er die Kaltblütigkeit in Person, jeder Schuss saß. Hatte er eine Pistole in der Hand und wurde er nervös, ballerte er das ganze Magazin leer. Diese Kombination im Grunde unvereinbarer Eigenschaften machte ihn zu einem überaus gefährlichen, unberechenbaren Gegner.

Caselli hatte das Plateau erreicht. Routinemäßig kontrollierte er die Dachfirste. Die Mafia fackelte nicht lange. Ein gezielter Schuss, und es wäre vorbei. Aber es ging hier nicht um die Mafia. Calduzzo sann auf ganz persönliche Rache. Nach den Informationen aus Sizilien unternahm er einen Alleingang. Caselli atmete angestrengt durch.

Er sah zu den Malern, die ihre Stände am Fuße des Obelisken für die Touristen aufbauten. Einige Schritte lang blendete ihn das Licht der schräg einfallenden Abendsonne. Er nahm auch diesen Moment sehr bewusst wahr.

So wie die Dinge lagen, konnte jeder sein letzter sein.

***

Ein Motel an der Tangenziale Est, eines, wie es viele an Ausfallstraßen wie dieser gab. Interessant nur durch die verkehrsgünstige Lage, hoher Lärmpegel, schnell wechselnde Gäste, alle auf der Durchreise. Anonymität. Genau das, was er brauchte. Auf dem Parkplatz flackerte eine defekte Leuchtreklame. Ein Griff nach dem Schalldämpfer, schon war er aufgesetzt und arretiert. Mit dem linken Daumen fuhr sich der Killer über die Lippen. Ein kaltes Lächeln. Sein Atem ging schwer. Die Vorfreude auf die Nacht erregte ihn.

4

Caselli rückte Chantals Stuhl an den Tisch. Nachdem er sich gesetzt hatte, schnitt er das Thema an, das ihm auf der Seele brannte. Er hatte vermieden, das zu tun, um die Harmonie nicht zu stören, doch jetzt war es an der Zeit, offen zu sein. Er fragte Chantal, ob sie sich vorstellen könne, in Rom zu bleiben, bei ihm. Nun war es heraus, und Caselli lehnte sich zurück, in Erwartung ihrer Antwort.

Chantal überging es.

»Schau mal, ist die nicht süß?« Sie hielt die Handtasche mit dem Konterfei der Mona Lisa hoch. Quer darüber prangte in massiven Silberbuchstaben DA VINCI.

»Jeff Koons ... die limitierte *Masters* Kollektion für Louis Vuitton. Ich habe die Chain Bag genommen für zwei-acht. Die Never Full war mir zu groß. Und hier ... der Anhänger, das ist sein berühmter *Rabbit.*«

Caselli fragte sich, wie es möglich war, dass Chantal sich für einen eindimensionalen Hasenanhänger aus rotem Leder aktuell mehr begeisterte als für seine Worte. Er war sich nicht sicher, ob sie tatsächlich überhört hatte, dass er ihr vorschlug, bei ihm zu bleiben oder nur so tat, als habe sie ihn nicht verstanden. Er musterte sie. Sie hatte beim Eintreffen die große, dunkle Sonnenbrille im Audrey-Hepburn-Stil hochgeschoben im Haar getragen. Gerade nahm sie sie ab und strich sich, einhergehend mit einem leichten Kopfschütteln, eine lose Strähne zurück. Das blonde Haar saß nun wieder perfekt. Während sie in der Handtasche nach dem Sonnenbrillenetui kramte, klimperte der Tiffany-T-Armreif aus Sterlingsilber gegen das Gehäuse der Cartier-Tank-Uhr mit abgerundeten Kanten und schwarzem Krokoarmband. Zwei Klassiker *par eccellence.* Caselli fixierte Chantal weiter. Was ging in ihr vor? Sie ließ sich nichts anmerken. Ihre Miene: entspannt wie immer. Ihre Schönheit: atemberaubend wie immer. Obwohl sie einen langen Tag hinter sich hatte, wirkte Chantal ausgeglichen und munter. Ihre Augen glänzten ein wenig. Unter dem sorgfältigen, doch leichten Make-up meinte Caselli Schatten unter den Augen durchschimmern zu sehen. Ein Anflug von Müdigkeit? Minimales Anzeichen der Erschöpfung? Hinterließen das bewegte Leben, das sie führte, der aufwendige Lebensstil und der Tagesrhythmus, den Kabir ihr abverlangte, erste Spuren? Sie kam spät ins Bett, stand auf Abruf stets zur Verfügung und managte die gesamte Reiseplanung des Prinzen. Dazu kam noch die Arbeit beim Herrenausstatter … an der ihr offenbar sehr viel lag.

Zufrieden mit ihrem Kauf fuhr Chantal erst leicht mit den Fingerspitzen über die Logo-Plakette und richtete dann den Hasenanhänger gerade, der, wenn Caselli sich recht erinnerte, einer hochglanzpolierten Edelstahlgussfigur von Jeff Koons nachempfunden war. In Italien war Koons Ende der Achtzigerjahre durch seine Ehe mit Cicciolina in aller Munde gewesen, einem Pornosternchen, das im Parlament an der Piazza Montecitorio als Abgeordnete einer Splitterpartei mit Hippie-Blumenkranz und wenig Stoff am Körper für Eklats gesorgt hatte. Die damaligen trocken-pointierten Kommentare seines Vater dazu, wenn er beim schnellen Espresso am Morgen die Zeitung aufschlug, bevor er ihn, den Sohn, zur Schule fuhr, waren Caselli noch gut im Gedächtnis, da musste er so zwölf oder dreizehn gewesen sein.

Nun, vielleicht war die Diskrepanz zwischen dem, was in Caselli vorging, und dem, was Chantal in diesem Moment beschäftige, einfach zu groß, oder Reste der Drogen im Blutkreislauf machten ihn unleidlich, jedenfalls spürte er zum ersten Mal, seit er mit Chantal zusammen war, Gereiztheit. »Ach, müssen jetzt die alten Meister für überteuerte Popart-Kunststoff-Taschen herhalten?«

Chantal überhörte auch das.

Caselli schnaubte unmerklich. Er spürte, wie ihm das Blut zu Kopf stieg. Dass Chantal ihn, obwohl sie nun endlich die Sonnenbrille im Etui verstaute hatte, immer noch nicht ansah, störte ihn ungemein. Doch jetzt. Sie sah auf. Aber nur für einen kurzen Blick. Dann fuhr sie fort:

»Es war zu schwierig für mich, mich zu entscheiden. Die Speedy für zwei-eins mit dem Fragonard hat mir auch gefallen. Ich habe beide genommen …« Sie fasste nach der sperrigen LV-Tüte, die sie vorhin auf dem freien Stuhl deponiert hatte, und zog die Tasche aus dem Staubbeutel. Rosa und Gelb, in massiven Goldlettern FRAGONARD, und … Caselli hob die Brauen.

»*Eh oui, c'est frivole! Oh, lala, pff!*«, meinte Chantal.

Das Motiv des Rokkoko-Malers, das LV übernommen hatte, waren ein leicht bekleidetes Mädchen und ein Hündchen im Bett.

»Jean-Honoré Fragonard hatte eben kein Problem mit alternativem Sex«, schloss Chantal.

»Was soll das heißen?«, brauste Caselli auf. Sein Ton war nun wirklich gereizt.

»*Rien.*« Chantal packte die Tasche wieder weg.

Caselli überschlug kurz die Zahlen, zwei-acht plus zwei-eins, und schwieg. Chantals Einkäufe gingen ihn nichts an. Sie waren schließlich nicht verheiratet.

Sie hatten einen Tisch am Panoramafenster. Die Sonne ging unter, und der Horizont hinter der Kuppel des Petersdoms verfärbte sich von Michelangelo-Rosa und Orange in das Dunkelblau der Nacht.

»Alessandro …«, Chantal zog die DA VINCI heran und kramte erneut darin. Den Neukauf hatte sie gleich in Gebrauch genommen. Caselli verfolgte, was sie tat. Sie nahm eine Kreditkarte aus einem Seitenfach. »Ich war dumm und unüberlegt, die ganze Zeit … ich habe einfach nicht daran gedacht, aber …«

Casellis Blick wurde durchdringend. Das konnte nicht ihr Ernst sein. *Tu das nicht Chantal. Ja, nicht.*

»Nun … ich weiß nicht, wie viel verdient ein Flick oder Commissario«, fuhr sie fort und lächelte. »Sicher nicht besonders viel …«

Casellis sich schlagartig verdüsternde Miene war eine Warnung. Chantal bemerkte es nicht.

»Hier hast du eine American-Express-Platinum-Card. Nimm sie … für wenn wir gehen zusammen aus …«

Er umfing ihr Handgelenk.

»Ah!« Sie hob Blick und sah ihn erschrocken an. »Du tust mit weh!«

»Lass das.«

»Aber …«

»Hörst du!«

Chantal hob leicht die Brauen. Ihr Gesicht war ein offenes Buch dessen, was sie dachte, doch sie bewahrte die nötige Contenance. »Pardon.«

Caselli ließ sie los. Chantal rieb schweigend ihr Handgelenk, dann griff sie nach der Speisekarte.

Caselli atmete durch. »Was gibt es denn?«, fragte er, als er Chantal die Karte studieren sah.

»Der Herr wählt …«, sagte sie ohne aufzublicken. »Nimm die Karte, Alessandro, und schau rein.«

Der Kellner servierte einen großen, lavaschwarzen Teller mit kreisförmiger Rillenstruktur, auf der eine zierliche, lavaschwarze Keramikschale stand. Caselli beugte sich vor, um den Inhalt besser sehen zu können. Eine weiße, runde Masse von der Größe einer Hostie schwamm in einer gelblichen Flüssigkeit. Darauf befanden sich gallertartige Körnchen. Caselli sah auf.

»Ist das molekular?«

»Wieso?« Chantal warf einen Blick in die Schale. »Was hattest du bestellt?«

»Heilbutt an Passionsfruchtschaum.«

»Ah, ich glaube, das ist das Amuse-Gueule.«

»Nein, da hatten wir doch die drei Oliven.« Caselli schnaubte unmerklich. Der Fokus der Sterneküche liege auf dem virtuos verfeinerten Anrichten, dem akkuraten Platzieren von Food-Partikeln. Jeder Gang eine Komposition, bilde das Menü ein Gesamtkunstwerk, das Auge komme auf seine Kosten, und der Geschmack sei ein wahrer Genuss, auch wenn er maximal fünf Mini-Happen währte, hatte ein Restaurantkritiker geschrieben. Im Imagò erlebe der Gast eine melodiös-samtige Verführung der Geschmacksnerven, die zu einer Explosion an Aromenvielfalt am Gaumen führe und ungeteilte Glückseligkeit für jeden Gourmet bedeute. Ein Vibrieren aller Sinne, nach dem man befriedigt in seinen Stuhl zurücksinke, um in schierer Dankbarkeit aufzuseufzen. Als Caselli die Schale geleert hatte, knurrte ihm der Magen, ein Aufseufzen war das sicher nicht.

»Alessandro, ich weiß nicht, wie viel verdient ein Flick oder Commissario.«

Wie konsequent sie die Konversation da aufnahm, wo er sie unterbrochen hatte. »Chantal …«, setzte Caselli also an.

»*Non,* Alessandro … lass mich antworten. *Allors,* bitte verstehe mich. Geld hat für mich keine Bedeutung. Es ist immer da. *Mon famille* ... ist wohlhabend seit Louis Napoleon III. Wir werden alle nie im Leben ausgeben können, was die Vorfahren von mein Urgroßvater haben angehäuft. Also, es ist lächerlich, dass du durchsetzen willst die Ehre als Mann von einer Insel, *d'accord?* Es ist nicht erforderlich, mir irgendetwas zu beweisen ... ebenso wenig wie es macht Sinn, mich nach einer gemeinsamen Zukunft zu fragen. Ich weiß sehr genau, was für ein wundervoller Mann du bist. Und wären die Umstände andere, wir würden haben ein *marriage* und fünf Kinder, die ebenso wundervoll sind wie du.« Sie beugte sich vor. »Ich bin verliebt in dich ... alles mit dir ist *fantastique.* So schön, dass ich es fast nicht glauben kann. Aber du weißt, meine Zeit in Rom ist nur für sechs Monate. Das habe ich dir ganz am Anfang gesagt.«

Das hatte sie, das musste Caselli zugeben, aber er war davon ausgegangen, er könne sie umstimmen. Nun, damit war er ja schon einmal gescheitert ... bei Dora.

Chantal lehnte sich abrupt zurück, unleidlich hob sie das Kinn und unterstrich damit ihre Worte: »Deine Ärmel sind zu lang. Die Manschette muss mindestens drei Zentimeter aus der Ärmel von der Jackett hervorschauen, sonst es sieht seltsam aus.«

»Ja, natürlich ...« Caselli richtete die Manschette. »Das kommt nur vom Sitzen«, meinte er.

Aber Chantals Miene war unerbittlich.

»Komm morgen ins Geschäft. Ich lasse dir das von Alberto richten. So ich kann mich nicht mit dir sehen lassen. Ich habe eine Ruf zu verlieren.«

Caselli war sich nicht sicher, ob sie scherzte. Allerdings war leicht zu merken, dass sie emotional aufgewühlt war, denn immer dann vertat sie sich mit der Grammatik.

»Ich sage das nicht, um dich zu kritisieren, sondern weil ihr Männer habt nicht mehr so viele Domänen für euch *exclusivement* ... Die Eleganz der Herrenmode ist eine davon. Dieses Privileg solltet ihr nicht vergeuden.«

Caselli warf ihr einen prüfenden Blick zu. Chantal lenkte ab, und es war klar, dass eine richtige Antwort auf seine Eingangsfragen noch ausstand. Er wartete ab.

»Also gut. Ich sage dir, was ist, mit mir. Du willst heute Abend offenbar unbedingt wissen, warum ich mache Liebe mit dir nur im de Russie … und warum ich dich nicht werde heiraten, *n'est-ce pas?* Das beides dürfte ausreichen, um uns den Abend zu ruinieren … und ich weiß, du hast mir nicht gemacht eine Antrag, aber sagen wir doch einfach, wie es ist!«

Caselli forderte sie mit einer Handbewegung auf, fortzufahren, die knapper, minimalistischer nicht hätte ausfallen können. *Nur zu… ich höre.*

Chantal holte ein letztes Mal tief Luft. »*Eh bien.* Es ist so: Ich kann nicht haben Sex in eine enge, kleine, bourgeoise Raum. Es funktioniert nicht. Ich kann nicht. Es ist so, seit ich war vierzehn … es war was mit meine Onkel, aber ich will nicht reden darüber, und es geht dich auch nichts an.«

»Chantal …«, begann Caselli betroffen.

»Moment, ich bin noch nicht fertig.« Sie schob die benutzte, gestärkte Stoffserviette, die neben ihrem Weinglas lag, ein Stück weg. »Ich werde sein in Rom noch drei Wochen. Lass uns eine schöne Zeit haben. Solange ich bin da, mein Herz ist nur für dich. Es gibt keinen anderen Mann, *absolument personne.*«

***

Die Brüstung vor dem Obelisken. Der Obelisk ragte wie ein gigantischer, dunkler Schatten in den Nachthimmel. Autos fuhren vorbei. Ab und an blendete ein Scheinwerfer. Die Fenster des Roof-Garden-Restaurants waren hell erleuchtet. Der Killer stand mit dem Rücken zur Scalinata. Er sah nach oben, eine ganze Weile. Ein letzter Zug an der Zigarette, dann flog die glimmende Kippe auf das Kopfsteinpflaster.

***

»Chantal, das …«, Caselli fand nicht die richtigen Worte.

»*Non*, Alessandro, insistiere nicht! Mehr ich gebe nicht preis. Auch dir nicht. Es verdirbt die Freude am Glück. Und ich weiß, dass auch du mir nicht alles sagst, was passiert in deinem Leben. Aber ich bin sicher, dass du hast einen guten Grund, wenn du mir verschweigst manche Dinge.«

Caselli sog tief Luft ein. Er hatte gehofft, der Abend nähme eine andere Wendung. Er bedauerte, Chantal dazu gedrängt zu haben, ihm eine Erklärung zu geben.

Der Kellner brachte die Rechnung. Caselli klappte die Mappe auf und zuckte leicht zusammen. Er zahlte mit Karte.

»Gehen wir …?«, fragte Chantal.

»Ja.«

Es war wie ein dunkelenergetischer Blitz. Caselli hielt einen Augenblick lang den Atem an. Das Gefühl, dass er gerade gespürt hatte, kannte er, und es verhieß nichts Gutes. Es war eine Warnung. Calduzzo war schon in Rom. Da war er sich sicher.

»Die paar Schritte gehen wir doch zu Fuß, oder?« Chantal wandte sich nach ihm um.

Caselli zögerte. Kaum zehn Minuten. Die Spanische Treppe hinunter, dann nach rechts die Via del Babbuino vor bis fast zur Piazza del Popolo. Doch da draußen in der Nacht lauerte etwas. Er hatte dieses ungute Gefühl, und seine Waffe lag in der Schublade des Schreibtischs.

»Lass uns ein Taxi nehmen.«

»Gut«, erwiderte Chantal. »Sicher war dein Tag anstrengend. Tut mir leid, ich habe noch Dienst … im *Harem*«, scherzte sie. Dann sah sie Caselli an. »Ist es wieder gut zwischen uns?«

»Aber natürlich, Chantal.« Caselli half ihr in den Mantel. »Was macht dein *humanitäres Projekt?*«, fragte er, um von dem Thema zwischen ihnen abzulenken.

»Ich arbeite daran. Die Prinzessinnen liegen mir in den Ohren. Sie möchten die schönen Kleider zeigen, die ich mit ihnen einkaufen gehe, und den teuren Schmuck, den Kabir ihnen schenkt … aber er bleibt hart. Ich vertraue auf meinen Charme, dass ich ihn überzeugen kann, und die Frauen bei den Abenden dabei sein dürfen. Man braucht Geduld. *Eh bien,* ich bin emanzipiert, aber manchmal man muss klug sein und wissen, wann der Moment ist, einem Mann nicht mehr zu widersprechen.«

Caselli sah, dass sie leicht errötete.

Nun, diese Fähigkeit hatte sie heute Abend ja bewiesen.

***

Selten war Caselli so froh gewesen, das Hotel de Russie zu betreten. Es war wie ein sicherer Hafen. Er hatte rasch das Taxi bezahlt, sich unruhig umgesehen und dann Chantal durch den Torbogen am Eingang geschoben. Bei Kabir war die Party in vollem Gange. Die CD von Sal da Vinci, *Meravigliosamente* lief in vertretbarer Lautstärke.

Caselli sah sich nach Jacques um.

Carmine saß aufrecht auf einen Zweisitzersofa, die Beine eng beieinander. Eine Pose, die ihn überraschend feminin machte. Er redete mit weicher, sanfter Stimme auf Jacques ein.

»Alessandro, kommen Sie! Setzen Sie sich zu mir!« Bertram winkte matt. Caselli nahm gerne an.

Der Monsignore schwenkte sinnierend den Whisky im facettierten Kristallglas. Er schien in einer brüchigen Stimmung. »Ich muss zugeben, das Lied hat es in sich. Zeros Orientierung ist klar, und vielleicht ist er gerade deshalb so ein begnadeter Musiker. Ich weiß nicht, wie es Ihnen geht, aber mich berühren seine Worte.« Er nahm einen Schluck. »*Was wäre ein Weg ohne Hindernisse*«, zitierte er. »Renato nimmt kein Blatt vor den Mund, er legt seine Gefühle offen. *Ich will dich …* deutlicher geht es ja nicht. *Nur mit dir will ich leben, in totaler Freiheit für beide. Lass auch du dich lieben, die Welt braucht uns, dein Lächeln und auch meins. Du entfachst die Lust in mir, jede Traurigkeit vergeht!* Was für eine grandiose und doch zugleich aussichtslose Liebeserklärung! Renato ist Gay, Sal nicht. Dem Anschein nach hat Renato sich haltlos in ihn verliebt und all das in den Song gelegt.« Bertram drehte das Whiskyglas in seinen Händen. »Nun, diese Art feingeistiger Homosexueller wie auch Jacques …«, er blickte in dessen Richtung, »gibt es hauptsächlich in Italien, würde ich sagen, dem Land Viscontis. Ich versichere Ihnen, wenn Sie in eine amerikanische Schwulenbar kommen, sieht es da ganz anders aus.«

»Hmhm«, machte Caselli und räusperte sich. Er musterte Bertram. Er besaß zweifelsohne Charisma. Die süditalienische Abstammung war unverkennbar. Von Statur groß, schlank und durchtrainiert, hatte er perfekt symmetrische Gesichtszüge, lebhafte Augen, akzentuierte Brauen. Das pechschwarze Haar lag fedrig am Kopf an. Er trug Koteletten, akkurat getrimmt. Offenbar hatte er die Zeit dazu. Spät am Abend wurde es heiß in der Suite, die Gäste, der Duft der Blüten, die Parfüms und die Kerzen auf Silberleuchtern, all das trug dazu bei … deshalb wohl hatte Bertram den Collar-Kragen abgelegt und um sich Luft zu verschaffen, einige Knöpfe seines Hemd geöffnet.

»Darf ich?« Jacques setzte sich lässig auf Casellis Sessellehne und legte den Arm hinter ihm aufs Polster.

»Also, dieser Haarschnitt … fantastisch! Riccardo ist so ein Genie!« Er fuhr Caselli von hinten durchs Haar. »Ein guter Frisör ist alles!«

Bevor Caselli protestieren konnte, zog Jacques die Hand zurück und widmete sich Bertram. Caselli atmete auf, zu früh, denn während Bertram antwortete, änderte Jacques seine Sitzposition, und die Hand war wieder da.

Caselli kam nicht recht dazu, sich eine abschließende Meinung zu bilden, denn … die Art, wie Jacques seinen Nacken kraulte, war … angenehm. Dabei unterhielt sich Jacques die ganze Zeit mit Bertram. Der nickte und nahm einen Schluck Whisky. Wirklich entspannend, und wenn er vielleicht noch ein wenig mehr nach rechts …

»Na, amüsierst du dich gut, *Chéri?*«

Jacques' Hand rutschte auf das Polster hinter Casellis Rücken. Caselli stand auf. »Schön, dass du schon da bist«, sagte er und küsste Chantal, entgegen seiner sonstigen Art, vor allen auf den Mund.

»Wie angenehm, dass du mich offenbar vermisst hast«, meinte Chantal. »Komm … lass uns auf die Terrasse gehen. Ich brauche frische Luft. Du entschuldigst uns, Bertram? Jacques?«

»Aber natürlich, Chantal«, nickte Bertram.

Jacques zündete sich eine Zigarette an und sah nicht auf.

Caselli schob Chantal vor sich.

»Hat er es versucht?«, fragte sie beiläufig.

»Hmhm«, machte Caselli nur und hob die Hand, um Crasso zu grüßen, der in einer Gruppe von Gästen stand.

»Nein, die Kaimaninseln empfehle ich Ihnen nicht, die sind im wahrsten Sinne des Wortes im Sinken«, bekam Caselli mit.

»*Eh bien*«, meinte Chantal, »es hat ihn erwischt. Carlo sagt, Jacques spricht viel von dir. Aber er tut dir nichts, glaube ich.«

»Das soll er bloß probieren, dann Gnade ihm Gott!«, murmelte Caselli.

»Ach, sei doch locker«, erwiderte Chantal.

»Dottore Gardoni empfiehlt morgens eine Tasse heißes Wasser mit Zitronensaft zur Entgiftung. Also, ich weiß ja nicht …«

»Pardon«, sagte Caselli und drängte sich an Signora Picchetti vorbei auf die Terrasse.

»Ist das ein Ausblick!« Chantal trat an die Brüstung, umfasste das Geländer und atmete tief ein. »*Magnifique! Merci,* Kabir! Für diese wundervolle Zeit! Ich liebe Rom!« Sie breitete die Arme aus. »*Ecoutez-moi!* Wer auch immer ihr seid da oben, heute Abend ich bin glücklich! Ich könnte sterben vor Glück!«

Caselli trat rasch zu ihr.

Chantal wandte sich nach ihm um. »Aber warum nur, du lässt die zwei Knöpfe nicht offen!« Sie fingerte am Hemd, bevor Caselli sie gegen die Brüstung drückte und mit einem leidenschaftlichen Kuss zum Schweigen brachte.

Fordere die Götter nie heraus, sagte ein weises sizilianisches Sprichwort.

5

Der Morgen war frisch. Caselli zog die Kapuze der grauen Joggingjacke über den Kopf. Fünf Uhr. Die Luft noch klar, die Stadt leer, und man hörte die Vögel zwitschern. Frühsport. Zur Villa Borghese war es ein Katzensprung. An der Piazza del Popolo vorbei bog Caselli nach rechts zum Viale Gabriele D'Annunzio ab. Serpentinen in Steigung, da lohnte sich das Training. Sein Atem ging rasch und regelmäßig. Mal sehen, wie weit er die Runde ausdehnen würde. Bei den Treppen der Casina nahm er meist die Abkürzung durch den Park und schaffte es bis auf Höhe der Via Veneto. Das Stück da oben mochte er am liebsten. Er musste zugeben, seit er wieder Sport trieb wie zu Anfang seiner Laufbahn bei der *Polizia di Ragusa,* war er fit wie lange nicht. Das Spa des Hotels hatte alle gängigen Krafttrainingsgeräte, und Caselli nutzte sie. Nach dem Joggen duschte er und schwamm noch ein paar Bahnen. So früh am Morgen hatte er den Pool in der Regel fast für sich allein. Frühstück mit Chantal war dann die verdiente Belohnung. Caselli spürte die Steigung in den Beinen und legte einen Zahn zu. Er war top in Form, und er würde die große Runde machen, ohne Abkürzung.

Bei den Pinien des Viale San Paolo del Brasile hupte ein Wagen hinter ihm. Caselli sah einen schwarzen Saab vorbeischnellen. Der Wagen hielt ein Stück weiter vorn am Straßenrand. Caselli atmete durch. Der Vice-Questore hatte ihn wohl beim Joggen erkannt und wollte mit ihm reden. Wieso dieser ausgerechnet ein schwedisches

Automodell fuhr, das eigentlich mehr ein Statement-Auto für in Schwarz gekleidete Kreative war, hatte Caselli sich schon öfter gefragt. Er erreichte den Saab, kam zum Stehen und beugte sich zum Seitenfenster hinunter.

Ruggiero Di Verdacchiano ließ es herunter.

»Vice-Questore, *buongiorno!* So früh unterwegs?« Zu so früher Morgenstunde hätte Caselli seinen Vorgesetzten eher zu Hause bei der Ehefrau vermutet, es sei denn … doch er mochte keine Spekulationen anstellen.

Di Verdacchiano ging sofort *in medias res.* »Ist ja löblich, Caselli, dass Sie sich dermaßen der körperlichen Ertüchtigung widmen, insbesondere da die zweite Sportprüfung unserer Abteilung ansteht. Ich verstehe durchaus, dass Sie in Form sein wollen, auch wegen der anderen Sache … aber es wäre schön, wenn Sie mal wieder zum Dienst erscheinen würden. Habe ich mich klar ausgedrückt? Wir haben einen Mord! Ihr Sergente ist allein rausgefahren zur Villa Ada und hat sich mit der Spurensicherung die Nacht um die Ohren geschlagen. Sie waren ja unabkömmlich.«

Caselli wollte etwas sagen, doch Di Verdacchiano hob die Hand. »Bei allem Verständnis für die Sachlage … der nervlichen Anspannung, der Sie momentan unterliegen und alledem … und glauben Sie mir, ich verstehe das … aber am Tatort sollten Sie schon noch erscheinen, als Commissario! Sergente Scurzi hält die Stellung, aber es bröckelt, Caselli, es bröckelt! Und ich habe eine Aufklärungsquote zu liefern. Da kommt Druck von oben, das muss Ihnen klar sein. Wir brauchen *business as usual.* Auch jetzt …« Er brach ab. »Hören Sie, wenn ich Sie suspendiere, ist Ihnen doch auch nicht gedient. Es ist besser, wenn nach außen hin alles normal weiterläuft. Man weiß ja nicht, wie lange es noch dauert … oder ob überhaupt …« Er räusperte sich und fuhr dann fort: »Na, es kommt auch wieder Licht nach dem Tunnel, Caselli. Diese Phase, die stehen Sie durch. Und Sie wissen ja, ich stärke Ihnen den Rücken, aber verdammt noch mal, lassen Sie sich endlich wieder in der Questura blicken!«

Caselli, von plötzlichem Seitenstechen geplagt, stützte die Hände auf die Knie. Noch außer Puste hob er den Kopf. »*Agli ordini,* Vice-Questore!«

Di Verdacchiano ließ das Seitenfenster hochfahren, hob die Hand zum Gruß und scherte auf die Fahrbahn Richtung Porta Pinciana und Via Veneto.

6

»Guten Morgen, Commissario!« Scurzi stand auf und nahm Haltung an.

»*Buon giorno,* Sergente … bleiben Sie doch sitzen.« Caselli war frisch rasiert. Er trug ein hellblaues Hemd mit offenen Manschetten und eine Sommerhose. An den Füßen hatte er Todds und über den Schultern einen dunkelblauen Baumwollpullover, da es am Morgen kühl gewesen war. Caselli legte den Pulli über die Lehne und schob den Stuhl zurück, um sich zu setzen. Sein frühmorgendliches de-Russie-Ritual hatte er verkürzt und war dann bei sich zu Hause in der Via dei Cappellari vorbeigefahren um sich umzuziehen.

Als er durch die Glasfront blickte, bemerkte er Flavia, die ihn anstarrte. Den Bruchteil einer Sekunde sah er an sich herunter.

Scurzi starrte ebenfalls.

»Was ist denn?« Caselli griff nach der Akte auf seinem Tisch. »Ist was?«

»Nein, nein … Sie sehen nur so … erholt aus«, stotterte Scurzi. »Irgendwie anders.«

»Also was haben wir … ich meine, der Mord … gestern Nacht. Danke, Sergente, dass Sie mich vertreten haben. Momentan … na, auf jeden Fall … also?«

Caselli schlug die Akte auf.

Flavia hatte sich nicht gerührt.

Caselli führte Daumen und Finger der linken Hand zusammen, die Fingerspitzen zeigten nach oben, und schwang das Handgelenk mehrmals auf sich zu: *Ma che c'è?*

Flavia drehte sich auf dem Absatz um.

»Prostituierte … in der Nähe der Villa Ada am Autobahnumgehungsring Tangeziale Est, hat in einem Wohnwagen kampiert, in dem sie auch Kunden empfängt, also empfing. Wurde erdrosselt. DNA-Spuren bis zum Abwinken. Ich lasse die durch unser Programm laufen. War wohl ihr letzter Freier, und der war aktiv.«

»Hm.«

»Die Leiche ist in der Pathologie.«

»Na, das dauert wieder.«

»Nein, momentan ist nicht viel los. Dottore Gavani hat gesagt, es geht diesmal zügig.«

»Und sonst?«

»Ich habe den Haftbefehl beantragt und die Festnahme ausgeführt … also, wegen der Messerstecherei am Bahnhof. Der Tunesier hat gestanden. Sie lagen richtig, Commissario. An der Pforte hat man mir gesagt, Sie sind vorgestern Nacht hier gewesen.«

»Ja«, nickte Caselli. »Irgendwelche besonderen Vorkommnisse? Liegt sonst noch was an?«

»Nein.«

Caselli griff nach dem Pullover. »Zu Hause alles in Ordnung? Giacomino? Marcella?«

»Alles bestens, Commissario. Sie wollen doch nicht schon wieder gehen?« Scurzi trat hastig hinter seinem Schreibtisch hervor. »Schauen Sie sich nicht mal den Bericht der Spurensicherung an? Was ist denn los, Commissario?«

»Nichts, Sergente. Machen Sie weiter wie bisher.«

»Sehe ich Sie die Woche noch mal? Ich meine … kommen Sie jetzt dauernd so selten zum Dienst?«

»Nein, nur vorübergehend. Halten Sie die Stellung. Sie machen das ausgezeichnet … das sagt auch der Vice-Questore. Also, dann!« Caselli zog die Tür auf.

»Einen Moment, Commissario! Ich brauche eine Unterschrift!« Flavia wedelte mit einem Blatt.

Caselli blieb vor Flavias Schreibtisch stehen. »Und bei Ihnen? *Tutto bene?*«, fragte er freundlich.

Sie nickte nur.

»Sagen Sie mal, was ist eigentlich mit Claudio, ist der immer noch in Syrien?« Im Mai hatte Caselli kein einziges Mal am Stammtisch in der Trattoria Dal Galletto vorbeigeschaut. Er hatte schon ein richtig schlechtes Gewissen, dass er seine Freude so vernachlässigte.

»Nein, er ist zurück, seit acht Tagen. Aber er hat den Einsatz für Ärzte ohne Grenzen unterschätzt. Das Krankenhaus wurde bombardiert. Der IS, Rebellen, reguläre syrische Armee, keine Ahnung. Ich sehe keine Nachrichten mehr, das macht einen nur fertig. Claudio hat seinen Jahresurlaub dafür geopfert. Ich fahre im Juli dann zwei Wochen allein ans Meer. Das steht fest«, fügte sie hinzu und presste die Lippen zusammen.

»Ist ihm was passiert? Wurde er verletzt?«, fragte Caselli alarmiert.

»Nein. Aber er konnte nicht helfen. Und das sitzt jetzt tief … irgendwo ganz tief in ihm drin. Er ist angeschlagen, psychisch. Vielleicht rufen Sie ihn mal an? Er hat sich ziemlich zurückgezogen … auch von mir«, fügte sie leise hinzu.

Und Caselli, der sie nun ansah, merkte, dass sie blass um die Nase war und sehr schmal im Gesicht.

»Ja, werde ich tun. *Arrivederci.*«

»Commissario?«

»Ja?«

»Sie sehen umwerfend aus. Mit dem Haarschnitt und überhaupt, seit Sie wieder trainieren.«

Caselli lächelte etwas verlegen. »Nett gemeint, Flavia, danke.«

»Moment, ich brauche doch noch die Unterschrift von Ihnen … und Achtung … ich meine, Sie haben ja nichts zu befürchten, aber … hier läuft intern eine Art Stichprobenrazzia routinemäßiger Drogentests. Die Jungs, die den undankbaren Job haben, mit den Urinbechern durch die Gegend zu laufen, lauern den Kollegen quasi auf. Die müssen dann da reinpinkeln und …«

»Danke, Flavia, ich weiß, wie das funktioniert. Aber wurde das nicht immer beim Amtsarzt zusammen mit der Blutabnahme gemacht?«

»Jetzt nicht mehr … und hier die Anmeldung zur Sportprüfung. Bitte ausfüllen und mir auf den Schreibtisch legen, wenn Sie mal wieder da sind … momentan ist ja Ausnahmezustand.«

Caselli sah sie scharf an.

»Ich weiß Bescheid«, flüsterte sie. »Die Ragusa-Sache. Der Vice-Questore hat keine Geheimnisse vor mir, seit wir letztes Jahr … aber ich halte dicht.«

Caselli schnaubte unmerklich. Er nahm einen Kuli aus der Stifte-Box und unterschrieb das Formular. »So, den Rest füllen Sie bitte aus.«

»Mache ich, Commissario.«

»Und kein Wort zum Sergente. Die Sache geht nur mich etwas an.«

Sie nickte ernst.

***

Es war gegen elf, als Caselli die Questura verließ. Sein Magen meldete sich. Das Abendessen war leicht gewesen, höflich formuliert. Wenn er aber eine Liebesnacht vor sich hatte, aß er sowieso nur eine Kleinigkeit. Ein voller Magen machte träge. Morgens reichte ihm ein Kaffee, vom Frühstücksbüfett im de Russie hatte er somit nichts. Aber jetzt ginge es … vor seinem inneren Auge sah er einen gut gefüllten Teller *penne ai broccoletti,* ein scharfes, einfaches Gericht der süditalienischen Küche. Knoblauch konnte er ja weglassen oder weniger nehmen. Ja, endlich was Ordentliches essen, nicht nur diese Appetit-Happen in Nobelrestaurants … doch, der Plan war gut. Im Grunde ein perfekter Tag: Sonnenschein, angenehme Temperaturen, die Pflicht erfüllt und ein Rendezvous am Nachmittag. Ärgerlich war nur, dass die Kollegen, die die Drogentest-Stichproben durchführten, ihn beim Verlassen der Questura abgefangen hatten …

***

»Was ist denn?« Flavia steckte den Kopf durch die Tür. »Warum winkst du wie verrückt, brauchst du was?«

»Komm rein und mach die Tür zu!«

»Und?« Flavia stellte sich vor den Schreibtisch und verschränkte die Arme vor der Brust.

»Du sagst mir jetzt sofort, was hier gespielt wird! Du weißt doch was. Was ist denn eigentlich los? Und wieso sagt mir keiner was?«

»Ich weiß nicht, was du meinst.«

»Flavia … muss ich dich daran erinnern, wie oft ich dich gedeckt habe, als du letztes Jahr die Sache mit dem Vice-Questore laufen hattest? Du bist mir noch was schuldig!«

»Ich kann dir wirklich nichts sagen, Raffaele.«

»Flavia …!« Scurzi trat bedrohlich hinter seinem Schreibtisch hervor.

Sie sah ungerührt wie eine Katze zu ihm auf. »Zähle doch einfach eins und eins zusammen. Worüber wohl muss ein Präfekt in Ragusa, Vice-Questore Di Verdacchiano denn auf dem offiziellen Dienstweg informieren, hm?«

»Ach …!«, ging Scurzi endlich ein Licht auf.

»Eben.«

»Und was genau …?«

»Hör mal, ich bin hier Team-Assistentin, du bist der Sergente. Also mach deinen Job, wenn du Caselli helfen willst, oder halte dich an das, was er will, nämlich, dass du dich schön aus der Sache heraushältst.«

***

»*Commissario, diga!*« Die rundliche Verkäuferin am Obst- und Gemüsestand auf der Piazza Campo de' fiori packte Casellis Einkäufe in eine dünne, weiße Plastiktüte. »Also, Peperoncino … und was darf es noch sein?«

»Ein Kilo Feigen … herrlich, Ende Mai gibt es einfach alles, was mir schmeckt«, meinte Caselli und lachte.

»*Pippo!*« Sie rief den Teenagerjungen, der am Handy herumspielte. »Los, nimm eine Tüte und wieg ab!«

Er steckte das Handy weg.

Die Marktfrau stieg auf einen Schemel und riss vom Chilischotenzopf, der von einer Strebe des viereckigen, großen Schirms herabbaumelte, einige ab. »*Va bene cosi?*« Sie hielt Caselli eine gute Handvoll hin.

»*Perfetto! Basta cosi. È tutto per oggi.*« Caselli sah auf die Uhr. Halb zwölf. In zehn Minuten wäre er daheim, könnte in aller Ruhe das Gericht zubereiten und sich nach dem Essen ein Stündchen mit der Zeitung auf die Couch legen, um später in Form zu sein. Das gestrige ungute Gefühl schien verflogen. Er war wohl doch recht angeschlagen gewesen. Im Hassler hätte er schwören können, Calduzzo wäre in der Nähe. Sein Instinkt trog ihn selten. Aber seine Nerven hatten sich beruhigt. Er war überreizt gewesen, das war alles. Und wer weiß, vielleicht hatte Calduzzo seine Rachepläne ja aufgegeben. Er war auf freiem Fuß. War nicht anzunehmen, dass er das auch bleiben wollte? Eine Viertelstunde später stand Caselli in seiner kleinen Pantry-Küche. Er hatte sich die Schürze, auf der zwei Pinguine sich eine Scholle teilten, umgebunden und bewegte die Pfanne auf dem Herd. Knoblauch bräunte goldgelb in heißem Öl und war jetzt genau richtig. Caselli zerbröselte eine halbe, getrocknete Chilischote und gab sie samt Kernen mit in die Pfanne. Dann goss er den Brokkoli in ein Sieb ab. Im letzten Moment zog er den Pastatopf von der Herdplatte, das aufschäumende Wasser wollte gerade überkochen. Den Brokkoli hatte Caselli nach dem ersten Sprudeln mit einer Kelle aus dem Kochwasser herausgeholt, abgeschreckt und zurück in den Topf gegeben. So behielt er die knackig grüne Farbe. Caselli schüttete die Röschen in die Pfanne, darüber würde er gleich die Penne geben. Abgerundet wurde das Ganze durch einen Extraschuss Olivenöl. Als alles fertig war, vermengte Caselli die Pasta gründlich mithilfe zweier Kochlöffel. Es duftet großartig. Er nahm einen tiefen Teller vom Holzbord und gab eine Portion hinein. Der Tisch im Wohnraum war schon gedeckt. Silbergabel, ein Glas, eine geöffnete Flasche *Corvo Duca di Salaparuta und* im Brotkorb ein Stück salziger *Pizza bianca,* die Caselli in der Bäckerei Il Forno an der Ecke zur Via del Gallo mitgenommen hatte. Caselli platzierte den Teller auf das Bastset, setzte sich, nahm die Flasche und schenkte sich ein Glas Wein ein. Er kostete den vollmundigen Roten, der die kräftigen Aromen der sonnenverwöhnten Erde der Weingegend um die Barockstadt Noto in sich trug, schwang angetan die Hand durch die Luft und griff nach der Gabel.

Die Türklingel unten am Portal schellte.

Caselli schob eine Gabel Penne in den Mund. Wer war das denn jetzt? Er kaute rasch, griff nach dem Glas, um nachzutrinken, dann schob er den Stuhl zurück und stand auf.

»Chi è?«, rief er in die Sprechanlage.

Es war nichts zu hören.

Caselli öffnete die Tür. Ein brauner Umschlag lag davor. Stille. Da war niemand. Er trat an die Brüstung. Im Treppenhaus war auch niemand. Unten am Portal war es ruhig. Caselli bückte sich, um das Kuvert aufzuheben, und schloss die Tür hinter sich. Er ging an den Gründerzeitschreibtisch, riss den Umschlag auf. Ein Handyfoto, ausgedruckt auf Papier.

Der Anblick war ein Schlag in die Magengrube. Caselli starrte angewidert auf das Blatt und schluckte. Entsetzen kroch hoch, Übelkeit. Widerstand.

Caselli überlegte einige Momente, dann legte er das Foto weg, setzte sich und zog den Telefonapparat heran. Er wählte die Nummer des Verwalters des Landgutes seiner Familie, mit dem er regelmäßig telefonierte.

»Pietro … Caselli hier.« Mehr zu sagen, war nicht nötig.

»Er hat ihn vorher erschossen, Alessandro. Eindeutig. Ich … was hätte ich dir denn sagen sollen, ich … habe dann gewartet, dass du dich meldest.«

»Zittatè.«

Der Verwalter verstummte, wie geheißen. »Er muss ihn vor ein paar Tagen erwischt haben, als ich in Ragusa war«, setzte er dann nach. »Es tut mir leid. Ich weiß, du hast an dem Hund gehangen.«

»Hast du ihn begraben?«

»Natürlich … neben Rasso und Rex.«

»Danke.«

»*È un dovere.* Bevor ich's vergesse: Pasquale war da … mit einem Käufer.«

»So?«

»Ein Ausländer, mehr weiß ich nicht. War vor einer Woche, vormittags. Ich musste eine Ölverkostung machen, und dann ist dein Onkel mit dem Ausländer über die Felder. Zu Pferd. Der konnte reiten wie der Teufel, sage ich dir. Kam mir Arabisch vor, sprach aber perfekt Italienisch, fast ohne Akzent.«

»Weißt du, wie er hieß?«

»Kabul.«

»Kabir?«

»Ja, das war es, Kabir.«

»Es war derselbe, der Ostern schon mal da war.«

»So? Gibt es einen Notartermin?«

»Nein, noch nicht. Geht doch nicht ohne dich.«

»Stimmt.«

»Die Überweisung für die Gartenbaufirma ist immer noch nicht da … bitte denk dran, Alessandro. Ist nicht gut für die Palmen, wenn sie nicht gepflegt werden. Der Säuberungsschnitt ist fällig. Du denkst daran, ja?«

»Ja. Und nicht, dass du mir auf die Idee kommst, selbst auf die Leiter zu steigen, hörst du? Die Zeiten sind vorbei!«

»Schon gut. Wann du wiederkommst, brauche ich dich wohl nicht zu fragen, so wie die Dinge liegen.«

»Nein.«

»Gib auf dich acht. Gott sei mit dir!«

»*E lo sia con te.*« Caselli schlug, wie die Tradition es verlangte, ein Kreuz, küsste seine Finger und legte kurz die Rechte auf sein Herz. Pietro, den er von Kindesbeinen an kannte, war alt und gläubig. Und Caselli hoffte, dass er nicht zu einer Notlüge gegriffen hatte, was Reno betraf. Er betrachtete noch einmal das erschreckend bizarre Foto. Es erforderte Kaltblütigkeit, zu so einer Scheußlichkeit fähig zu sein, und Rachegelüste. Beides traf auf Enzo Calduzzo zu. Caselli biss die Kiefer zusammen. Er hatte glauben wollen, der Kelch ging an ihm vorüber, aber …

Nun ging es los.

7

»Warum bist du aus Sizilien weg? Bist du ein Angsthase? Abgehauen vor der Mafia. Huuhuh, die böse Angst …!« Carminiello tippte das Ende der giftgrünen Federboa zum dritten Mal gegen Casellis Brust.

»Oh, was plappere ich denn da? Die Wahrheit tut weh, was? Huch, seht mal! Ins Schwarze getroffen!« Carmine legte den Kopf schief. Mit einer manierierten Geste presste er die eng zusammengelegten Finger der linken Hand gegen seinen Mund. »*Ragazze!* Der Blick! *Il maschio siciliano!*«, kreischte er.

»*E basta, Carminiello! Smettila!*«, fuhr Jacques dazwischen, und es klang aufrichtig enerviert.

Carmine ließ nicht ab. »Dein Angebeteter schweigt, lieber, lieber Jacques!«, flüsterte er und wandte sich wieder Caselli zu. »Schau nicht so düster … *tesoruccio mio!* Die hätten dich erledigen können, die bösen Jungs, aber das haben sie nicht mit dir gemacht, nicht wahr, aus Respekt vor Salvatore, Gottvater Caselli, denn der war so was von einem großen Helden, bevor … paff!« Er machte die entsprechende Handbewegung. Dann öffnete er die Lippen, um die Zunge lasziv züngeln zu lassen.

»Das reicht jetzt!«, rief Caselli heftig und wollte aufstehen, doch der kräftige, große Transvestit hinter ihm drückte ihn unsanft auf die Couch.

»Bin ich ein schlimmes Mädchen, ja? Willst du mich verhauen, Commissario?« Carmine stand auf, raffte mit beiden Händen das Kleid, sodass die Strapse an den knochigen Beinen zum Vorschein kamen, und reckte mit einer gekonnten Drehung sein Hinterteil in die Luft. Caselli zuckte zurück.

»*Via!*« Eine Handbewegung, als verscheuche er lästige Fliegen. Kabir löste die Gruppe auf. »*Via immediatamente!*«

Caselli verfolgte, wie der *femminiello*, von Kabir fortgejagt, auf den hohen Stöckelschuhen breitbeinig männlich davonwankte. Beleidigt zog er eine Schnute und warf die Federboa über die Schulter. Die Haare waren kurz. Im Gegensatz zum aufgedonnerten Transvestiten hinter ihm, trug Carmine zwar aufgeklebte lila Fingernägel, aber keinerlei Make-up.

»Ich entschuldige mich für sein Verhalten. *Er spielt nur.* Kommen Sie, begleiten Sie mich auf die Terrasse«,

Caselli zuckte zusammen. Doch angesichts der Tatsache, dass Kabir einem fremden Kulturkreis entstammte, sagte er nichts.

***

Auf den Stuhl gefläzt, betrachtete Calduzzo das Bücheregal. Gekälkt. Bücher und Schallplatten bis oben hin. Null Medaillen, null Pokale, keine Fotos. Zwei cognacfarbene Ledersessel mit Stahlrohr, dazwischen der passende Hocker. Darauf ein Bildband als Unterlage für ein Tablett. Teekanne und Tasse. Eine.

Er legte die Füße auf den Schreibtisch. Da stand was. Er beugte sich vor, griff danach. Feuerzeug. Soldat an Kanone. Er lachte und ließ es mit dem linken Daumen aufschnappen. Mehrmals. Funktionierte nicht. Er stellte es wieder hin. Sein Blick fiel auf die Schublade. Er öffnete sie. Sah hinein. Schob sie wieder zu. Dann ließ er die Zunge schnalzen und stand auf. Nach kurzem Überlegen legte er die Pistole auf den Tisch und ging pinkeln.

***

Caselli warf einen Blick auf die Uhr. Eine Stunde Warten auf Chantal. Er saß auf seinem Lieblingsplatz unter dem Piranesi. Verwelkte, zartrosa Blüten waren auf die grüne Marmorplatte der Konsole gefallen. Die Zweige standen schon zwei Tage. Wo bekam der Florist sie her? Es war Frühsommer in Rom, und in Sizilien war die Mandelblüte auch längst vorbei. In den weiten, flachen Tälern zwischen der Ortschaft Avola und der Barockstadt Noto blühten im April Abertausende der Bäumchen. Die Mandel hatte die Region reich gemacht um achtzehnhundert. Später brachten dann die dekadenten Großgrundbesitzer ihr Vermögen in Paris durch. Heute rentierten sich die meisten Plantagen nicht mehr. Auch die Ernte der mächtigen Karob-Bäume von *La Zagara* deckte nur knapp die Kosten. Die Zeiten hatten sich geändert. Die meisten Zimmer des Hauses, der Gesindetrakt, die Stallungen, die Ölmühle, das alles wurde seit Jahrzehnten nicht mehr genutzt, stand still und verfiel. Ein Casale war für Generationen gebaut. Auch für die Unterbringung der Landarbeiter und deren Familien, die die Ländereien bewirtschafteten und die Ernten einbrachten: Karob, Korn, Oliven, Orangen, Mandeln. Achthundert Hektar steiniger Boden, umgeben von handgeschichteten Trockenmauern, die niemand instand setzte. Der Gebäudekomplex aus honigfarbenem Sandstein war im Innenbereich renovierungsbedürftig. Strom- und Wasserleitungen stammten aus den Fünfzigern. Das Tonnengewölbe, der riesige Kornspeicher und der Weinkeller mussten an mehreren Stellen mit Holzbalken abgestützt werden. Dunkle Flecken an den Decken im Piano Nobile zeigten, dass das Dach dringend einer

Reparatur bedurfte. Und dann die Palmen im Innenhof … sie hatten seit drei Jahren keinen Säuberungsschnitt gesehen.

Kabir hatte die finanziellen Mittel, den massiven Verfall aufzuhalten. Er konnte *La Zagara* wieder im Glanz der vorletzten Jahrhundertwende, der Zeit, als die Landvilla erbaut worden war, erstrahlen lassen. Er hatte sogar schon Handwerker aus Palermo gefunden, die die alten Techniken beherrschten, um die Majolika-Mosaik-Fliesen auf den Fußböden zu restaurieren.

Ich muss verrückt sein, dass ich abgelehnt habe, dachte Caselli. Vollkommen verrückt. Pasquale habe längst zugestimmt, hatte Kabir mit Nachdruck erwähnt. Der Vorvertrag läge beim Notar … Caselli brauche nur noch seine Unterschrift darunterzusetzen.

Er zweifelte das nicht an. Sein Onkel drängte seit Jahren zum Verkauf. Zudem hatte Kabir angeboten, Pietro zu übernehmen und ihm eine Art Rente auszuzahlen, wenn es einmal nicht mehr ginge. Und er selbst sei jederzeit als Gast willkommen. Caselli spielte mit dem Dupont-Feuerzeug mit Goldfinish und Schildpattlack, das er von seinem Vater bekommen hatte, und zog verächtlich die Mundwinkel nach unten. *Als Gast … willkommen,* wie stellte Kabir sich das vor? Als ob man an einen Ort, der das Zuhause einer Kindheit und des halben Lebens gewesen war, als Gast zurückkehren könnte. Ein Ding der Unmöglichkeit. Es zerrisse einem das Herz. Caselli sog tief die Luft ein, legte das Feuerzeug neben das Zigarettenetui auf der Marmorplatte ab und nahm nun wieder Gesprächsfetzen aus dem Salon wahr.

Jacques saß auf einem der Zweisitzer, umringt von seinen Freunden und Carlo, mit dem er etwas hatte. Er wirkte deprimiert. »Seit es Hvorostovsky so schlecht geht, ist das Leben nicht mehr lebenswert. Es ist niemand mehr da, der herausragend wäre. Selbst an der Met nicht. Das Ganze ist zu tragisch.«

Caselli nickte. Die Nachricht vom Bühnenabschied des russischen Baritons war ein Schock. Sein Adieu vor dem Vorhang der Metropolitan Opera war bewegend gewesen. Bertram und der Professor saßen unweit von Caselli, und er konnte ebenfalls hören, worüber sie sich unterhielten.

»… jetzt verstehen Sie sicher meine furchtbare Lage. Wie kann Gott das zulassen!«, sagte der Professor und schüttelte resigniert den Kopf.

»Beten Sie, Professor, beten Sie«, antwortete Bertram.

»Ja, ja … das tue ich schon, aber vergebens!« Der schmale, distinguiert wirkende ältere Herr holte angestrengt Luft. »Meine Frau … und wohlgemerkt, Carla unterrichtet Wirtschaftswissenschaften an der LUISS, sagte gestern zu mir, sie sei mittlerweile bereit, ein Huhn in unserem Vorgarten zu opfern, nur damit das Ganze aufhört!«

Caselli sah wieder zu Jacques. Er hatte offenbar etwas eingeworfen, denn er war breitbeinig tief in die Polster der Couch gerutscht und wirkte abwesend.

»Und das Schlimmste ist das moderne Regietheater«, meinte Carlo gerade. »Alles geht nur noch darum, dass ein destruktiver Ansatz, den beschissenen – pardon, aber es ist doch wahr! – Zeitgeschmack bedient und eine Null von osteuropäischem Regisseur seine öden Kindheitstraumata aufarbeitet. Ach, ich hab es satt. Und dann der übertriebene Sex, man denkt geradezu, die fressen sich auf, *on stage.* Dauernd wird wo gelegen, sich gewälzt und eine Kopulation angedeutet. Widerlich. Und ich bin ja wirklich nicht prüde.«

Das sieht man, dachte Caselli und zuckte mit dem Mundwinkel. Anderseits … er hatte ja recht.

Carlo redete sich in Fahrt. »Ich habe neulich erst wieder den Trovatore mit der Sutherland und Bonynge – toller Dirigent – von dreiundneunzig angesehen. Grandios. Die stehen da und singen. Mir reicht das. Wenn ich ehrlich bin, war mir Hvorostovsky mit der Radvanovsky zweitausendelf an der Met schon *too much* in manchen Passagen …«

»Auf Dima lass ich nichts kommen.« Jacques, der versonnen über seinen Schnurrbart gestrichen hatte, hob die Hand. »Er ist der Größte unserer Ära! Und ich habe einen ganzen Monat Russischstunden genommen, bei einem Choristen an der Oper, nur damit ich den Text von НЕЖНОСТЬ verstehe …«

»Ja, bei einem Choristen an der Oper. Wer weiß, was du da …«

***

Calduzzo verlor die Lust. Er fasste sich mit der Linken in den Schritt. Die Jeansgröße, die ihm mal gepasst hatte, saß zu eng. Zugelegt vom Knastfraß. Er öffnete die Kühlschranktür. Mit der Waffe in der Rechten schob er die Milchtüte beiseite. Nichts. Keinen Einkauf gemacht. Im Seitenfach stand eine Flasche Pinot. Er nahm sie heraus, entkorkte sie mit den Zähnen und spuckte den Korken weg. Der kullerte über den Boden. Der Adamsapfel hüpfte beim Trinken. Mit dem Handrücken wischte Calduzzo sich über den Mund und sah sich um. Im Brotkorb ein Stück *Pizza bianca.* Daneben ein Teller. Abgedeckt.

Mit dem aufgesetzten Schalldämpfer hob er das Küchentuch an. *Penne ai broccoletti.*

***

Caselli, ein Glas Orangensaft in der Hand, verfolgte erneut das Streitgespräch zwischen Monsignore Bertram und dem Professor.

»… das ist kein gütiger Gott, der einen Menschen so leiden lässt. Nun, letztendlich hat er den eigenen Sohn …«

»Die Kreuzigung ist ein Symbol«, unterbrach ihn Bertram. »Sehen Sie es doch einmal so: Das Kreuz Christi steht in der Mitte zwischen den Schächern. Aus der Perspektive der Mystiker sind die Lateralkreuze die Säulen der Polarität, zwischen denen das Bewusstsein Gottes in uns einströmt, wenn wir uns der Quelle allen Seins in stiller Einkehr öffnen. Das kann jederzeit geschehen, wenn der Wille da ist, sich damit zu befassen. Die Bibel ist von A bis Z in einem Code geschrieben, wird aber so gut wie wörtlich ausgelegt, und daher nicht verstanden. Selbst vom Klerus nicht. Von den Mystikern dagegen schon. Denn die mystische Auslegung der Heiligen Schrift – und ich bin beileibe nicht der Einzige, der diesem Ansatz folgt – offenbart deren wahre Botschaft. Das Wort Gottes. Dazu kommt noch: Gnostische Schriften, die große Bedeutung hatten, um das Christsein zu leben, wurden im sechsten Jahrhundert, also nach dem Zweiten Konzil von Konstantinopel, ausgesondert und verbrannt. Ich spreche da insbesondere von der Reinkarnation. Durch eine Intrige wurde die Reinkarnationslehre aus dem christlichen Glaubensgut getilgt und galt fortan an als Häresie. Die Folgen: verheerend. Jeder gläubige Christ ist seither in irrigen Vorstellungen über die Realität von Leben und Tod gefangen. Ich habe neulich erst wieder einen herausragenden Artikel von Benjamin Seiler gelesen, einem Experten auf dem Gebiet. Was in den Anfängen des Christentums diskutiert und geglaubt wurde, wird nun wieder publik gemacht und ist damit der breiten Öffentlichkeit zugänglich. Das freut mich!« Bertram atmete tief durch, um dann fortzufahren. »Etwa hundert Jahre vor dem von Justinian I. einberufenen Konzil war die Lage ja noch eine ganz andere: Reinkarnation war ein bekräftigtes Dogma. Aber was um vierhundert nach Christus unstrittig ein Dogma ist, gilt zu Justinians Zeiten mit einem Mal als Häresie. Ich frage mich: Warum das nicht neu diskutieren? Wiedergeburt bedeutet immerhin für jeden Menschen das Wissen um eine Chance: Er kann, er muss sogar, jedes Vergehen wiedergutmachen, oder nennen wir es: ausgleichen. Genau das aber wurde zu Häresie erklärt. Dadurch gelang es, die Eigenverantwortung des Menschen für sein Tun und Handeln zu untergraben. Er wurde hilflos gemacht, nichtig, und damit manipulierbar. Zum Bittsteller herabgesetzt, ist er jetzt ganz und gar darauf angewiesen, dass ihm Gnade widerfährt. Er lebt im Glauben, jener Gott, der ihn nach seinem Abbild erschaffen habe, sei eine *persona.* Gott, sei, überspitzt ausgedrückt, gleichzeitig reine Liebe und ein Scharfrichter. Der Gläubige lebt ja ständig in der Furcht, bei Fehlverhalten folge die Bestrafung auf Erden und später im Jenseits auf dem Fuße. Das entspricht dem patriarchalischen Vaterbild: Du bist mein Kind, das ich liebe, aber gehorchst du nicht, züchtige ich dich! Doch geht es nicht ums Gehorchen, sondern um den richtigen Umgang mit den unumstößlichen, geistigen Gesetzen. Auch das wurde verfälscht, denn LORD ist gleich LAW. Das ewige, sich ständig ausdehnende Potenzial, das keine *persona* ist und nach Gesetzmäßigkeiten funktioniert, die wir nutzten können, wenn wir sie anzuwenden verstehen, ist immer da. Doch sein wahres Ziel in innerer Stille und täglich gelebter Kraft, Bewusstsein für die kontinuierliche Interaktion mit der Quelle allen Seins zu entwickeln, um dann, wenn er die körperliche Hülle abstreift, geläutert an Geist und Seele zur Quelle zurückzukehren, hat der Mensch vergessen. Komplett. Der Zustand, in dem ein heutiger Christ sein Leben fristet, ist – so sehe ich das – bedauernswert. Laut Vatikan müssen wir auf Gott vertrauen, auf die Gnade eines Gottes, und warten auf eine Erlösung, die so niemals kommt, weil wir uns nur selbst erlösen können … Was die Kirche dagegen gestattet, ist: uns allenthalben armselig zu erniedrigen und durch Flehen, Bitten und Betteln, Beichte, Büßertum oder Charity darum zu schachern, dass wir auf Erden das bekommen, was wir wollen, und die Qualen des Fegefeuers, die angeblich sowieso jeden erwarten, der kein Heiliger ist, später einmal glimpflich für uns ausfallen. Seiler nennt das in dem Artikel *einen Zustand verblendeter Hilflosigkeit, in dem wir uns und die Welt leicht dem Bösen ausliefern.* Und das ist auch meine Meinung.«

»Nun also …«, der Professor sah den Monsignore perplex an. »Das hätte ich jetzt aber nicht von Ihnen erwartet! Sie klingen ja geradezu … nach Ketzerei. Was sagt denn Ihr Bischof zu Ihren Ansichten? Begeistert ist der bestimmt nicht, Bertram, von dem, was Sie da von sich geben. Man öffnet Ihnen sein Herz, beichtet Ihnen persönliche Sorgen, erhofft sich Rat und seelischen Beistand … und dann so etwas!«

»Huuuhuh!«, rief Carminiello, die Finger der linken Hand flach auf den Mund gepresst. Das war offenbar seine bevorzugte Geste. Nun wedelte er mit der Rechten in der Luft: »Ketzer, Ketzer, Ketzer!«

Caselli hatte den Arm auf die Lehne gestützt und musterte Bertram. Es hieß, er habe länger in Kanada gelebt. Daher wohl die Anglizismen, die er ab und an einstreute. Er zog Menschen an wie ein Magnet. Carmine und dessen neapolitanische Freunde jedenfalls suchten

Bertrams Nähe wie Falter das Licht. Wo immer er sich niederließ, kurz darauf war er umgeben von glitzernden Pailletten, Boas und Fächern. Jeder Stuhl war dann im Nu belegt. Männerbeine wurden artig übereinandergeschlagen, Säume übers Knie gezogen. Geschnatter verstummte schlagartig, sobald Bertram etwas sagte. Und er nahm sich Zeit.

Der Professor dagegen sah nun indigniert und überfordert aus. Gerade kam seine Frau hinzu, Carla. Sie wirkte jugendlich, schlank und dynamisch, trotz der gediegenen Eleganz ihrer Abendkleidung. Nur ein paar Lachfalten und die erschlaffte Kinnpartie verrieten, dass sie die Fünfzig wohl überschritten hatte. Da kein Stuhl frei war, blieb sie neben ihrem Mann stehen.

»Es gibt ein probates Mittel, das Ihnen in Ihrer vermeintlich ausweglosen Lage hilft«, erkläre Bertram nun mit Nachdruck. So angespannt und bemüht, sich verständlich zu machen, hatte Caselli ihn selten erlebt. Offenbar lag ihm das, was er dem Professor gerade sagte, überaus am Herzen.

»So?« Der Professor war dabei aufzustehen. Seine Miene zeigte Verständnislosigkeit »Und die wäre?«

»Rezitieren Sie die Dekrete zur Violetten Flamme, die vom Aufgestiegenen Meister, Saint Germain, übermittelt wurden. *I AM a being of violet fire! I AM the purity god desires!* Sie leiten mit dem Dekret einen Läuterungsprozess ein, in dem Sie Gottes Gnade von allem befreit, das Sie bedrückt, belastet und bedrängt. Hinterfragen Sie es nicht. Tun Sie es einfach. Sprechen Sie dieses Dekret so oft Sie können. Besonders auch Sie, Carla … in der Situation, in der Sie sich gerade befinden.« Bertrams Stimme klang nun fast atemlos.

Die Ehefrau des Professors zog eine Braue hoch.

»Aber hatten Sie nicht gerade kritisiert, dass der Mensch sich auf die *Gnade eines Gottes* verlassen muss?«, warf sie ein und legte damit den Finger auf eine Wunde in Bertrams Argumentation, wie sie wohl meinte. »Sie widersprechen sich doch selbst, Bertram!«

»Man muss hier differenzieren, Carla«, antwortete Bertram mit Nachdruck. Ich denke, wir sind uns als Christen einig, dass es einen Gott gibt, eine höhere Macht, die uns und die Universen – die aktuelle Weltraumforschung, hält es ja für möglich, dass unser Universum nur eines von vielen ist – erschaffen hat. »Betteln, Flehen und Jammern ist des Menschen allerdings unwürdig, hilft nicht und ist auch gar nicht nötig. Wir müssen uns nicht auf die Knie in den Staub werfen und wie ein Wurm winden. Gott hat uns erhöht, wir haben quasi seine DNA in uns, im göttlichen Funken, der in unserer Seele ist. Gott will sich durch uns erfahren. Das geht nur, wenn wir clean sind. Doch sind wir dermaßen in altes Karma verstrickt und verstricken uns ständig noch mehr, dass wir es aus eigener Kraft – und wir müssen das aus freien Willen und eigener Kraft tun – nicht mehr schaffen, uns zu läutern. Saint Germains Engagement für die Menschheit und seiner Fürsprache haben wir es zu verdanken, dass wir im Wassermannzeitalter die reinigende Kraft der Violetten Flamme nutzen können. Extrem vereinfacht heißt das: Die Violette Flamme ist das Allheilmittel schlechthin. Gottes Gnade ist unbestreitbar, aber sie ist kein Freifahrtschein. Wir müssen Eigenverantwortung übernehmen, selbst aktiv werden, und dazu gehört, die Polarität in der dritten Dimension, in der wir leben, voll auszuloten. Gut und Böse, Hell und Dunkel, Mann und Frau. Wir müssen uns zwischen den Gegensätzen bewegen, zu einhundert Prozent unser Menschsein leben, mit allem, was dazugehört, um uns zu erinnern, wer wir wirklich sind. Das unterscheidet übrigens die Kirche von der New-Age-Bewegung. Die

Welt ist eben nicht *easy, peacy, light and brisy ... peace and love.* Wer pausenlos krampfhaft bemüht ist, hoch zu schwingen, also versucht, bloß nichts Negatives zu denken oder anzuschauen, weil das laut *Law of Attraction* ja noch mehr Negatives anzieht, der verzerrt die anderen Gesetze, wie etwa das Gesetz des Rhythmus, und tut sich damit keinen Gefallen. Das Gesetz der Anziehung, das *Law of Attraction*, funktioniert durchaus, aber es ist nur eines von vielen Gesetzen, die alle funktionieren, und das ohne jeden Zweifel, präzise und unumstößlich, wie das Gesetz der Schwerkraft. Nur ist Letzteres eben jedem geläufig, die geistigen Gesetze aber nicht. Zum Menschsein gehört es auch, erfahren zu haben, genau zu wissen, wie sich Hass und Wut, Verzweiflung oder Gier anfühlen – ebenso wie Ekstase, Liebe, Glück und Großzügigkeit. Das Dekret der Violetten Flamme reinigt, und wir können damit nach und nach Karma abtragen, letztendlich aus dem Rad der Reinkarnationen aussteigen und uns für den Aufstieg vorbereiten. Es funktioniert immer und für jeden im Zusammenspiel mit der Gnade Gottes. Denn diese wirkt kurz gesagt so: Hilf dir selbst, dann hilft dir Gott. Nur wer an sich selbst arbeitet, nur wer dazu bereit ist, erhält die nötige Hilfe, was heißt: er gelangt in einen Zustand der Kohärenz, des inneren Friedens, wird innerlich still, sodass die Energie in ihn einströmen kann. *Be still, and know that I AM.* Das ist das Prinzip der göttlichen Energie, die uns umgibt, – *durch uns, als uns* – wirkt, und zu der wir jederzeit Zugang haben, hier und jetzt. Wir müssen nicht hoch schwingen, um diese Energie über der Wolkenhöhe zu erreichen. Sie ist hier. Um uns. Immer. Wir müssen auch nicht betteln, warten und hoffen, sondern wir können handeln und sicher sein, dass wir etwas bewirken. Es reicht, das Dekret zu sprechen, auch wenn man die Zusammenhänge nicht gleich versteht. Die Violette Flamme ist das große Geschenk Saint Germains und der großen weißen Bruderschaft an die Menschheit.«

»Also, ich werde mich ganz bestimmt nicht hinstellen und irgendwelche Sprüche vor einem suspekten, wie auch immer Sie das nennen … Individuum aufsagen, Monsignore Bertram!«, erwiderte der Professor.

Bertram senkte den Kopf. Er wirkte ernüchtert. Es war, als habe er gerade den Kern seines gesamten Wissens als Mann des Glaubens preisgegeben, um jemandem, der keinen Ausweg sah, einen Ausweg aufzuzeigen. Doch der Professor verschloss sich dem. Bertram gab noch nicht auf. »Lassen Sie das sacken, wir können das Thema ein andermal wieder aufgreifen. Informieren Sie sich über die Kraft der Violetten Flamme. Googeln Sie Saint Germain und …«

»Sie sollten sich was schämen! Ich bin gläubiger Christ, verschonen Sie mich mit diesem Esoterikgeschwätz! Ich frage mich, wie sich das …«

Caselli entdeckte Chantal am Lift. Er stellte sein Glas ab und stand auf. An den Partygästen vorbei durchquerte er den Raum und hob die Hand, um auf sich aufmerksam zu machen.

Sie blickte sich suchend um, sah ihn … und … Caselli wurde warm ums Herz. In Chantals wunderschönen blauen Augen stand: *amore.*

***

Die Türen des Kleiderschranks offen. Calduzzo im Sakko, um den Hals einen langen, weißen Seidenschal. Einen Opernschal. Tief in den Stuhl gerutscht. Füße auf dem Schreibtisch. Die Finger spielten mit dem Manschettenknopf aus Lapis. Fallen lassen, aufheben, fallen lassen, aufheben. Warten. Langweile. Mit einem Mal stieg Wut auf, dann klang sie wieder ab. Den Kopf tief im Nacken, kam ein lautes Gähnen. Dann starrte Calduzzo vor sich hin, rülpste. Verdammt scharf gewesen, die Pasta. Er kniff ein Auge zusammen. Zielen, absetzen, zielen, absetzen, und runter. Die Lust auf den Knall stieg. Mal wieder den dumpfen Einschlag hören. Schalldämpfer, klar, das ginge. Merkte dann keiner im Palazzo. Also, zielen … Er drückte ab. Munition bohrte sich in Leder. Ein Krater in cognacfarbener Knopfheftung. Das andere Auge zusammengekniffen, zielte er erneut. Die Waffe mit beiden Händen umfasst, Schuss in die Platten. Dumpfer Knall, gekälktes Holz splitterte. Vinyl. Wie sieht es da mit der Schlagkraft aus? Durch wie viele schlägt ein Schuss? Wetten mit sich selbst. So zehn, mindestens. Oder mehr? Ja, mehr. Calduzzo stand auf. Prüfte die Stärke. Holte zehn Platten aus dem Fach. Er überlegte. Dann packte er noch fünf obendrauf, setzte die Pistole auf. Die Kugel schlug durch, bohrte sich in den Boden. Calduzzo lachte. Wette gewonnen. Er sah sich um. Und jetzt?

Er schlenderte durch die Wohnung. Drückte die Klinke herunter. Aha, das Schlafzimmer. Hier passte es. Er setzte sich aufs Bett. Wippte, um die Federung der Matratze zu prüfen.

***

Ein breiter Mondstrahl schien durch die geöffnete Balkontür. Nachtwind bewegte leicht den Vorhang. Der Schein der Lichter um den Obelisken der Piazza del Popolo warf Schatten auf den Boden des Hotelzimmers.

Casellis Blick fiel auf den Strauß weißer Nelken, der in einer jadegrünen chinesischen Celadon-Vase auf der Konsole neben der Tür stand.

»Sind die vom Hotel? Eine Hommage vom de Russie?«, wollte er wissen und strich über seine nackte Brust. Die Brise, die vom Balkon hereinwehte, tat gut. Er war erhitzt.

»Du siehst sie nicht zum ersten Mal«, erwiderte Chantal. Sie zog das Laken an sich, ihre Hüfte und ein Bein ragten heraus. Die Haut war gebräunt und stach im Halbdunkel vom Blütenweiß der Laken ab.

»Aber heute frage ich dich«, sagte Caselli. »Sind das … deine Lieblingsblumen?«

»Ja, ich liebe Nelken. *Je ne sais pas, pourquoi.* Sie sind nicht mehr modern. Aber ich mag den Duft. Kabir lässt mir jeden zweiten Abend eine Vase aufs Zimmer bringen. Eine seiner Aufmerksamkeiten für mich. Wenn wir sind auf Capri, meist um Ostern, ich kaufe Acqua Carthusia. Zwei Flacons von dem Original, das es mal als Einziges gab. Es wird gewonnen durch Mazeration von Wildblumen der Insel, vor allem Lichtnelken. Der Duft ist *magnifique.*«

»Das sind viele.«

»Zwei Dutzend plus sechs.«

Caselli sah sie verständnislos an.

»Ich bin im März dreißig geworden«, erläuterte sie.

»Ah.« Caselli nickte.

Chantal ließ das Feuerzeug aufschnappen und zündete eine Zigarette an, die sie Caselli anbot. »Möchtest du?«

Caselli schüttelte den Kopf. »Nein.«

Chantal lehnte sich an das Betthaupt, nahm einen Zug und blies den Rauch in die Luft. »Warum verkaufst du *La Zagara* eigentlich nicht an Kabir?«

Caselli wandte den Kopf.

Das Laken war verrutscht, ein perfekt geformter Busen, göttinnengleich. Chantal hinreißend schön im Mondlicht. »Warum fragst du das?«

»Ich meine nur...«, erwiderte sie, die Zigarette zwischen den Fingern. Sie nahm noch einen Zug. »Kabir würde es wieder zu dem machen, was es einmal war.«

»Man kann die Zeit nicht zurückdrehen, Chantal. Das Casale wird nie mehr das sein, was es einmal war. Der Glanz Siziliens ist ein für alle Mal erloschen. Das Sizilien, das Lampedusa im *Leopard* beschreibt, gibt es nicht mehr ...«, holte er aus. Doch ihm war klar, dass sie sicher nicht verstehen würde, was er meinte. Er verstummte. Es hatte angefangen zu regnen. Regentropfen prasselten auf die Dächer.

»Kabir liegt sehr viel daran, weißt du.«

»Mir auch.«

»Aber du tust nichts damit. Du bist in Rom. Und du hast keinen Sohn, der es einmal erben wird ... nach dir, es wird sein vorbei, oder nicht?«

Caselli schnaufte unmerklich. Das war wohl wahr, aber krude formuliert. In seinem Hinterkopf begann eine Alarmglocke penetrant zu schrillen. Warum legte sich Chantal derart nachdrücklich für Kabir ins Zeug, dass sie nicht einmal davor zurückschreckte, eine verletzende Bemerkung zu machen?

»*Merci,* dass du mich darauf hinweist!« Er rollte zu ihr herum. »Wollen wir das ändern?«, fragte er, nun über sie gebeugt.

Chantal lachte. »*Attention* ... ich habe furchtbare Gene von meine grässliche Vorfahren von der Linie von Maman aus der Auvergne! Die willst du sicher nicht haben in deine Stammbaum.«

»Lassen wir es darauf ankommen«, meinte Caselli und umfasste fest ihre Handgelenke.

»Pass auf ... *la cigarette!*« Chantal wehrte ihn ab.

Caselli ließ sie los.

Er setzte sich auf, zog das Laken hoch und konnte doch den Blick nicht von Chantal wenden: ihr makelloser Körper, hingegossen auf dem Boxspringbett Luxusklasse AAA des Hotel de Russie. Sie war eine Frau, die einen Mann absolut alle Prinzipien vergessen lassen konnte …

Argwohn kämpfte sich durch. Was wusste er denn vor ihr? Wohlhabende Familie aus Lyon … dann die Sache mit dem Onkel …

»Hat Kabir dich beauftragt, mit mir zu sprechen?«

»Oui«, gab Chantal, ohne mit der Wimper zu zucken, zu. Sie drückte die Zigarette im Ascher aus. Und sie gab nicht auf. »Alessandro, überlege es dir und verkaufe an Kabir. Er wird noch heute Nacht den Preis verdoppeln, wenn ich ihm sage, du bist einverstanden. Tue es, verkaufe. Jetzt ist alles offen, alles gut. In ein paar Tagen es wird vielleicht sein zu spät.«

»Du legst dich wirklich für ihn ins Zeug.«

»Er ist ein sehr guter Freund. Da ist *normale* … dass ich versuche ihm zu helfen, *n'est-ce pas?«*

»Und ich, was bin ich?«

»Wie wäre es mit … stur?«, meinte Chantal mit einem Lächeln und wandte sich ihm zu. Sie legte ihre Hand auf seine Brust und drängte sich nah an ihn. »Komm, ich bringe dich auf andere Gedanken …« Sie glitt tiefer unter das Laken.

Caselli stöhnte leise auf, bog den Kopf zurück an das Capitonnè … und ließ sie gewähren.

8

»Sie sollten lieber andere Schuhe anziehen, dahinten am Schrottplatz ist es verdammt matschig, Commissario.«

»Ah, in Ordnung.« Caselli nahm das Paar Sportschuhe aus dem Kofferraum, das er immer am Strand von Fregene oder Ostia trug, wenn er denn mal hinkam.

»Warum mussten wir uns denn hier an der Tankstelle treffen?«, wollte der Sergente wissen.

Caselli band den zweiten Schnürsenkel und griff zu einer Notlüge. »Ich war sowieso in der Nähe und wollte nicht noch mal extra in die Questura.«

»Hier? Am Stadtrand an der Tangenziale Est? Dem Umgehungsautobahnring? In der Pampa? Zehn Uhr? Was haben Sie denn hier gemacht?«

»Wo ist denn nun der Wohnwagen … von …«

»Die Prostituierte heißt Mimi Cataudella. Sie ist achtundzwanzig, aus Rom. Hat noch eine Mutter. Die wohnt in Trastevere, und ein Mädchen von zweieinhalb. Tragische Sache. Die Kleine ist jetzt Waise.«

»Sonst keine Angehörigen? Was ist denn mit dem Kindsvater? Eifersucht? Streit ums Sorgerecht?«

Scurzi schüttelte den Kopf. »Gibt es nicht.«

»Waren Sie in Trastevere?«

»Ja, natürlich.«

»Ist es weit?«

»Wir müssen Richtung Fluss … es ist dort hinten. Rechts von uns fließt der Aniene in den Tiber. Und da vorne links, da ist ein Schrottplatz.«

»Ah, ich sehe schon.« Caselli schloss seinen Wagen ab. »Also dann wollen wir mal. Hier lang?«

»Ja. Der abgestellte Wohnwagen fällt so nah bei den Schrottfahrzeugen gar nicht weiter auf. Klug gewählt. Eine abgelegene Ecke, aber problemlos zugänglich über die Via delle Foci dell'Aniene. Und die Freier wussten offenbar, wo sie sie finden konnten. Kamen wohl auch aus dem Motel da drüben, könnte ich mir vorstellen.«

»Haben Sie den Portier schon befragt?«

»Ja.«

»Und?«

»Keine Auffälligkeiten.«

»Ist das eine … Absteige?«

»Nein. Er sagt, er lässt keine Huren rein. Scheint ein normales Hotel zu sein, wenn auch der untersten Kategorie. Das Hauptgeschäft macht er mit polnischen und rumänischen Touristenbussen. Einfache Leute, die in der Sala Neri der offiziellen Papstaudienz beiwohnen wollen, einmal im Leben. Und ein paar Handelsvertreter, Sorte arme Schlucker.«

»Was ist mit ihrem Zuhälter?«, fragte Caselli. Er passte auf, wo er hintrat. Auf der unbefestigten Straße folgte ein Schlagloch dem nächsten, und die Pfützen standen randvoll. In der Nacht hatte es stark geregnet.

»Hatte keinen. Hat auf eigene Rechnung gearbeitet.«

»Hm.« Caselli sah eine Gewächshausplane und bestellte Gemüsefelder. »Wieso haben wir eigentlich den Fall? Dieser Außenbezirk hier liegt doch gar nicht in unserem Bereich.«

»Personalmangel. Also, da vorne steht er, der Wohnwagen.«

»Herrje«, kommentierte Caselli angesichts der vergammelten Rostlaube von Campingwagen. Wer würde denn da drin ein Schäferstündchen verbringen wollen.

»Innen ist es schon kuscheliger«, meinte Scurzi und brach mit einem Taschenmesser das Siegel.

Caselli hob die Brauen, sagte aber nichts weiter.

Es roch muffig, das war das Erste, was er wahrnahm.

Scurzi knipste das Licht an.

»Wo kommt denn der Strom her?«

»Abgezapft mit einer lebensgefährlichen Leitung. Ich habe sie ein Stück verfolgt, ging ins dichte Gebüsch. Ich weiß nicht, wo sie hinführt.«

Ein Bett, mehr ein Lager, mit roten Satinlaken. Eine Kochgelegenheit plus Spüle. Herdplatte und ein Mini-Kühlschrank. Etwas Blümchengeschirr. Eine umgekippte Flasche Asti Spumante, und die Scherben am Boden waren wohl von den Gläsern, die beim Handgemenge während der Erdrosselung zu Bruch gegangen waren.

»Die Spurensicherung hat alles abgegrast«, ließ Scurzi Caselli wissen.

»Was könnte Ihrer Meinung nach das Motiv gewesen sein?«, fragte der Commissario und sah sich aufmerksam um.

»Na ja …« Scurzi, der sich im Wohnwagen etwas ducken musste, kratzte sich am Hinterkopf.

»Ich bin erst mal von der Todesart ausgegangen. Erdrosseln dauert. Der Mörder erlebt den Todeskampf seines Opfers live und aktiv mit. Er hat den Tod quasi in der Hand. Kann den Prozess beschleunigen, wenn er den Kehlkopf eindrückt oder verzögern … indem er dem Opfer immer wieder etwas Luft gibt. Er kann sich als Herr über Leben und Tod aufspielen. Es genießen, dem Opfer nach und nach den Hahn abzudrehen. Er braucht Kraft. Es ist mit heftiger Gegenwehr zu rechnen. Im Todeskampf mobilisiert jeder seine letzten Reserven. Eine Frau als Täterin schließe ich somit aus. Frauen erdrosseln nicht. Die gehen einer Rivalin eventuell auch mal an die Kehle und würgen sie, aber bis zur letzten Konsequenz, nein. Der Täter muss ein Mann sein. Und wahrscheinlich hatte er überhaupt kein richtiges Motiv. Ich meine, er kam nicht rein mit der Absicht zu morden. Er wollte einfach einen schnellen Fick, und dann …«

»Kam es zu einer Provokation«, schob Caselli ein.

»Ja. Vielleicht hat Mimi ihn ausgelacht, weil es nicht klappte. So was reicht schon. Oder er hat sie nicht bezahlt, und sie ist auf ihn los. Ich kann mir ehrlich gesagt nicht vorstellen, dass einer geplant hat, sie umzubringen.«

»Höchstens der Kindsvater«, meinte Caselli.

»Ja, aber wie gesagt, den gibt es nicht. Ich war auf dem Jugendamt. Mimi war alleinerziehend. In der Geburtsurkunde der Kleinen steht: Vater unbekannt. Kein Sorgerechtsstreit. Die Nachbarn von der Wohnung in Trastevere haben nie einen Mann kommen oder gehen sehen.«

»Also ein Mord im Affekt.« Caselli schnaubte. »Wir müssten ihre Stammkunden ausfindig machen und befragen, und dann kann es immer noch irgendeiner getan haben, der zufällig hier vorbeikam. Das bedeutet enormen investigativen Aufwand. Tief im Dreck des Milieus wühlen … und wozu? Wenn eine Bordsteinschwalbe am Umgehungsautobahnring steht und jede Nacht Männer in ihren Wohnwagen am Schrottplatz mitnimmt, jeden, der zahlt und die Hose herunterlässt, dann darf sie sich nicht wundern, wenn früher oder später …«

»Commissario!«

Caselli atmete tief durch.

»Ich muss Sie sicher nicht daran erinnern, dass wir als Staatsdiener für jeden Bürger da sind … wir sind es der Kleinen schuldig, dass wir den Mörder ihrer Mutter finden!«, ereiferte sich Scurzi.

»Ach was. Wenn die Großmutter die Stärke hätte, dem Mädchen diese ganze Misere zu verschweigen … das wäre das Beste!«

»Commissario!«

»Schon gut, Sergente, Sie haben ja recht. Wir haben alles gesehen. Gehen wir. Und fahren Sie schon mal vor. Ich komme heute Nachmittag in die Questura. Ich will nur rasch nach Hause und mich umziehen.«

»Ist gut, Commissario.«

»Vielleicht sprechen wir mal mit den Kolleginnen der Toten … wir müssten wohl nach Mitternacht noch mal herkommen, wenn sie alle da sind. Wahrscheinlich halten die sich da vorne an der Straße in der Nähe des Motels auf, hm?«

»Sehe ich auch so, Commissario. Ich kann heute aber nicht. Ich habe Paarabend … Sie wissen doch die Sache, die uns die Eheberaterin aufgebrummt hat, mir und Marcella.«

»Ach ja, ich erinnere mich. Ich verstehe schon.« Sie liefen zurück zu den Wagen. »Dann übernehme ich das … mit den Bordsteinschwalben.«

»Nennt man Prostituierte in Sizilien wohl so?« Scurzi fing Casellis düsteren Blick auf. »Pardon, ich meine ja nur. Na, klingt netter als Hure.«

»Eben.«

Caselli hatte seinen Wagen erreicht. »Warten Sie mal. Was ist mit dem Obduktionsbericht? Wenn der da ist, würde ich vorschlagen, wir treffen uns gleich in der Pathologie, oder?«

»Nee, nicht vor morgen, hat Dottore Gavani gesagt. Also am besten Sie fahren hinter mir her. Hier auf der Salaria sind Sie ja nicht so oft … Commissario.«

»Ich komme mit den Verkehrswegen in Rom durchaus klar, Sergente. Fahren Sie ruhig schon los. Ich wechsele nur schnell noch die Schuhe. Ich glaube, die hier kann ich wegschmeißen«, meinte er und betrachtete die Matschränder.

Scurzi nickte, stieg in den Dienstwagen und bog kurz darauf auf die Hauptstraße ein.

Caselli sah zum Motel hinüber. Die Leuchtreklame über der Tankstelle flackerte defekt. Ein Nebengebäude gehörte offenbar ebenfalls dazu. Er streifte die Todds über und verstaute die schmutzigen Sportschuhe in einer Plastiktüte im Kofferraum.

Es war wie Blicke im Rücken. Messerscharf. Caselli wandte sich um. Da war nichts. Er glaubte zu sehen, dass sich am Nebengebäude, ein flacher containerartiger Bau, ein Vorhang bewegt hatte. Sollte er hinübergehen, um den Besitzer des Motels noch einmal zu befragen? Scurzi hatte das schon getan, aber hatte er auch die richtigen Fragen gestellt? Ein Reisebus bog von der Via del Foro Italico auf den Parkplatz der Tankstelle ein. Polnisches Kennzeichen. Caselli schloss den Kofferraumdeckel und wartete noch. Der Bus hielt. Die Ersten kamen heraus. Der Fahrer, der ausgestiegen war, um die Klappen der Gepäckfächer zu öffnen, wies mit Gesten Richtung Motel. Der Portier würde jetzt erst einmal alle Hände voll zu tun haben, die Busladung polnischer Pilger abzufertigen.

Caselli beschloss, die Befragung zu verschieben. Heute in der Nacht musste er ja sowieso noch einmal hierherkommen.

9

Gleich als Caselli seine Wohnung aufschloss, roch er den penetranten Gestank. Den Geruch kannte er.

Er blieb an der Tür stehen, kontrollierte mit Radarblick den Wohnraum. Sein Augenmerk galt dem Schreibtisch, in dessen Schublade die Beretta lag. Der Gestank ließ eher darauf schließen, dass sich niemand mehr in der Wohnung befand. Er trat leise zum Schreibtisch. Das Bronzefeuerzeug stand links statt rechts. Jemand hatte es in der Hand gehabt. Caselli öffnete geräuschlos den Schub, betätigte den Mechanismus. Das Geheimfach sprang auf. Seine Waffe war da. Er nahm sie heraus, entsicherte sie und behielt die Türen im Blick. Bad und Küche. Waffe hochgehalten in beiden Händen, Rücken an der Wand. Zuletzt stieß er die Tür zum Schlafzimmer auf. In seinem Bett lag etwas. Die Decke beulte.

Er schlug sie zurück.

Ein blutiger Schafskopf starrte ihn aus leeren Augenhöhlen an.

Caselli ließ die Waffe sinken. Angeekelt verzog er das Gesicht und trat zurück.

Da er sich nun vergewissert hatte, dass die Wohnung leer war, ging er zurück in den Salon und legte die Beretta auf den Schreibtisch. Der Gedanke, dass Calduzzo sich in der Wohnung aufgehalten hatte, widerte ihn über alle Maßen an.

Er schloss die Wohnungstür erst gar nicht, sondern holte aus der Küche einen großen blauen Plastikmüllsack und streifte Gummihandschuhe über. Damit ging er zurück ins Schlafzimmer. Die Entsorgung des Schafskopfs erwies sich als einfacher als befürchtet. Er schlug ihn in das Harris-Tweed-Jackett ein, auf das Calduzzo den blutigen Schädel gelegt hatte. Das Jackett hatte Caselli sich erst im Herbst anfertigen lassen. Er drehte den Kopf weg, vermied zu atmen und stopfte Jackett samt Schädel in den Sack. Das Bettlaken nahm er mit ins Bad. Dort hatte er vorhin schon Calduzzos Hinterlassenschaft gesehen. Abgesehen davon, dass Calduzzo beim Urinieren anscheinend die Toilettenschüssel nicht traf, hatte er, wie braune Streifen zeigten, den Opera-Seidenschal als Toilettenpapier benutzt. Caselli warf das Bettlaken darauf, stellte den Müllsack ab und holte den Schrubber aus dem Wandschrank. Mithilfe dessen benutze er dann das Bettlaken als Wischlappen, um die Lachen im Bad aufzutrocknen. Danach lehnte er den Schrubber an die Wand und stopfte das Laken samt verdrecktem Schal ebenfalls in den Sack. Der war nun voll. Caselli zog einen Gummihandschuh aus und öffnete ein Fenster. Er nahm seine Dienstwaffe, steckte sie hinten in den Gürtel und trat ins Treppenhaus. Der Sack war noch offen. Caselli lief ein Stockwerk tiefer und läutete bei Lorenzoni, den Einzigen im Haus, mit dem er Kontakt hatte.

Der ältere Herr öffnete und grüßte ihn erfreut. »Alessandro …«, dann brach er ab. Er las wohl in Casellis Gesicht, dass gerade keine Fragen angebracht waren. Er erfasste die Notwendigkeit. »Klebeband für den Sack, denke ich mal? Ich hole es Ihnen, einen Moment.«

Caselli hatte den oberen Teil zusammengedreht. Lorenzoni umwickelte ihn mehrmals und schnitt das Packband dann mit einer Schere ab. »Ist Ihnen wohl was schlecht geworden, was?«, meinte der ältere Herr, dem der üble Geruch nicht entgangen war. »Na, Sie waren in den letzten Wochen selten zu Hause. Dann mal wieder auf eine Partie Schach, wann immer Sie mögen, mein Lieber, ja? *Arrivederci!*«

»Danke«, sagte Caselli, »selbstverständlich gern.« Dann eilte er die Treppen hinunter. Unten angelangt, zog er das Portal auf und trug den Sack zum Container an der Straße. Er schob den Deckel zurück und warf den Müllsack hinein. Der Gummihandschuh flog hinterher.

Anschließend stieg Caselli rasch wieder das Treppenhaus hinauf, nahm zwei Stufen auf einmal. Lorenzoni hatte diskret seine Tür geschlossen. Caselli nickte. Er war dem alten Herrn etwas schuldig.

Dann betrat er seine Wohnung und schloss ab. Jetzt erst hatte er Zeit, wahrzunehmen, was Enzo sonst noch angerichtet hatte. Einschuss im Van der Rohe. Caselli strich mit der Hand über das zerfetzte Leder. Die Kugel steckte noch. Abgesplittertes Holz oben am Regal. Und dann die Platten. Caselli schluckte.

Furtwängler, Karajan, Solti ... seltene Aufnahmen aus den Sechzigern. Durchlöchert. Packenweise.

Caselli überlegte kurz. Dann griff er zum Telefon, um Concetta anzurufen.

10

»Hier! Ihr Drogentest ist positiv!« Di Verdacchiano warf ein Dossier vor Caselli auf den Schreibtisch. »Wie lange wollen Sie eigentlich noch so weitermachen, Caselli? Die Partys bei diesem zwielichtigen Saudi? Drogensumpf mit Schwulenorgien und Fressgelagen. Das ist doch kein Umfeld! Ist Ihnen nicht klar, dass Sie da fehl am Platz sind? Sie, als Sizilianer … und im Staatsdienst!«

»Woher …«

»Crasso und ich spielen Golf, das dürfte Ihnen doch bekannt sein. Da redet man eben. Pierluigi als Bankier hat nun mal, verständlicherweise, gewisse Verpflichtungen, seinen lukrativen Kunden gegenüber. Er muss sich in der sogenannten Gesellschaft sehen lassen, aber Sie nicht! Diese Leute sind nichts für Sie … also, nichts gegen Schwule, dass Sie mich da nicht falsch verstehen. Aber wie ich schon sagte, das ist ein Sumpf bei diesem arabischen Prinzen mit seinen fünf bis acht Ehefrauen, alle voll verschleiert wohlgemerkt, die in der angrenzenden Harem-Suite hocken müssen und sich zu Tode langweilen. Ganz zu schweigen von den Freunden, mit denen er sich umgibt, samt dem *femminiello,* den er sich extra hat einfliegen lassen aus Neapel, und dem ganzen Trupp aus Transen, Gays, Bisexuellen, Transgendern und was sonst noch alles. Man verliert da langsam den Überblick als Hetero … Alles schön und gut mit der Liberalisierung, jeder nach seiner Façon war schon immer meine Meinung. Aber wenn das ganze Spektrum geballt und drogenkonsumierend in einer lauen Frühsommernacht in der Hitze der Luxussuite aufeinandertrifft, dann Gute Nacht, Marie! Aber man kann nichts machen, Diplomatenstatus. Der Saudi ist quasi unangreifbar. Im Hassler hat er allerdings Hausverbot seit dem Vorfall. War vor Ihrer Zeit. Einer fiel von der Dachterrasse, ein *femminiello.* Unfall, angeblich. Ihr Vorgänger hat ermittelt. Die Ermittlungen wurden eingestellt. Konkrete Anhaltspunkte, dass es eben kein Unfall war, gab es nicht. Aber da war was los, sage ich Ihnen. Die gesamte Gesellschaft der *femminielli* aus den Quartieri Spagnoli und den einschlägigen Vierteln aus Neapel war da, mit der Bahn angereist, und hat einen Trauerzug veranstaltet, inklusive Klageweibergeschrei. Fürchterlich! So was kennen Sie ja, gibt es in Sizilien auch noch vereinzelt, denke ich. Ganz großes Kino, sage ich Ihnen. Sie kennen *La Pelle* von Liliana Cavani? Nein? Na, der Streifen nach dem Roman von Curzio Malaparte. War ein Skandal, der Roman, und hat Malaparte mit einem Schlag berühmt gemacht. Im Film spielt Mastroianni den US-Offizier. Da sind Szenen drin, mein lieber Schwan. Die Cavani ist gnadenlos in ihrem Hyperrealismus. Alle Cavani-Filme sind ja … na, tut jetzt nichts zur Sache. Ich schweife ab. Pardon.«

Caselli sparte sich einen Einwurf.

»Die *femminielli* haben einen Sonderstatus. Es gibt da kein Milieu. Die sind in Neapel integriert, gab es dort quasi immer schon … und nur dort, in Neapel. Das können Sie in soziologischen Studien rauf und runter lesen … *femminiello wird* traditionsgemäß der jüngste Sohn einer vielköpfigen Großfamilie … der *cocco della mamma,* der von der Mutter verhätschelte Nachzügler. Das führt dazu, dass er verweichlicht, meist nur mit den Frauen im Haushalt zu tun hat, und sich dadurch fehlidentifiziert, heißt es. Wenn er dann erwachsen ist, zieht er sich wie eine Frau an und übernimmt traditionelle Frauenaufgaben wie Putzen. Der *femminiello* ist auch Puffmutter, den ärmlichen Raum, den er bewohnt, vermietet er stundenweise unter, also ein Bett und die Möglichkeit, eine Tür zuzumachen. Denn mehr ist da ja nicht und er fungiert als Ein-Mann-Lotto-Annahmestelle. Das sind klar umrissene Aufgabenbereiche, und damit ist er im Viertel integriert. Dass die *femminielli* von Neapel zu Weltruhm gelangten, hängt mit dem Sextourismus Mitte des neunzehnten Jahrhunderts zusammen … der Zeit, als Oscar Wilde mit seinem Lord dort war. Damals entdeckten homosexuelle Earls und Intellektuelle aus den Gefilden Nordwesteuropas auf ihrer Grand Tour den Golf von Neapel als Eldorado der Promiskuität … außerdem ließ Homosexualität sich hier anhand der Vorbilder aus der griechisch-römischen Antike sozusagen legitimieren. Sie wissen schon, die Verbindung von Mann und Jüngling, *erastes* und *erameno,* wie wir das im Lateinunterricht ja noch gelernt haben. Legitimation im Sinne von: das habe es immer schon gegeben. Die Reisenden oder die Flüchtenden, je nachdem, auf Homosexualität stand in London und Paris ja damals noch Gefängnis, fanden in Neapel eine Masse junger Männer ihrer gleichen Neigung aus ärmlichsten Verhältnissen vor, die für wenig Geld zu haben waren. Genau genommen ging es aber früher schon damit los. Tiberius hatte auf Capri eine Villa und Lustknaben, die er, so will es die Überlieferung, nach Gebrauch von der Klippe springen ließ oder in den Grotten unten am Meer in die Becken der Muränen warf, als Fischfutter. Neapel, das weiß ja kaum einer, ist die älteste Stadt Italiens überhaupt. Nun, die *femminielli* halten zusammen wie Pech und Schwefel«, fuhr Di Verdacchiano, endlich wieder beim Thema, fort. »Erst letzthin haben sie wieder den

Aufstand geprobt und mit viel Geschrei die Transen aus den Quartieri Spagnoli vertrieben, die wollen die da nicht haben, also die *femminielli* dulden keine Transen in ihrem Viertel. So viel schon mal zur viel gerühmten Toleranz. Die sind sich nicht mal untereinander grün. Transen seien inkompatibel mit der Identität und dem Stolz auf das, was sie darstellen, die *femminielli,* dieses Phänomen Neapels ... und die haben Haare auf den Zähnen ... können keifen wie Waschweiber.«

Caselli nickte insgeheim. Das hatte er auch schon gemerkt. Carminiello war aber offensichtlich liberaler gesinnt, denn der Transvestit Goliarda zählte ja zum kleinen Trupp seiner besten Freunde.

»Trotzdem, jeder liebt sie wegen ihrer femininen, einfühlsamen Art ... sie genießen das uneingeschränkte Vertrauen der Frauen. Wenn mal Not am Mann ist, keiner da, der auf die Kinder aufpassen kann, bringen die Frauen sie zum *femminiello.* Alles Tradition. Deshalb findet man einen *femminiello* auf jeder Kommunion, Hochzeit, Taufe. Man legt ihnen den Säugling in den Arm. Das soll Glück bringen.«

Caselli fragte sich, woher der Vice-Questore das alles wusste, mochte aber nicht nachfragen.

»Na, man sieht ja, was es bringt ... pardon, nicht gehässig werden. Sie stammen ja schließlich auch aus Süditalien, Caselli. Wunderbare Leute dort unten, nur die Bedingungen sind schlecht. Das ist es, aber wunderbare Menschen und fabelhafte Landschaft. Dieses Archaische, das Meer gewaltig aufbrausend wie beim Anbeginn der Welt ... an der Punta Passero, dem letzten Zipfel Europas. Quer übers Meer liegt Afrika. Gischt, Azurhimmel, unberührte Strände, da kann man romantisch werden. Aber ich war bei Neapel ... meine Schwester hat vor fünf Jahren dorthin geheiratet, seither bekomme ich so einiges mit.« Di Verdacchiano atmete tief durch. Er stützte die Arme in die Hüften und wandte sich dann nach Caselli um.

»Hören Sie, Caselli, ich gebe das hier nicht weiter.« Er klopfte mit den Fingerkuppen auf den Bericht. »Ob das nun den Regeln unseres Rechtsstaats entspricht oder nicht. Wegen so einem Mist verliere ich nicht einen meiner besten Männer. Da springt doch sofort die ganze bigotte Maschinerie an. Da stürzen sich alle darauf, wenn es darum geht, einen Polizisten fertigzumachen. Besonders unsere Ministerinnen und die Presse. Ich sehe schon die Schlagzeilen. Nein, ich werde Sie denen auf keinen Fall zum Fraß vorwerfen, wäre ja noch schöner. Nicht, solange ich hier etwas zu sagen habe. Wir lassen Zeit verstreichen, dann machen Sie in einem halben Jahr wieder einen Test, und fertig. Und an der Sportprüfung nehmen Sie eben nicht teil, wegen irgendwas. Ischias oder so. Ein Attest treiben wir schon auf.«

»Vice-Questore, ich …«

Der hob die Hand. »Schon gut! Dass Sie nichts genommen haben, ist mir klar, Caselli. Ich gehe davon aus, einer von Kabirs Leuten hat Ihnen das Dreckszeug ins Glas gekippt. Mit Tropfen ausknocken. Dann Kokain verpassen … der Glaubhaftigkeit halber. Kokain ist glaubhaft in Ihrer Position. Crack und Crystal nicht. Einatmen müssen Sie, immer. Da gibt es Mittel und Wege jemandem im Knockout eine Linie reinzuziehen, wenn es auf ein paar Milligramm Verlust, die derjenige unkoordiniert durch die Luft bläst, nicht ankommt.«

»Danke für Ihr Vertrauen, Vice-Questore.«

Di Verdacchiano nickte.

Caselli, der sehr gerade auf dem Stuhl saß, sah sich von ihm gemustert.

»Hören Sie … lassen Sie mich Ihnen einen Rat geben, Caselli. Manche Frauen machen einen … nun, man verliert den Kopf. Genauer gesagt, man verliert *Kopf und Kragen*. Und das ist keine wert. Moment, ich bin noch nicht fertig!«, wehrte er den Ansatz zum Widerspruch ab, den er bei Caselli wahrnahm, und hob kategorisch die Hand. »Sie haben eine gewisse Meinung von mir, Caselli. Sie brauchen es nicht abzustreiten, ich merke, wie ich nach außen rüberkomme. Aber ich versichere Ihnen, ich kann gut nachvollziehen, was in Ihnen vorgeht. Ich bin nicht mit dem goldenen Löffel im Mund geboren worden und auch nicht mit der Mitgliedschaft im römischen Golfclub, wo ich weiße Bälle unter dem Aquädukt durchschieße. Bis zum Amt des Vice-Questore war es ein langer Weg, ein verdammt steiniger, und ich bin gestrauchelt, Caselli, mehrmals. Erinnern Sie sich an den Fall mit diesem Dirigenten, vorletzten Winter? Da war ich länger weg, nicht wahr? *Erholungsurlaub*, nennt sich so was … von oben verordnet. Ich habe vor dreißig Jahren als Polizist angefangen, dann die Leiter hoch, eigene Staffel … Sie kennen ja die Laufbahn. Je höher man aufsteigt, desto dünner wird die Luft. Ich weiß, welchen Versuchungen man ausgesetzt ist. Ich kenne den Druck, die Zermürbung, die totale Erschöpfung, ich kenne die Panik, wenn man unvermittelt in einen Hinterhalt gerät, und den Schock, wenn es einen von uns erwischt hat. Ich kenne das Gefühl der Resignation gegenüber der schieren Aussichtslosigkeit des Kampfes gegen das organisierte Verbrechen, den wir natürlich niemals aufgeben. Aber ich weiß aus eigener Erfahrung, dass es einem mit der Zeit scheißegal werden kann, ob der Mord an diesem oder jenem Drogensüchtigen, diesem oder jenem Dealer oder einer der zahllosen illegalen Prostituierten aus dem Ostblock oder aus Südamerika ohne Papiere und meist undefinierbaren Geschlechts aufgeklärt wird … wir haben ja gerade wieder so einen ähnlichen

Fall. Und ja, ich war lange bei der Sitte, wie Sie merken, das prägt. Irgendwann habe ich gedacht, sollen Sie sich doch gegenseitig aus dem Weg räumen, warum soll ich für die Aufklärung des gewaltsamen Ablebens eines Zuhälters meinen Kopf hinhalten … und das Leben meiner Männer riskieren, wozu? Ist doch besser, wenn der weg ist, nicht wahr? Man wird mürbe, zynisch, hart, und die Dienstmoral sinkt. Der Spagat zwischen dem rechten Maß Menschlichkeit und Mitgefühl und der Fähigkeit, nicht alles an sich heranzulassen, gelingt dann nicht mehr, weicht einer Art nebulöser Abgestumpftheit. Das ist gefährlich und darf nicht vorkommen. In meiner Position schon gar nicht … ja, ja. Man erholt sich eine Weile, nimmt eine Auszeit, fängt sich. Doch spätestens wenn man erneut angeschossen wird, Schmerzen hat, wieder Reha, wieder eine Beeinträchtigung mehr, dann ist die Wut permanent da und schlimmer noch: die Angst. Die krallt sich an einem fest. Chronisch, sozusagen. Die Angst vor der Kugel sich durch die Haut bohrt, die Angst, die Kontrolle zu verlieren, die Angst vor einer Fehleinschätzung. Die Angst, in einer Extremsituation vorschnell das Feuer zu eröffnen, oder zu spät, und dadurch die eigene Mannschaft zu gefährden, weil man ausgebrannt ist, *over the top*, Alteisen, besser gesagt: Ausschussware. Ohne Glauben an die Grundfesten unseres Rechtsstaats ist man kein guter Polizist mehr … und dann … dann muss man sich verdammt zusammenreißen, um nicht verdeckt Selbstjustiz zu üben. Im Dienst einfach abzudrücken, wenn man den Triebtäter stellt, der mehrere Frauen hingerichtet hat, dank Gutachten frei kam und nach der Haftentlassung sofort wieder gemordet hat. Abdrücken. Das Dreckschwein eliminieren, damit es weg ist, ein für alle Mal. Doch nein, wir sind die Hüter des Gesetzes. Wir halten die Prinzipien des

Staates hoch. Wir klären auch noch jene, die sich wie Bestien verhalten und uns Tag für Tag den Anblick dessen, was Sie mit ihren Opfern gemacht haben, zumuten, gewissenhaft über ihre Rechte auf, statt einfach abzudrücken. Fluchtversuch bei der Festnahme. Tätlicher Angriff. Schuss aus Notwehr. Es stünde uns frei, im Grunde immer. Reine Gewissensfrage. Ich habe viele Abscheulichkeiten gesehen, Caselli … zu viele. Ende vierzig habe ich angefangen, mich nach Dienstschluss zu betrinken, um die Bilder aus dem Kopf zu kriegen. Und damals im Winter vor zwei Jahre … da war es mal wieder so weit. Ich musste clean werden. Den ganzen Schmutz rauskriegen aus Körper und Geist. Zwei Monate Auszeit. Hier im Büro sieht es dann aus, als machte ich mir einen feinen Lenz, wenn ich nicht da bin. Dem ist nicht so. Die Entziehungskur war kein Zuckerschlecken. Und jetzt, jetzt … gönne ich mir regelmäßig Urlaub. Meer, Strand, Seychellen, Amalfi … Sie werden sich schon gewundert haben, aber ich habe noch ein paar Jahre bis zur Pensionierung, und die will ich so bewältigen, dass ich voll da bin, wenn es darauf ankommt, meinen Dienst zu hundert Prozent leiste. Dazu muss ich fit sein, auf der Höhe. Also muss ich mit meinen Kräften haushalten. Kapieren, wann ich eine Auszeit brauche. Und die nehme ich mir. Es ist oft nicht alles so, wie es scheint.«

Nach einer kleinen Pause fuhr er fort: »Was Ihnen gerade widerfährt, Caselli, das mit Enzo Calduzzo, ist mit der schlimmste Albtraum, der einem in unserem Beruf passieren kann. Vorzeitige Entlassung gefährlichster Verbrecher dank beschissen liberaler Psychologen oder in diesem Fall einer Psychologin, wie ich gehört habe, und Gutachter, die von Tuten und Blasen keine Ahnung haben. Verblendet in ihrer beschränkten Welt, die an das Gute im Menschen glauben will. Sie leben eine Extremsituation. Ich möchte nicht in Ihrer Haut stecken. Und ehrlich gesagt, hoffe ich in unser aller Interesse inständig, der aktenkundige Mafiakiller, der Ihnen vor fünf Jahren bei diesem Drogenprozess Rache schwor, rückt nicht mit seiner ganzen Cosa-Nostra-Verwandtschaft hier an!«, schloss Di Verdacchiano und setzte sich hinter seinen Schreibtisch.

»Da besteht keine Gefahr«, kam Caselli nun auch mal zu Wort. »Calduzzo ist ein Einzelgänger. Im Grunde eine kleine Nummer im Moreno-Catanazza-Clan. Ein Handlager, aber mit dem Talent, präzise zu eliminieren. Er ist kein Licht, er ist ein skrupelloser Soziopath … der vom Mittagstisch seiner Mutter aufsteht, um kurz darauf einen Auftrag auszuführen. Aber was meine Person angeht, handelt er nicht im Auftrag der Mafia. Niemand hat angeordnet, mich auszuschalten. Er agiert auf eigene Rechnung, und mit mir hat er eine offen. Ich rechne mit dem Schlimmsten. Ich weiß, bevor er versucht, mich zu töten, will er mich leiden sehen. Dieses Mal wird es eng. Mir ist das vollkommen klar. Nur beschäftige ich mich nicht pausenlos damit, das wäre das Schlimmste, was man tun könnte … nervös werden.«

Di Verdacchiano nickte. »Und Sie wollten noch ein paar Wochen richtig leben … mit dieser Französin … falls es zum Äußersten kommen sollte.«

»Ja.«

Der Vice-Questore schnaubte nur. »Na, lange kann es nicht mehr dauern«, knurrte er. »Er hat ja schon seine Duftmarken gesetzt. Soweit ich weiß, bei Ihnen da unten in Sizilien, auf dem Anwesen Ihrer Familie.«

»Korrekt, Vice-Questore. Deshalb wollte ich auch mit Ihnen sprechen … hatte um einen Termin gebeten. Sie sind mir wegen des Drogentests zuvorgekommen. Mir ist bekannt, dass die Bestimmungen verschärft wurden.

Aber dass man mich an der Pforte abfängt, mir einen Plastikbecher in die Hand drückt und tags darauf das Ergebnis vorliegt, damit habe ich nicht gerechnet.«

»Tja«, Di Verdacchiano lehnte sich in den massigen Lederdrehsessel zurück. »Neue Bestimmungen … aber wir haben das ja geklärt.« Sein Blick wurde ernst und aufmerksam. »Worüber wollten Sie mit mir sprechen, Caselli?«

Caselli holte Luft und erklärte ihm die Sachlage. Unnötige Details ließ er weg. Als er geendet hatte, wirkte der Vice-Questore betroffen.

»Aha … mit der üblichen Schlachthausware. Und Sie meinen, das sei untypisch, weil die Mafia das schon seit Jahrzehnten nicht mehr macht? Warum tut er es dann? Ein Nostalgiker? Al-Pacino-Fan? Pardon, ich will in dieser ernsten Lage keine inopportunen Scherze machen, aber wie erklären Sie sich das?«

»Ich glaube, es macht ihm Spaß.«

»Sie meinen, er spielt mit Ihnen?«

»Ja. Das, was Enzo bislang getan hat, ist Folklore. Die Mafia agiert so nicht. Er will mich nervös machen, das ist alles. Oder irgendwas ganz anderes steckt dahinter, Vice-Questore, aber ich weiß zum jetzigen Zeitpunkt nicht, was das sein könnte.«

»Wie auch immer, Calduzzo ist also schon in Rom. Was werden Sie tun, wenn er Ihnen gegenübertritt?«

»Einer von uns wird das nicht überleben. Und ich hoffe, dass werde nicht ich sein.«

Di Verdacchiano schwieg einen Moment. Dann fuhr er fort: »Bis die Sache ausgestanden ist, übernimmt Sergente Scurzi größtenteils Ihre Aufgaben. Tun Sie, was immer Sie für richtig halten. Sie haben meine volle Rückendeckung. Sie haben ihn nicht eingeweiht, oder?«

Caselli schüttelte den Kopf und stand auf. »Nein, ich kann nicht verantworten, dass ihm wegen dieser Sache etwas zustößt. Sie wissen ja, was in Sizilien war … warum ich nach Rom bin, meine ich.«

Di Verdacchiano nickte. »Ja, und das wissen nicht gerade viele.«

»Eben. Ich muss vermeiden, dass sich das wiederholt.«

Di Verdacchiano nickte erneut und trat zur Tür. »Also, dann …«, setzte er zur Verabschiedung an.

»Danke, Vice-Questore.«

»Danken Sie mir nicht, Caselli. Was Sie bräuchten und was Ihnen verdammt noch mal zustünde, wäre Rund-um-die-Uhr-Personenschutz, und den kann ich Ihnen nicht verschaffen. Ich stehe da als machtloses Rädchen in einem Dritte-Welt-Staat namens Italien, und ich schäme mich dafür in Grund und Boden, Caselli. In Grund und Boden. Tun Sie mir den Gefallen, und kommen Sie heil aus der Sache raus, egal wie. Ich brauche Sie hier. Ich bereue keine Sekunde, dass ich Sie trotz Ihrer heiklen Vorgeschichte übernommen habe. Sie sind inzwischen mit mein bester Mann, und den will ich nicht an einen Mafiakiller mit folkloristischem Einschlag verlieren.« Er trat noch einmal an den Schreibtisch und griff nach einem Blatt Papier. »Hier ist ein Passierschein mit Dienstanordnung. Gehen Sie hinunter zu den Kollegen und holen Sie sich, was immer Sie brauchen, aus der Asservatenkammer. Ist legal … gibt ja die Regelung, diese Waffen in Polizeieinsätzen nutzen zu können, statt sie vergammeln zu lassen. Sie müssen sich verteidigen. Nehmen Sie mit, was Sie wollen oder in Sizilien im Einsatz hatten. Ich habe Ihnen, vorab mal, eine Beretta M9 A1 parat legen lassen. Griffstück mit Montageschiene zum Aufsetzen von Pointer oder Taschenlampe. Calduzzo hatte ja eine Vorliebe dafür, seine Opfer in Kellerlöcher oder Grotten zu schleusen und dort in seiner Gewalt zu halten, bis er Lust hatte, sie endlich umzubringen. Sie merken, ich habe Ihre Personalakte und die Details intus. Na, Grotten gibt es ja nur bei Ihnen da unten am Meer. Aber trotzdem, die Waffe kann nützlich sein. Killer ändern ihre Gewohnheiten selten. Fünfzehn Schuss, zwei Magazine. Das müsste reichen.«

Caselli schüttelte den Kopf. »Ich habe eine Waffe. Aber danke.«

Di Verdacchiano legte ihm die Hand auf die Schulter.

»Hätten Sie damals mal lieber höher gezielt, statt Enzo Calduzzo nur bewegungsunfähig zu schießen, dann bliebe uns die Rache Ihres Landsmanns jetzt erspart, was? Na, bald ist auch das ausgestanden. Alles Gute!«

Caselli schwieg. Di Verdacchianos Monolog war die zweite Überraschung an diesem Tag. Und wäre der letzte Satz nicht gefallen, hätte er ihn beinahe sympathisch gefunden.

11

Einkauftüten vor der Tür, weißes Plastik. Ausgetretene Gesundheitsschuhe. Caselli hob die Brauen und schloss auf. Eine Wolke Desinfektionsmittel schlug ihm entgegen. Das war schon mal beruhigend.

»Concetta?«

»*Buonasera,* Commissario!« Die Zugehfrau eilte dienstfertig aus dem Bad herbei und wischte sich die Hände an ihrer blaugrauen Schürzen trocken.

»Concetta, ich sagte doch extra, Sie sollten erst um sechs Uhr kommen, wenn ich wieder da bin!«

»Aber, Commissario, da störe ich Sie doch nur mit meiner Putzerei. Schauen Sie, jetzt bin ich schon fertig! Und ich habe alles gemacht, wie Sie angeordnet haben. Sie zeigte auf zwei Literflaschen Sagrotan und den Putzeimer. »Ich habe ganz wenig Wasser reingetan. Also ganz ohne Wasser, das geht nicht, man kann nicht alles nur mit Desinfektionsmittel, ganz unverdünnt, putzen, verstehen Sie? Hatten Sie wohl Besuch?«

»Das kann man so sagen.«

»Ich verstehe schon, da hatte jemand Nasenbluten, all die Blutspritzer … und da muss man ja heute vorsichtig sein in diesen Zeiten. Ich habe mir Gummihandschuhe angezogen beim Wischen. Mache ich sonst eigentlich nicht. Ich habe auch die Bettwäsche und die Handtücher im Bad entsorgt, wie Sie gesagt haben. Aber ehrlich, Commissario, da ist nichts dran. Ich gebe die in die Kochwäsche mit Dixan, und die sind wie neu. Ich habe erst mal gewartet ...«, meinte sie und zeigte auf die zwei vollen, blauen Müllsäcke neben der Tür.

»Entsorgen«, sagte Caselli. »Oder wenn Sie wollen, dann nehmen Sie sie mit.«

Concetta nickte zufrieden. »Mach ich. Sämtliche Oberflächen habe ich mit Sagrotan abgewischt. Alles hundert Prozent keimfrei und picobello. War aber gar nicht so schlimm. Letzten Sommer, als der junge Engländer Ihr Gast war, na, da gab es richtig was zu putzen!« Sie deutete mit dem Finger auf den Van der Rohe. Über das Einschussloch hatte Caselli ein Plaid gelegt. »Und den habe ich nicht angefasst, ganz ehrlich. Sie sind ja eigen, Commissario, mit Ihren Designerstühlen, weil die so selten und teuer sind. Und ich halte mich an das, was Sie sagen.«

»Wunderbar, Concetta. Wenn ich Sie nicht hätte!« Er holte einen grünen Schein aus seinem Portemonnaie und drückte in ihr in die Hand.

»Aber das ist doch viel zu viel! Ich war bloß zwei Stunden da und eine Literflasche Sagrotan kostet doch nur ...«

»Da ist für nächste Woche mit, Concetta. Nächste Woche kommen Sie bitte nicht her. Ich melde mich, wenn ich Sie wieder brauche, ja?«

Sie blickte auf den Schein in ihrer Hand. »Dienstreise?«, fragte sie.

»Ja.«

»Aber ich kann doch Lüften und Staubwischen.«

»Nein, nächste Woche haben Sie frei. Sie gehen mit Ihrem Enkel zu Giolitti und spendieren ihm ein Eis auf meine Kosten, versprochen?«

Sie lächelte. »Ja, Commissario.«

»Sie kommen auf keinen Fall her«, setzte er noch einmal und mit Nachdruck hinzu. Wenn Calduzzo zurückkäme und Concetta in der Wohnung anträfe, könnte ein Unglück geschehen. Aber die ältere Frau war stur und Caselli wusste, dass er deutlich werden musste.

»Auf keinen Fall.«

Sie zwinkerte ihm zu. »Versteh schon, Commissario. Sie ist bestimmt sehr nett und hübsch.«

»Ja«, erwiderte Caselli. »Das ist sie.«

»Also ich gehe dann mal.«

»*Grazie,* Concetta. Sie sind mir immer eine große Hilfe.«

»Mach ich doch gerne, Commissario«, antwortete sie und nahm die Schürze ab.

Wenig später verließ auch Caselli die Wohnung, diesmal mit Reisetasche.

12

»Soutane und Zigulum, wie es für Ihren Stand angemessen wäre, tragen Sie wohl nicht, Monsignore, wenn Sie privat ausgehen …« Signora Picchettis tadelnder Unterton war unüberhörbar. »Wie sind Sie eigentlich zu dem Titel gekommen? Sie sind doch noch gar nicht fünfundsechzig.«

Caselli, der unschlüssig am Büfett stand, kam nicht umhin mitzuhören. Er war in die Betrachtung der Eisskulptur, eines Schwans, versunken. Daneben bildeten inmitten von Zitronenbäumchen Melonen, mit komplizierten Schnitzereien verziert, die Tischdekoration. Terrinen und Behälter aus Hotelsilber boten alle erdenklichen Fischspezialitäten feil. Die gegrillten Scampi sahen besonders appetitlich aus.

»Stimmt, der Vor-Vorgänger des Heiligen Vaters hat mir den Ehrentitel verliehen, Signora Picchetti, lange vor 2014, da galt die Regelung der Altersgrenze noch nicht. Da war ich Mitte vierzig und einfacher Priester. Das bin ich übrigens auch heute noch, Ehrentitel hin oder her. An meiner eigentlichen Mission hat sich nichts geändert.«

»Na, ich kann mit diesen lockeren Sitten nichts anfangen. Man muss doch erkennen können, wenn ein Mann der Kirche vor einem steht. Sie sehen ja aus wie einer von denen …« Schnippisch nickte sie mit einer knappen Kopfbewegung zu Jacques und seinen Freunden hinüber. Die Wasserwelle im weißen Haar und das konservative Kostüm unterstrichen ihre Strenge und Korrektheit.

»Ich habe Sie noch nie einen Bibelspruch zitieren hören, Monsignore, immer nur Ihre seltsamen, mystischen Weisheiten!«

»Nun gut …«, setzte Bertram an und blickte auf den Grund seines Whiskyglases. »Wie wäre es denn mit Epheserbrief 4.29?«

»Und? Ich höre.« Signora Picchetti hob das Kinn.

»Über eure Lippen komme kein böses Wort, sondern nur ein gutes, das den, der es braucht, stärkt, und dem, der es hört, Nutzen bringt.«

Caselli, der den Blick über die Vorspeisenterrinen aus Hotelsilber wandern ließ, schmunzelte. Dann griff er nach dem Löffel im *Risotto al limone e champagner* und lud sich eine Portion auf einen der bereitstehenden Teller mit Goldrand. Er nahm ihn mit und wollte sich ein gutes Stück vom Büfett und der Festgesellschaft entfernen, um in Ruhe zu essen. Doch einen Moment blieb er an der Terrassentür stehen, um eine Gabel Risotto zu kosten. In unmittelbarer Nähe stand Dottore Gardoni, ein Glas in der Hand, mit einem der jungen Männer, die Carminiello aus Neapel mitgebracht hatte.

»Ja, aber wie ist es dann dazu gekommen?«, fragte Gardoni gerade.

Der junge Mann in Kleid und Langhaarperücke zuckte die Schultern. »Ich hab einfach immer am liebsten mit meiner Puppe statt mit den anderen Jungs gespielt. Was die so machten, da hatte ich nie Lust zu. Als ich fünfzehn war, hab ich meine Mamma gefragt, ob mit mir was nicht stimmt. Was los ist mit mir. Sie ist mit mir zu einem Arzt. Er hat mir Spritzen mit Hormonen gegeben, damit mir Brüste wachsen. Und jetzt sehe ich eben so aus, wie ich mich fühle.«

»Haben Sie schon mal die Kaplan-Studie gelesen?«, setzte Gardoni nach.

»Was?«

»Darin wird die These aufgestellt, Homosexualität werde durch extreme Schwankungen im Hormonhaushalt der werdenden Mutter bestimmt.«

»Wieso?«

»Nun … also erst mal war es ja Ihr Vater, der Ihr Geschlecht bestimmt hat. Der Mann liefert ein Y- oder ein X-Chromosom. Die Kombination XX wird ein Mädchen, XY ein Junge, nicht wahr? Das Geschlecht des Jungen, also Ihres, lag bei der Zeugung fest, aber erst im achten Monat in der neunundzwanzigsten bis dreißigsten Schwangerschaftswoche, wenn das Gehirn des Fötus so stark wächst, dass die weichen Schädelknochen nach außen gedrückt werden, und sich nach und nach die Hirnstrukturen ausbilden, erst dann … wird im Gehirn der Gefühlsbereich geprägt. Erlebt die Mutter in dieser Zeit extreme Belastungen, beispielsweise durch Ehestreitigkeiten oder Geldnot, unterdrücken die Stresshormone die Bildung von Testosteron augenscheinlich fast komplett und … der Junge und spätere Mann wird wie eine Frau fühlen. Na, so jedenfalls die Studie.«

»Echt?«

»Ja. Bei uns Männern bleibt der Gefühlsbereich im Allgemeinen ja nur auf die rechte Hirnhälfte begrenzt, während die Sprache in der linken Hirnhälfte für sich bleibt. Bei der Frau und den meisten Homosexuellen entstehen Gefühle in beiden Hirnhälften und sind in ständiger Wechselwirkung mit der Sprache. Und damit die Kommunikation zwischen den Hirnhälften optimal klappt, hat die Natur das Splenium corporis callosi installiert. Das Splenium ist der caudale Teil des Corpus callosum …«

»Corpus Christi?«

»Nein, Corpus callosum. Das ist der Balken, der Ihre beiden Gehirnhälften verbindet … also, auf jeden Fall, das

Splenium, der hintere Teil dieses Balkens, enthält bis zu fünfundzwanzig Millionen zusätzlicher Nervenkabel. Eben dieser funktionale Unterschied im stärker entwickelten Splenium ist dafür verantwortlich, dass Frauen und Homosexuelle weiblich geprägt fühlen und auch verbal ausdrücken können, was sie empfinden. Während der heterosexuelle Mann durchaus Gefühle hat, sie aber schlecht zeigen oder in Worte fassen kann.«

»Also ich bin trans.«

Caselli schob noch eine Gabel Risotto in den Mund. Ein Kellner mit einem Tablett bot ihm Champagner an. Caselli lehnte dankend ab. Er hatte keine Hand frei, und außerdem wollte er sich später noch hinters Steuer setzen. Er würde noch einmal zu dem Motel an der Tangenziale Est rausfahren und mit den Kolleginnen der erdrosselten Mimi sprechen.

»Ach, Dottore Gardoni … ich habe Sie gestern im Fernsehen gesehen, darf ich Sie mal was fragen?«, sagte in diesem Moment die füllige Signora, die sich soeben zu den beiden gesellt hatte.

»Ja, gern, haben Sie einen Stift? Wenn Sie bitte entschuldigen …«, sagte Gardoni, den letzten Satz an den Transgender gewandt, mit dem er sich bisher unterhalten hatte.

Der schmächtige junge Mann nickte und ging. Caselli sah ihn auf die Freunde von Carmine zusteuern, die weiter vorn in den Lounge-Sesseln saßen.

»Stift? Wieso?«, fragte die Signora.

»Ach, ich dachte, Sie wollten mein Buch signiert haben.«

»Nein, ich will Sie nur was fragen. Ich kämpfe ja seit Jahren mit meinem Gewicht, nach den Geburten meiner Kinder blieb einfach alles drauf. Ich habe Ihr neues Buch durchgeblättert …«

»Na, tun Sie, was drin steht, und Sie nehmen ab.« Gardoni nahm einen Schluck von seinem Drink. Er blickte starr geradeaus, durch die Glasfront hindurch auf das Partygeschehen im Salon. Caselli tat es ihm gleich.

Bertram war aufgestanden und geleitete Signora Picchetti am Arm nach draußen auf die Dachterrasse.

»Das ist anders, als Sie glauben, Signora«, sagte Bertram gerade. »Wenn Sie Negativerfahrungen machen, ist es müßig, Gott dafür verantwortlich zu machen. Das ist er nicht. Allenfalls insofern, dass er Ihnen den freien Willen gab. Doch das Wunderbare daran ist: Er gab uns auch, vereinfacht ausgedrückt, einen Funken seiner DNA. Und als Funken von Schöpfungsenergie erschaffen wir uns die Realität selbst. Denn, nun, was ist denn eigentlich die Realität?«

»Und, was ist sie nun, Ihrer Meinung nach?« Wählerisch glitt Signora Picchettis Blick über die dargebotenen Vorspeisen.

»Es ist eine Spiegelung.«

»Soso.«

Dottore Gardoni machte den beiden Platz.

Die füllige Signora nahm den Faden wieder auf. »Nun ja, aber meine Diätologin, ich bin bei Professoressa Gaspari an der Piazza Bologna … Sie betreut Patienten aus Film und Fernsehen, sehr renommierte Praxis, hat mir einen genauen Diätplan für jeden Tag erstellt … ausgewogene Ernährung. Heute Mittag hatte ich sechzig Gramm Hühnchen, dazu zwanzig Gramm Reis und eine geraspelte Karotte mit etwas Öl, damit sich das Vitamin A aufschließt.«

»Na, dann machen Sie das doch.«

»Ja, aber ich nehme nicht ab, und ich mag kein Hühnchen.«

»Also, ich lebe ja seit Jahren vegan«, mischte sich eine etwa Vierzigjährige mit Kurzhaarschnitt ein. Sie trug einen schwarzen Jumpsuit mit Goldgürtel, der ihre schlanke Linie gut zur Geltung brachte. Caselli kam sie zu hager vor. Ihr Gesicht war braun gebrannt und wirkte verhärmt. Offenbar hat sie Sorgen oder joggt ohne Baseball-Cap, dachte Caselli.

»Können Sie, müssen Sie aber nicht«, antwortete Dottore Gardoni. »Vegan ist in Ordnung. Vegetarisch wäre besser. Aber eine Gabel Butter ab und an täte Ihnen gut, macht die Haut straff und glatt. Omegafettsäuren braucht Ihr Körper unbedingt, und Butter ist da ideal.«

»Ich wiege immer alles ganz exakt ab, und trotzdem …«, fing die füllige Signora wieder an.

»Und das macht Sie wahnsinnig, habe ich recht? Ihr Diätplan beansprucht viel von Ihrer Zeit, und Sie denken den ganzen lieben langen Tag nur an das, worauf Sie Appetit haben, aber gerade nicht essen dürfen.«

»Ja, genau!« Die Dame nickte heftig.

Caselli bemerkte, dass ihr Hals mittlerweile puterrot angelaufen war.

Bertram griff ebenfalls nach dem Risotto-Löffel. Die Alternative wäre *Pasta al tonno* gewesen, kam Caselli in den Sinn. »In unserem Tagesbewusstsein läuft ein Programm, das unser Karma spiegelt und wachhält. Es ist wichtig, dass wir beobachten, was um uns herum passiert und wie wir in jedem Moment handeln. Vielen Menschen ist die Tragweite ihrer Inkarnation überhaupt nicht bewusst. Alles, was wir erfahren, hat eine Ursache und einen Sinn. Nur finden wir sie nicht unbedingt im heutigen Leben, in unserem momentanen Hier und Jetzt. Wir müssen daher die Verbindung herstellen, nun, zu unserem Unterbewusstsein, indem wir überlegen, was wir aktuell und wiederholt falsch machen. Denn immer dann, wenn wir unsere sogenannten Probleme haben, werden alte Muster und einmal in früher Lebensphase erlernte Programme immer und immer wieder aktiviert. Das Tagesbewusstsein, also das, was wir als Realität bewusst wahrnehmen, ist der Spiegel mit allen Höhen und Tiefen für alles, was an gespeicherten Programmen in unserem Unterbewusstsein abläuft. Um es auf einen Nenner zu bringen: wie innen, so außen.«

»Also, damit wollen Sie sagen, meine Schwiegertochter provoziert mich ständig, weil ich selbst entsetzlich wütend bin?«

»Mehr oder weniger schon.«

»Und was spiegle ich Ihnen dann, Bertram? Die, wie Sie sicher denken, bigotte, konservative und überaus unnachgiebige Picchetti?«

Bertram lachte sein sympathisch herzliches Lachen. »Ich freue mich, dass Ihnen das Prinzip offenbar aufgegangen ist. Mit Sicherheit zeigen Sie mir den Teil meiner Selbst, an dem ich noch arbeiten muss!«

Dottore Gardoni zögerte, wahrscheinlich überlegte er, ob es der Mühe lohnte, aber dann obsiegte wohl sein Berufsethos als Arzt. Er holte Luft. »Die Kollegin hat mit ihrer Empfehlung für eine *ausgewogene Ernährung* ja grundsätzlich recht, aber eben nicht *en detail.* Um abzunehmen, müssen Sie essen, Signora … der Satz ist ja mittlerweile und glücklicherweise allseits bekannt. Bloß nicht hungern! Der Knackpunkt liegt beim *ausgewogen.* Damit meine ich nicht das Abwiegen. In meinen Augen ist das zeitraubender Blödsinn. Ausgewogen heißt, Sie brauchen von allem etwas … Vitamine, Spurenelemente, Fettsäuren, Eiweiß, tierisch oder nicht … das geht selbstverständlich auch mit Soja und Hülsenfrüchten«, schob er mit Seitenblick auf die Jumpsuit-Trägerin ein.

Caselli sah sie beipflichtend nicken.

»Ballaststoffe, Kohlenhydrate, Fette … ohne Fette läuft in unserem Körper stoffwechselmäßig gar nichts.

Und hier ist der Punkt: Was *ausgewogen* ist, wissen nur Sie! Ihr Körper teilt es Ihnen jeden Tag rund um die Uhr klipp und klar mit. Sie haben Appetit auf Pasta mit Tomatensoße? Dann los! Bereiten Sie einen Teller zu. Einen Teller wohlgemerkt, nicht drei, wie Pavarotti seinerzeit. Und wenn Sie Dinkelvollkornnudeln wählen statt solche aus Hartweizen, dann setzt diese Mahlzeit nicht an, da Ihr Körper Dinkel völlig anders verwerten kann als Weizen. Hochwertig verwerten. Von Weizen bekommt man nur eine Weizenwampe. Ihr Körper, Signora, ist Ihr bester Diätologe! Essen Sie, worauf Sie Appetit haben, und Sie machen automatisch alles richtig. Sie halten Ihr Gewicht ohne Jojo-Effekt und investieren Ihr gutes Geld in Nahrungsmittel, statt es der Gaspari in den Rachen zu werfen!«

»Ja, aber … aufpassen muss man doch! Und ich will ja erst mal an Gewicht verlieren. Fünfzehn Kilo soll ich abnehmen vor meiner Hüft-OP«, warf die Signora skeptisch ein.

»Kein Alkohol. Kein Zucker. Papaya und Mango, wegen der Enzyme und für den Darm. Drei leichte Mahlzeiten nach Gusto pro Tag. Morgens einen großen Becher heißes Wasser mit dem Saft einer ausgepressten Zitrone.«

»Heißes Wasser?«

»Entgiftet die Leber und reinigt. Dann was Leichtes zum Frühstück: eine Schale Haferflocken mit Kokosmilch, die ist übrigens eins a, wenn Sie etwas für Gehirn und Augen tun wollen, *das* Mittel zur Vorbeugung gegen Alzheimer.«

»Also, hören Sie mal …«, empörte sich die Signora.

»Ich sage ja nicht, dass Sie Alzheimer haben. Ich habe gesagt: Kokosmilch ist gesund. Amerikanische Studien belegen ein phänomenales Wirkungsspektrum. Dazu eine Banane und Rosinen. Dazwischen nichts. *Niente.* Sobald Sie was in den Mund schieben und herunterschlucken, muss Ihr Körper nämlich die gesamte Verdauungsmaschinerie von vorn anwerfen, ohne dass Sie ihm Zeit ließen, Ihr Frühstück oder Mittagessen in Ruhe und vollständig zu verdauen. Dieser ständige Mischmasch an Halbverdautem und neu zugeführtem Nahrungsbrei führt im Magen und Darmtrakt zu Völlegefühl und Blähungen. Der Darm kann nicht effizient arbeiten und verkrustet sozusagen mit der Zeit. Wenn Sie sich das bildlich vorstellen, fällt es Ihnen leicht, auf Zwischenmahlzeiten zu verzichten. Überkommt Sie die Lust auf Süßes – ich sage nur: Blutzuckerspiegel! , dann pürieren Sie im Mixer eine Mango mit einer Tasse Leitungswasser. Fruchtzucker ist erlaubt. Wer in puncto Fruchtzucker Bedenken hegt, ist falsch informiert. Hatten Sie zu Mittag Fleisch, ersetzen Sie die Mango durch eine Papaya, deren Enzyme spalten Eiweiß auf. Der Drink sättigt, und Sie kriegen damit jede Heißhungerattacke in den Griff. Sie können ihn vorbereiten und in einer Sporttrinkflasche in der Handtasche dabeihaben, wenn Sie berufstätig sind. Und dann: Trinken ja, aber nicht wie ein Kamel. Zwei Liter sind übertrieben. Trinken Sie Leitungswasser. Kohlensäureversetztes Wasser bringt Ihrem Körper nichts, im Gegenteil.« Er hob die Hand. »Ja, ja … da kommt vehementer Widerspruch. Da gehe ich jetzt nicht darauf ein. Lesen Sie die Bücher meines Kollegen, des werten Dr. med. Fereydoon Batmanghelidj, wenn Sie Wasser für Ihre Gesundheit nutzen wollen. Und um zum Ende zu kommen: Nach achtzehn Uhr ist Schluss. Wenn Sie nach achtzehn Uhr nichts mehr essen, können Sie praktisch den ganzen Tag gesund futtern, was Sie wollen, und nehmen trotzdem ab.«

»Ja, aber da komme ich doch erst vom Büro nach Hause und freue mich auf das Abendessen mit der Familie!

Ich halte mich den ganzen Tag zurück, aber das Abendessen, das kann ich unmöglich ausfallen lassen. Das ist für mich das Wichtigste!«, protestierte die füllige Signora.

Caselli war jetzt mit seinem Teller Risotto fast fertig.

Die Jumpsuit-Trägerin lächelte mitleidig. Sie aß bestimmt seit Jahren nach achtzehn Uhr nichts mehr.

Dottore Gardoni verlor die Geduld.

»Ja, dann kann ich Ihnen auch nicht helfen. Ich habe Ihnen, zusammengefasst, alles gesagt, was Sie wissen müssen … Wenn Sie mich jetzt bitte entschuldigen.« Er stellte sein Glas ab und ging.

Die Mittvierzigerin wandte sich der fülligen Signora zu. »Probieren Sie es doch. Der Professor hat recht. Es ist so einfach … und von dem, was Sie bei Ihrer Diätologin hinblättern, können Sie sich kiloweise biologisch angebautes Obst und Gemüse gönnen.«

»Ah, wenn jemand schon vegan isst! Das ist einseitig und ungesund. Und Sie haben doch einen ganz anderen Körperbau, und krank waren Sie auch. Entschuldigen Sie, ich wollte das nicht so direkt sagen … nun, jeder, wie er möchte«, ruderte sie zurück.

»Da bist du ja!« Chantal legte die Hand auf Casellis Schulter. »Amüsierst du dich? Ich muss nachher wieder in den *Harem*, aber jetzt habe ich es ohne dich einfach nicht mehr ausgehalten!« Sie holte sich einen Kuss. »Hast du eine gute Zeit?«

»Ab jetzt schon«, erwiderte er. »Sag mal, am Frühstücksbüfett, gibt es da auch Papaya?«

»Sicher, was meinst du, wie ich halte meine Linie.« Sie legte die Hände in ihre Taille. »Ich bestelle dir morgen eine zum Frühstück. Die Frucht halbiert sieht erotisch aus, sagt man, aber ich sehe, wenn ich ehrlich bin, nur schwarze Kerne. Hör mal, du hast in der Nacht

Dienst … du hast gesagt. Danach du wirst sein *fatiguè*. Wie wäre es mit … *jetzt?* Es fällt nicht auf, wenn wir sind weg für ein Stunde, und wenn, es ist ja auch egal.«

Caselli musste nicht lange überzeugt werden. Er stellte den Teller ab, zog Chantal hinter sich her, ihre Hand in seiner Hand, und bahnte sich einen Weg durch die Menge launiger Partygäste.

***

Die Bürolampe warf einen schwachen Lichtkegel auf den Schreibtisch. Auf dem Flur war niemand mehr. Scurzi saß vornübergebeugt vor dem PC und klickte sich durch eine Unmenge Internetseiten. Er hatte Caselli gegoogelt. Wortfolgen und auch ganze Sätze in Suchmaschinen eingetippt und die angezeigten Treffer abgegrast. Das Archiv der Zeitungen *La Sicilia* und *Corriere di Ragusa* hatte mehrere Artikel zutage befördert, und Scurzi war auf Anhaltspunkte gestoßen. Schießereien in der Provincia di Modica, in die Casellis Kommissariat verwickelt gewesen war. Es hatte Tote gegeben, der eklatanteste Fall war ein Polizist im ersten Dienstjahr. Dann war Scurzi die *Cronaca nera* der Prozesse in Ragusa vor fünf Jahren durchgegangen. Unter den Bildern gab es eines mit einem Sizilianer in Handschellen. Im Artikel wurde Caselli erwähnt. Es hatte einen Schusswechsel beim Zugriff gegeben, mehrere Verdächtige waren festgenommen worden. Casellis Staffel hatte einen Drogenring ausgehoben. Ein Name fiel immer wieder: Enzo Calduzzo. Er war zu einer Haftstrafe von acht Jahren verurteilt worden.

Scurzi lehnte sich in den unbequemen Bürostuhl zurück und traktierte den Zeigefingerknöchel der linken Hand mit den Zähnen. Er dachte angestrengt nach. Enzo

Calduzzo. Damals war er Anfang dreißig gewesen. Rockige Lederjacke. Goldkettchen am Handgelenk. Lange, schmale Finger. Ein Gesicht wie ein Covermodel. Der musste vor Urzeiten normannische Vorfahren gehabt haben. Nicht klassisch, aber einprägsam wie all die androgynen Männergesichter, die man seit Jahren überall in der Werbung sah. Harte Kinnpartie, allerdings mit einem tiefen Grübchen. Um den geht es, dachte Scurzi, das ist er. Er scrollte mit der Maus den Artikel herunter. Gar nicht übel für eine amateurhafte Recherche im Internet. Die Akte im Amtshilfeverfahren anzufordern, stand ihm nicht zu. Aber sein Rechercheergebnis konnte sich immerhin sehen lassen. Einer, den Caselli wegen Drogenhandel im großen Stil hinter Gitter gebracht und angeschossen hatte, war dank vorzeitiger Haftentlassung frei. Deshalb der Anruf aus Ragusa. Nun, das wollte ja noch nichts heißen. Aber offenbar rechnete jeder hier, der Bescheid wusste, und vor allem Caselli selbst damit, dass etwas Furchtbares geschehen würde. Scurzi brauchte mehr Informationen, unbedingt. Aber auch das ging nicht auf dem Dienstweg. Scurzi scrollte wieder hoch und las genauer, was er vorhin nur überflogen hatte. Beim Schusswechsel auf den Klippen nahe Pozzallo war Casellis engster Mitarbeiter Giovanni Spadaro schwer verletzt worden. Scurzi googelte die Seite der Questura di Modica, ging die Namensliste durch und stoppte. Er sah auf die Uhr. Nach neun. Da war sicher niemand mehr im Büro. Er zögerte, dann griff er doch zum Hörer und wählte die Nummer in Sizilien. Es wurde abgenommen.

»*Pronto.*« Sonst nichts. Das war alles, was am anderen Ende gesagt wurde. Scurzi riss sich zusammen.

»*Buona sera,* Sergente Scurzi hier, Questura di Roma. Spreche ich mit Commissario Giovanni Spadaro?«

»Ja. Warum rufen Sie an? Gab es einen … Vorfall?« Der schwere sizilianische Akzent klang alarmiert. »Alessandro? Ist er …?«

Scurzi kombinierte im Stillen und beschloss dann zu pokern.

»Noch nicht …«, sagte er ernst. »Aber ich brauche Ihre Hilfe, deshalb rufe ich an.«

»Sie? Wozu?«

»Commissario Spadaro, ich arbeite mit Commissario Caselli zusammen.«

»*Lo saccio*«, sagte Spadaro hart.

Freundlich ist was anderes. Aber die Antwort bedeutete: Spadaro war auf dem Laufenden, was Caselli betraf. »Leiten Sie die Ermittlungen?«

»Welche Ermittlungen?«

»Die Enzo-Calduzzo-Sache.«

»Der Präfekt hat Rom informiert. Was wollen Sie?«

»Sie waren damals … *Alessandros* … engster Mitarbeiter.« Scurzi schluckte. Er pokerte hoch. »Sie wurden angeschossen.«

Scurzi hörte ein müdes Lachen.

»Ich verstehe. Man hat Sie nicht eingeweiht. Sie fischen im Trüben. Ich weiß, dass Sie sich nicht duzen. Sie versuchen auf Teufel komm raus herauszufinden, was eigentlich los ist, was?«

»Ja.«

»Ich kann Ihnen dazu nichts sagen.«

»Commissario Spadaro, es liegt doch auf der Hand, dass Commissario Caselli einen Alleingang plant, weil er …«

»… verhindern will, dass Ihre vier Kinder ohne ihren Vater aufwachsen. Halten Sie sich raus, Sergente Scurzi.«

»Hören Sie, Spadaro … Rom ist eine Millionenstadt, und irgendwo in diesem Moloch hält sich ein Verbrecher versteckt, der Caselli jederzeit erledigen kann. Unsere einzige Chance ist, ihn zu finden und im richtigen Moment durch einen Zugriff zu verhindern, dass er seinen Racheplan ausführt.«

»Sie wissen davon?«

»Ja«, log Scurzi. Er hatte keine Ahnung, wovon er angeblich wusste.

»Geben Sie mir um Gottes willen ein paar Details, um Caselli zu schützen.«

»Sie?«

»Ja, wer denn sonst.«

»Hat er etwa keinen Personenschutz?«

»Abgelehnt vom Generalstaatsanwalt Pertoni.«

In der Leitung herrschte Schweigen.

»Commissario, sind Sie noch dran?«, fragte Scurzi.

Er hörte ein Schnauben. »Sieht Alessandro ähnlich, dass er … trotzdem …«

Scurzi merkte, dass der Commissario mit sich kämpfte. Loyalität gegen Vernunft. Er legte die Hand auf den Hörer und richtete ein Stoßgebet gen Himmel.

»Also gut«, sagte Spadaro dann. »Eine Observierung in Ragusa war angesetzt. Wir wollten Calduzzo eine Weile im Auge behalten und haben einen Wagen vor der Haftanstalt postiert, zivil. Aber er wurde allem Anschein nach *abgeholt*. Personalausgang, und dann ab durch die Luft. Die Kollegen haben den Helikopter an- und wegfliegen sehen, aber sich nichts dabei gedacht, wird manchmal für Krankentransporte genutzt. Sie haben umsonst gewartet. Der Direktor hielt sich bedeckt. Keine Auskünfte, aber Calduzzo sei in Freiheit. Bei seiner Mutter in Scicli ist er nicht aufgetaucht. Sie wusste nichts von seiner vorzeitigen Haftentlassung. Gibt also nur die Möglichkeit, dass ihn jemand, der es sich leisten kann, ausgeflogen hat.«

»Ein Boss?«

»Ich bitte Sie, natürlich nicht. Calduzzo hat keinen interessiert. Er war ein Gelegenheitskiller, ab und an ein Auftrag, sonst war er nur Handlager. Wegen einer Frauengeschichte hat er einen Riesen-Deal platzen lassen. Die Sache ist aufgeflogen. Es gab eine Reihe von Festnahmen. Sprich, er hat die Sache verhunzt und sich von Caselli schnappen lassen. Da ging es nicht um kleine Summen. Die Mafia hat Millionen Euro an Drogengeldern eingebüßt, er kann also froh sein, dass er noch lebt.«

»Wieso wurde er verschont?« Scurzi bemerkte Spadaros Zögern.

»Er hat mal einen Auftrag erledigt, an den sich keiner herantraute. Dafür hat er einen Stein im Brett. Aber sonst hat man ihn fallen lassen. Hier geht es nicht um die Mafia. Irgendjemand mit Verbindungen hat seine vorzeitige Entlassung erwirkt und ihn für einen Auftrag abgeholt. Calduzzo ist ein Killer. Er hat für die Mafia mindestens vier Leute erschossen, darunter auch … nun, Fakt ist, Caselli konnte ihn für keinen einzigen Mord drankriegen, aber bei den Drogengeschäften, da kam es zur Festnahme. Calduzzo schlägt aus dem Hinterhalt präzise zu wie ein Profi. Doch wenn er nervös wird, provoziert wird und sich in die Enge getrieben fühlt oder – so bizarr das klingt – sich langweilt, dann ballert er unkontrolliert herum, und richtet immensen Kollateralschaden an.«

»Sie glauben also, er führt für jemanden, der es sich leisten kann, ihn per Helikopter einfliegen zu lassen, einen Auftrag aus … und Rom steht gar nicht auf seinem Zettel?«

»Das habe ich nicht gesagt.«

»Haben Sie mit Commissario Caselli darüber gesprochen?«

»In so einer Phase kommt man schlecht an ihn ran, Sergente. Wir haben momentan keinen Kontakt.«

»Ich verstehe. Danke, Commissario.«

Es klickte in der Leitung.

Scurzi legte ebenfalls auf und starrte eine Weile blicklos auf den Schreibtisch. Dann atmete er tief durch und sah auf die Uhr. Er fuhr den PC herunter, nahm seine Jacke von der Stuhllehne und verließ mit raschen Schritten das Büro.

13

Die Straßenbeleuchtung tauchte die Straßen Roms in orangefarbenes Licht. Caselli hatte die SS4 genommen. Auf der Via Salaria, die Richtung Osten aus der Ewigen Stadt führte, herrschte flüssiger, nächtlicher Verkehr. Caselli hatte zwei Drittel der Strecke geschafft und ließ gerade die Katakomben der Priscilla hinter sich. Ab und an sah er zur Mauer hinüber, die die Villa Ada umgab. Der Park war weitläufig und in einem desolaten Zustand. Einmal war Caselli zu einem Spaziergang hier gewesen, dann nie wieder.

Sein Handy klingelte. Caselli klemmte das Headset hinters Ohr. »Ja?« Er blickte in den Rückspiegel, um gleich darauf zu einem Überholmanöver anzusetzen. »Ah, Sergente … Via Salaria, Höhe Katakomben … nein, nicht nötig.« Er schaltete herauf und beschleunigte. »Ich dachte, Sie haben längst Therapie? Pardon, meine ich ja, Paarabend. Na, dann tun Sie das doch … sicher … ich komme schon klar. Fahren Sie nach Hause zu Marcella … *pronto?*« Caselli justierte das Headset, doch die Verbindung war weg. Er zuckte mit den Brauen und scherte wieder auf die rechte Fahrbahn. Er war gleich da, und wenn jemand etwas gesehen hatte oder zu sagen wusste, dann mit Sicherheit die anderen Prostituierten, die Mimi gekannt hatten.

***

Das Feuer, das in der rostigen Öltonne flackerte, war schon von Weitem zu sehen. Die Prostituierten standen im

Abstand von einigen Metern am Straßenrand. Viel war nicht los. Nur ganz vorn an der Einfahrt zum Motel hatte ein Wagen angehalten, und ein Transvestit in hochhackigen weißen Lackstiefeln und Hotpants beugte sich zum Seitenfester hinunter.

Caselli parkte am Straßenrand und stieg aus.

Nach ein paar Schritten sagte er mit erhobener Stimme: »*Polizia,* ich habe nur ein paar Fragen zu Mimi!« Er hielt seinen Ausweis hoch. »Wer hat hier das Sagen?«

»Dorett«, antwortete eine kleine Frau Ende vierzig.

»Aber die macht gerade hinten am Schrottplatz einem 'nen *blow-job.* Du kannst so lange mit mir sprechen. Ich bin Eva. Und wie heißt du?«

»Alessandro.«

Sie trug auf nackter Haut eine Feinstrumpfhose und dazu einen weißen Kunstpelz, der offen stand. Sonst nichts. Diese Kombination war verstörend, und Caselli war einen Moment irritiert.

»Hey, kommt mal alle her, hier ist einer wegen Mimi ... von der Polizei!« Ein dunkelhäutiges junges Mädchen mit Afrofrisur und pinkfarbenem BH wollte sich in die Büsche schlagen. »Hey, der ist nicht von der Sitte!«, rief Eva laut.

»Was ist denn los?« Eine nach der anderen kamen Mimis Kolleginnen nun angestöckelt. »Ist es wegen Mimi?«

»Bist du von der Mordkommission?«

»Weiß man schon was?«

»Der Dreckskerl, der das getan hat, soll auf sieben Generationen in der Hölle schmoren!«

»Das ist Alessandro«, sagte Eva und raffte zu Casellis Erleichterung ihren Mantel zusammen.

»Habt ihr etwas gesehen? Wie viele Freier hatte Mimi am Sonntag? Und mit wem war sie zuletzt zusammen?«, fragte Caselli.

»Ich glaube vier.« Hotpants, Netzstrümpfe, rote Plateaulackstiefel, lila Federboa, fester, zierlicher Busen.

»Ach was, Lilly … das waren allenfalls zwei!«

»Quatsch doch keinen Stuss, du blöde Kuh. Du bist nur neidisch, weil du dir die ganze Nacht die Beine in den Bauch gestanden hast. Aber deinen fetten Arsch will eben keiner.«

»Sag das noch mal, und ich hau dir eine in die Fresse, dass du zwei Tage dein Maul nicht mehr aufbringst!«

»Dann verklagt sie dich wegen Verdienstausfall«, lachte Eva. »Hör auf, Maggie!«

Es begann bereits eine Schubserei.

Vorsichtshalber trat Caselli einen Schritt zurück. Maggie überzeugte nicht durch Grazie. Der hautfarbene Stütz-BH raffte die Büste nur mühsam hoch, und die Speckröllchen an Hüfte und Rücken waren nicht zu übersehen. Zu einem biederen Rock, Caselli schätzte ihn auf Größe sechsundvierzig, trug sie gelbe Gummistiefel. Irgendwo hatte sie einen Fazinator aufgetrieben, schwarzer Tüll plus eine Reiherfeder, und mit Haarklammern am ergrauten Schopf befestigt.

»Es waren zwei!« Eine große schlanke Brünette in einem goldfarbenen Minirock und Shirt mit tiefem V-Ausschnitt trat hinzu.

»Das ist Dorett«, sagte Eva.

Caselli bekam mit, dass der Transvestit vorn an der Kurve in den Wagen stieg.

»Der kommt gleich wieder«, meinte Dorett. »Aber Tom war am Sonntag gar nicht da. Er kann Ihnen somit nichts sagen.«

»Es waren demnach zwei«, wiederholte Caselli.

»Der erste blieb etwa so bis neun. Ich hatte einen, der wollte *Komplett-Bondage,* das geht nicht im Auto. Und da habe ich bei Mimi geklopft. Die hat uns ihren Wohnwagen untervermietet für fünf Euro die halbe Stunde. Aber sie war da leider noch belegt.«

»Und der zweite?«

»Der hat zuerst mich angesprochen gehabt«, sagte Lilly, schüttelte ihr Haar zurück, und die lila Federboa bedeckte nichts mehr.

»Das hätte keiner gedacht, dass der für einen Fick zahlen muss, oder?« Eva blickte in die Runde.

Einhelliges Nicken.

»Was heißt das genau?«

»Den hätte ich auch umsonst rangelassen«, sagte Maggie.

»Können Sie den Mann beschreiben?«

»Breite Schultern, groß, dunkelblond. Und so ein Grübchen am Kinn, wie Kirk Douglas.«

»*Der* hatte blaue Augen!« Lilly pustete den Federflaum der Boa weg, der an ihrer Lippe hing. »So was von Blau, kaum zu glauben. Eisblau. Sein kalabrischer Akzent ging mir durch und durch. Düster, aber sexy. *La vuoi la minchia mia*«, imitierte Lilly den tiefen Brustton und zog die Silben so gekonnt in die Länge, das alle lachten.

Bis auf Caselli. Er erkannte den Dialekt als seinen eigenen.

»Das war so ein richtiger Mann vom Aussehen her. So einer, den du ernst nehmen kannst und dem du im echten Leben gehorchen willst, wenn er dir was befiehlt.«

»Ach, Lilly, du bist so was von versaut. Mir befiehlt keiner was, das kann ich dir sagen, wenn ich mal heirate.«

»Ja, träum weiter!«, meinte Lilly schnippisch.

»Wann kam er?«

»So einer kommt nicht so schnell«, sagte Eva ernst. »Der hält durch.«

»Wann kam er und hat ihn eine aus Mimis Wohnwagen kommen sehen?«

Schweigen.

»Der? Der soll Mimi …« Eva riss entsetzt die Augen auf. »Nee, oder?«

»Wer hat eigentlich die Polizei gerufen?«, wollte Caselli wissen.

»Das war ich«, antwortete Dorett. »Um halb drei Uhr morgens ging das Feuer aus. Mir war verdammt kalt, und ich wollte mich bei Mimi ein bisschen aufwärmen. »Und dann habe ich sie gefunden. Ihr Kollege kam dann so eine halbe Stunde später.«

»Es war nur noch Dorett da«, erklärte Lilly. »Wir anderen sind gegen zwei nach Hause. Sonntags läuft hier fast nichts mehr nach Mitternacht. Die Arbeiter und Angestellten müssen früh raus.«

»Wieso sind Sie so lange geblieben?«, fragte Caselli Dorett.

»Ich war nicht die ganze Zeit hier. Ich hatte ein Ehepaar. Wohnen in der Via Boito. Das ist nicht weit. Wir machen es dann bei denen im Ehebett, und danach fährt er mich wieder her. Aber um die Zeit komme ich schlecht weg. Da geht kein Bus mehr.«

»Können wir wieder? Da vorn haben schon zwei Autos gehalten!«, rief Lilly.

Caselli nickte.

»Ciao, Alessandro!« Eva wandte sich um und winkte.

Caselli hob kurz die Hand und ging zum Wagen.

Kurz davor blieb er stehen und sah zum Motel. Er hatte einen schrecklichen Verdacht.

***

Caselli fuhr auf den Parkplatz des Motels, stellte den Wagen neben dem polnischen Pilgerbus ab und stieg aus. Die rote MacDonald's-Leuchtreklame flackerte defekt. Er ging ein paar Schritte und machte mitten auf dem Platz halt. Er stand im Schein der Straßenlaterne und starrte auf das flache Nebengebäude. Mit Blicken kontrollierte er Fenster um Fenster. *Wenn du da drin bist, dann komm raus. Zeig dich, verdammt noch mal.*

Enzo schreckte aus seinem unruhigen Schlaf hoch und umfasste hastig den Revolver.

Durch den schmuddeligen Vorhang schien das Licht der Straßenbeleuchtung ins Zimmer. Kurz wusste er nicht, wo er war. Orientierung gleich null. Dann sah er den Schrank, die Lederjacke außen dran. Die Cowboystiefel auf dem Boden. Hatten alles aufbewahrt im Knast. Er sackte zurück. Sein Hemd stand offen. Er legte die rechte Hand mitsamt der Waffe auf seine nackte Brust und fühlte das Herz schlagen. Eine Smith & Wesson. Nicht seine eigene. Die hatten sie ihm abgenommen, einbehalten, die elenden Schweine. Er vermisste sie. Immer noch. Sie war präzise gewesen, zuverlässig. Eingeschossen. Er kannte auch ihre Macken. Er wusste, wie er sensibel den Abzug zurückziehen musste, damit sie genau das machte, was er wollte, und jeder der fünf Schüsse saß. Trotzdem tat es gut, das kalte Metall auf der Haut zu spüren. Sein Atmen ging schwer. Das Albtraumgespinst verflüchtigte sich nur langsam. Sechs Mann auf neunundzwanzig Quadratmetern. Eingesperrt bis zu neunzehn Stunden am Stück über fünf Jahre. Da blieb keiner unbeschadet. Auch er nicht. Er verlagerte die Schulter. Die schmerzte noch oft. Steckschuss bei der Festnahme. Keine Reha. Notdürftig zusammengeflickt. Mit einem Verbrecher gaben die Ärzte sich keine Mühe. Der konnte verrecken, wie er seine Opfer hatte verrecken lassen. Er trug die Jeans im Bett. Außer den Waffen in der Sporttasche hatte er keine Sachen dabei. Keine Zeit gehabt. Enzo fuhr mit der Linken über den Oberschenkel. Der war wieder geworden. Physiotherapie. Nur dreimal zwanzig Minuten hatte man ihm bewilligt. Mehr nicht. Ein Witz. Aber er hatte sich gemerkt, wie das ging und die Übungen gemacht, jeden Tag in der Zelle.

Sein Blick wurde starr und lauernd.

Er spürte was. Blitzschnell war er auf den Beinen, die Waffe in beiden Händen, mit angewinkelten Armen nach oben angelegt. Den Rücken an der Wand, spähte er durch den Vorhang aus dem Fenster.

Er traute seinen Augen nicht. Er nahm die Linke von der Waffe und verpasste sich eine Ohrfeige. Er war wach. Kein Albtraum. Auf dem Parkplatz im Schein der Straßenlaterne stand: Caselli.

Enzo schluckte. Er legte die Waffe erneut an, trat näher ans Fenster und spähte noch einmal nach draußen. Tatsächlich … *verdammt. Verdammter Spürhund.* Er blickte zur Tür. Ein Schuss, und es war vorbei. Dann konnte er nach Hause. Nach Sizilien. Seine Mamma wusste noch gar nichts davon, dass er freigekommen war. Er hatte eisern geschwiegen, bis alles in trockenen Tüchern war. Der Schuss würde durch die Nacht knallen, ein lauter Knall. Der Schalldämpfer steckte auf der Walther in der Sporttasche, aber das Magazin, das hatte er herausgenommen. War lose da drin. Herumsuchen ging jetzt nicht.

Das Fenster im Bad. Es zeigte nach vorn. Geöffnet nach dem Duschen. Barfuß trat Enzo auf die Fliesen im Bad. Kleines Fenster auf Sichthöhe, einen Spaltbreit offen. Er öffnete es mit der Linken vorsichtig ein Stück mehr. Freie Bahn. Er zielte. Ein Blinzeln. Enzo schloss die Lider, stellte sich den dumpfen Einschlag vor, wenn die Kugel in Casellis Brust eindringen würde. Sein Atem ging unregelmäßig. Die .375-Magnum-Patrone würde das Austrittsloch mehr aufreißen als normale Munition. Sein Mund zuckte in einem schiefen Lächeln. Einen Schuss, bei dem er Zeit hatte zu zielen, verfehlte er nicht.

Enzo spannte den Hahn vor.

Caselli sah ein Aufblitzen von Metall. Es kam von einem kleineren Fenster weiter hinten an der Front der Gebäudebaracke. Er setzte sich in Bewegung.

Enzo blinzelte mehrmals heftig, das starke Gefühl, das ihn jedes Mal überkam, bevor er tötete, wallte auf. In dieser Intensität, Klarheit hatte er es lange nicht mehr gespürt, und es erfasste ihn mit voller Wucht. Er öffnete leicht den Mund und genoss es. Dann schaltete sich sein Verstand ein. *Nein, zu früh. So leicht mach ich's dir nicht. Dich erwartet ganz was anderes.* Wieder durchflutete ihn eine Welle der Erregung, als er daran dachte, was er tun würde, wenn er erst Caselli in seiner Gewalt hatte. Als Enzo nach zwei Sekunden die Augen öffnete, sah er, dass Caselli in Richtung der Baracke lief, direkt auf ihn zu.

Scheiße! Scheiße! Scheiße! Er sah sich hektisch um.

***

Caselli nahm seine Dienstwaffe aus dem Halfter. Die Tür war offen. Er betätigte den Lichtschalter. Zimmer. Leer. Ungemachtes Bett. Bad. Leer. Benutzte Handtücher. Nasse Dusche. Gelbe Pfützen um die Toilettenschüssel. Caselli ging ins Zimmer zurück und überwand sich. Mit dem Handrücken prüfte er das Bettlaken. Es war warm.

Ein Stück weiter weg hörte er quietschende Reifen. Ein Wagen, der in hohem Tempo wegfuhr, irgendwo hinter den Büschen Richtung Schrottplatz.

Aussichtslos, die Verfolgung aufzunehmen.

Caselli knipste das Licht aus und ging zurück zum Wagen.

Fast. Fast, hätte er ihn gehabt. Die Geste, mit der flachen Hand aufs Dach zu schlagen, sparte er sich. Caselli holte Luft.

Sein Pulsschlag raste. Er stützte die Arme gegen den Türrahmen und versuchte wieder runterzukommen. Zu viel Adrenalin im Blut. Er musste erst klar werden, bevor er sich hinters Steuer setzte.

Calduzzo hatte ihn im Visier gehabt. Er hätte abdrücken können und es nicht getan. Das hieß, in seinem Kopf gab es einen Plan. Es war also noch lange nicht vorbei.

Ihm blieb nur, auszuhalten, was auf ihn zukommen würde.

14

Caselli fand einen Parkplatz in der Via Ripetta und lief an der menschenleeren Piazza del Popolo vorbei. Es war kurz nach Mitternacht, doch im Gegensatz zu früher, damals, vor vielen Jahren, als er mit seinem Vater in Rom gewesen war, waren keine Nachtschwärmer unterwegs. Die Wirtschaftskrise machte sich bemerkbar. Im berühmten Restaurant Bolognese neben Rosati räumten die Kellner die letzten Tische ab. Bei Rosati brannte noch Licht. Aber die Stuhlreihen unter der Markise waren leer. Caselli warf einen Blick auf den Obelisken auf der Mitte des Platzes. In den vier Brunnenbecken, die die Eckpunkte des Treppenquadrats hinauf zum Fuß des Obelisken markierten, schimmerte das Wasser dank Lichtspots am Boden ozeanblau. Caselli konnte das Plätschern der Fontänen hören, die aus dem Maul der Steinsphinxe sprühten. Er ging an den Zwillingskirchen vorbei und bog nach rechts in die Via del Babbuino. Das de Russie war schnell erreicht. Caselli betrat den Eingangsbereich. Geradeaus durch ging es zu den Terrassen und Gärten und zum Bistro, links zur Rezeption. Caselli bog nach rechts in die Lounge. Gedämpfte Lichtquellen. Blattförmige, goldene Wandstrahler. Bauchige Lampen mit Leinenschirmen. Die Deckenhöhe war gigantisch, wie bei allen alten Palazzi im Zentrum Roms. Samtvorhangbahnen mit Raffung oben an der Leiste lagen in verschwenderischem Umfang mit dem edlen Stoff auf dem Boden auf und schirmten die Fenster zur Via del Babbuino von allem ab, was die beruhigende Atmosphäre in der Lounge hätte stören können. Harmonie in sanften Erdfarben: Rosenholz, Braun, Beige, Rosé. Caselli setzte sich in einen wuchtigen Ledersessel. Ein Kellner in Hotellivree fragte nach seinen Wünschen. Caselli bestellte einen doppelten Whisky. Von der Piazza aus hatte er gesehen, dass auf der Dachterrasse die Party noch im Gange war. Er überlegte, ob er dazustoßen sollte. An Schlaf war nicht zu denken. Doch er war verschwitzt, hätte sich umziehen müssen. Zu Chantal ins Zimmer wollte er aber auch nicht. Er war zu aufgewühlt, hatte weder Lust auf Sex noch auf Diskussionen, die es, das musste er vor sich selbst zugeben, mit Chantal allerdings zuvor noch nie gegeben hatte. Doch selbst Reden war jetzt zu viel. Nichts sagen müssen, keine Konversation. Einfach nur dasitzen mit einem Whisky in der Hand. Und der kam gerade.

»Auf die 245?«, fragte der Kellner.

»Ja.« Caselli beugte sich vor, um den Beleg zu unterschreiben. Dann nahm er einen Schluck, lehnte sich, das Glas in der Hand, in das bequeme Polster zurück und schlug die Beine übereinander.

Ein Schwall Neroli Portofino von Tom Ford.

Kopfhörer wurden ihm von hinten aufgesetzt. Wagner. *Götterdämmerung*. Letzter Aufzug, letzte Szene. Der Ring sinkt in den Rhein, Brünnhilde setzt Walhall in Brand. Feuerzauber. Wellenmotiv. Rheintöchtermotiv. Hagen: *Zurück vom Ring!* Fluchmotiv. Woglinde, Wellgunde ziehen Hagen in die Tiefe. Walhall klingt durch. Die dritte Rheintochter hält triumphierend den Ring in die Höhe. Gefühlte Abertausende von Violinen. Aus dem Nichts: das Erlösungsmotiv. Intensiv bis über die Schmerzgrenze.

Caselli stockte der Atem.

Jacques legte seine Hand entschlossen auf Casellis Schulter.

Wellenmotiv. Walhall. Erlösungsmotiv, aufsteigend. Tuben, Posaunen, Celli bis zum Abwinken. Sechs Leitmotive gleichzeitig, nacheinander, verwoben, durchkomponiert. Das Orchester maximal im Einsatz. Die Weltesche, Siegfried, zum letzten Mal, gefolgt vom Götterdämmerungsmotiv in absteigend skalierter Sequenz. Generalpause. Dann: das Erlösungsmotiv in Des-Dur. Des-Dur, Wotans Tonart. Walhall steht in Flammen. Die Welt geht unter. Doch Wotan bleibt optimistisch.

Letzte Akkorde.

Das haute jeden um.

Caselli konnte nicht anders. Er legte seine Rechte über Jacques' Hand und drückte sie.

***

»Thielemann«, sagte Jacques, als Caselli ihm die Kopfhörer zurückgab.

Caselli nickte. *Wer sonst.*

»Bei dir ist momentan viel los, Alessandro. Ich sehe dir das an. Aber weißt du was? *Wir bleiben heiter!* Um es mit Jude Law zu sagen.«

Caselli musste herzlich lachen. Das Zitat war aus *Sleuth* mit Sir Michael Caine aus dem Jahr 2007. Anthony Shaffers Plot adaptiert von Kenneth Branagh … er hatte sich kürzlich erst mit Jacques über diesen Film unterhalten.

»Kommst du mit hoch zu Kabir? Die Party geht noch länger. Sind fast alle noch da.«

»Schon, aber …« Er sah an sich herunter.

»Frisches Hemd?« Jacques taxierte ihn. »Chantal sagte, du hättest Dienst. Du brauchst sie nicht zu stören. Schläft sicher schon. Ich gebe dir eins von meinen … Day-Room. Ist für die Bodyguards gebucht, aber wir dürfen das Zimmer mitbenutzen, zum Umziehen und so. Du weiß ja, ich arbeite bei RICORDI am Corso, wohne aber weit draußen an der Via Aurelia. Nach der Arbeit jeden Tag die Stecke hin und zurück bei dem Verkehr ist zu stressig. Vor allem, wenn ich vor der Party bei Kabir noch was anderes vorhabe. Dann ziehe ich mich hier im de Russie um. Die anderen Jungs machen das auch. Kabir stellt uns Abendgarderobe zur Verfügung. Chantal hat das organisiert und jede Menge toller Klamotten zusammengestellt. Hemden, Smokings, Dinnerjackets für Kabirs formelle Anlässe. Du weißt, was so was kostet. Die wenigsten der Jungs können sich das leisten. Kabirs Großzügigkeit ist legendär. Dritter Stock. Oben auf dem Penthouseflur war nichts mehr frei.«

Caselli kippte den Whisky und stand auf.

***

»Ach, ein Glück, keiner da.« Jacques sagte es und legte die Schlüsselkarte auf eine Konsole.

Caselli folgte ihm ins Zimmer.

»Hier kannst du dich frisch machen.« Jacques öffnete die Tür zum Bad. »Handtücher sind dort«, er deutete auf einen Stapel. »Ich lege dir Hemden heraus. Such dir einfach aus, was dir zugesagt. Schwarz?«

»Ja«, antwortete Caselli. Er legte sein Jackett und das Schulterholster mit der Beretta auf einen Stuhl und begann sein Hemd aufzuknöpfen.

»Du kannst auch rasch duschen, wenn du willst.«

Ganz bestimmt nicht, dachte Caselli.

»Fass die nicht an, die ist geladen«, warnte er Jacques und nickte mit dem Kinn in Richtung Stuhl und Holster mit Waffe.

»Keine Sorge, hier wird garantiert überhaupt nichts angefasst.«

Jacques saß auf der Couch, als Caselli aus dem Bad kam. Caselli zog eines der Hemden, die Jacques parat gelegt hatte, über die Schultern.

»Also, ich hätte es ja plissiert genommen.«

Caselli lachte. Genau dasselbe hatte Chantal gesagt.

»Was ist, wieso lachst du denn?« Jacques trat zu ihm.

»Entschuldige«, sagte Caselli.

»Nun sag schon.« Es klang ruhig und gelassen.

Caselli hob den Kopf und sah Jacques direkt in die dunklen Augen. »Du klingst wie Chantal.«

»Ah, und deine Standardantwort lautet: Nie im Leben. Das tragen nur Schwule.«

»Können wir dann?« Caselli hatte das Hemd zugeknöpft und legte das Holster an. »Ah, ich brauche wohl noch ein Dinnerjacket.« Er legte seine Canvasjacke wieder hin und blickte zum Rollständer hinüber.

»Ja … warte mal kurz.«

Jacques verschwand im Bad. Dort öffnete er seinen Gürtel und zog den Reißverschluss auf, um das Hemd ordentlich in die Hose zu stecken. Während er den Gürtel wieder schloss, warf er einen Blick in den Spiegel und nahm dann ein Etui vom Bord.

Caselli blockte seinen Arm ab. »Nicht, wenn ich danebenstehe und zusehe, Jacques …«, sagte er und spürte Widerstand. Sie standen Mann an Mann. Muskelpartien spannten sich an.

Jacques knipste das Licht aus. »Besser?«

Es war auch im Zimmer ausgegangen. Caselli sah die Hand vor Augen nicht. Es war stockdunkel.

»Du weißt, was ich meine.«

»Ist das jetzt die Staatsgewalt? Oder mein Freund und Helfer.«

»Jacques …«

»Nicht …«, sagte Jacques leise. »Nicht der Ton … wenn du meinen Namen so aussprichst … das bringt mich um. Ich leide wie ein Hund, Alessandro … deinetwegen. Irgendwann schlucke ich eine ganze Packung von irgendwas, und dann ist Schluss. Ich habe keine Lust mehr auf dieses Scheiß-Leben. Ich fühle mich ausgelaugt, zu fett und alt. Und wenn Kabir in drei Wochen samt Hofstaat abreist, fängt der triste Alltag wieder an. Dann habe ich keine Chance mehr, dich zu sehen. Überhaupt keine. Das halte ich nicht aus.«

Eine Bewegung, und Jacques stand plötzlich hinter Caselli, umfasste seine Taille und hatte die Hand auf dem Lederhalfter.

Caselli hob leicht die Hände an. Die Beretta war geladen und leicht mit dem Daumen zu entsichern. Wenn er versuchte, sie Jacques im Finstern aus der Hand zu winden, konnte sich ein Schuss lösen.

Jacques zog die Pistole aus dem Holster. »Die ist ganz schön groß.«

»Leg sie langsam auf den Boden … und mach das verdammte Licht wieder an.«

»Helmut Berger war nach Viscontis Tod vollkommen erledigt, er hat sich nie mehr erholt«, fing Jacques völlig aus der Luft gegriffen an.

Caselli atmete angestrengt durch. Was für ein Tag. Erst im Visier von Calduzzo und dann Jacques, der mit seiner Dienstwaffe spielte. Die Chancen, so oder so erschossen zu werden, standen derzeit wirklich prächtig.

»Waffe auf den Boden!«

Caselli spürte den Lauf. Zwei Griffe, und Jacques lag entwaffnet mit einem Arm auf dem Rücken auf dem Bauch.

»Ah!«

»Das reicht jetzt! Komm zur Vernunft!« Caselli ließ ihn los und tastete in der Nähe des Türrahmens nach dem

Schalter. Jacques rappelte sich hoch und stürzte sich auf ihn. Caselli fuhr herum, packte ihn und drückte ihn gegen die Wand. »Was soll das, Jacques?«

Er stellte fest, dass er nicht hart vorging, nicht wie sonst in einer solchen Situation, sondern die ganze Zeit ungemein darauf Bedacht war, Jacques lediglich in die Schranken zu weisen.

»Du schlägst nicht richtig zu«, sagte Jacques außer Atem. »Du willst mir nicht wehtun! Du sorgst dich um mich. Ach, Alessandro, ich wusste es!« Er seufzte, und seine Stirn sank auf Casellis Schulter. Ihn wegstoßen, in der Verfassung, in der er war, schien Caselli quasi unmenschlich überzogen.

»Krieg dich wieder ein, Jacques«, sagte er daher erst einmal und harrte aus. Ein simpler Polizeigriff, und er hätte sich aus jeder gegnerischen Umklammerung befreit. Aber Jacques stand ja nur da. Es war vielmehr er, der Jacques weiterhin abblockte und mit beiden Händen die Schultern gegen die Wand drückte, als würde er sich gemeingefährlich wehren … oder aber umkippen, ließe er ihn los. Jacques' Stirn lag also auf seiner Schulter. Körperkontakt war für Polizisten nichts Ungewöhnliches … etwa, wenn vor einem Zugriff, in einem Graben zusammengedrängt, auf den Befehl, loszuschlagen, gewartet werden musste. Und als Giovanni bei der Festnahme Calduzzos auf den Klippen angeschossen worden war und kaum mehr Laufen konnte, hatte Caselli ihn gestützt und mehr oder weniger die dreihundert Meter den Pfad zum Wagen hochgetragen. Das hier war nichts anderes. Die seltsame Anspannung, die er empfand, war eine reine Kopfsache: Jacques war homosexuell und in ihn verliebt. Er wusste das, und das machte ihn … Caselli nickte. Ja, er hatte in wenigen Sekunden die Sachlage klar analysiert, genau wie im Einsatz, wenn er sofort entscheiden musste. Abzuwehren gab es gerade nichts, somit setzten sich Empathie und Menschlichkeit durch … wie beim blutjungen Stefano, der beim ersten Zugriff die Nerven verlor. Den hatte er auch festgehalten und beruhigt.

Jacques hob den Kopf.

Caselli nahm die Hände von Jacques' Schultern.

Schweigen breitete sich aus.

Das Licht im Bad ging an, jemand war ins Zimmer gekommen und hatte den Zentralschalter betätigt.

Caselli hörte Stimmen.

»Also, dann gehen wir mal zu Kabir, was?«, sagte er vom Licht geblendet. Er wandte sich ab, hob die Waffe auf, kontrollierte, dass sie gesichert war, steckte sie ins Halfter zurück und schloss es.

»Du brauchst noch ein Dinnerjacket. Die Jacke von vorhin geht nicht.«

»Ja, ich habe den Rollkleiderständer schon gesehen. Schlaraffenland.«

»Warte! Es sind zwei der Bodyguards. Wenn die deine Pistole sehen, hast du Scherereien.« Jacques drängte Caselli von der Tür weg. »Ich hole dir eins. Achtundvierzig?« Er taxierte ihn noch einmal rasch.

Caselli nickte. »Schwarz! Bloß kein Bordeaux oder Dunkelgrün«, sagte er mit Nachdruck.

»Sehe ich so aus, als würde ich dir so was bringen, oder was? Du enttäuschst mich.«

Er riss die angelehnte Tür auf und ging vor. »*Just hang on a second, guys. Loo free in a moment!*«, rief er in gebrochenem Englisch.

***

Als sie den Gang entlanggingen, richtete Caselli seine Manschetten. Das Smokinghemd hatte einen extrem hochgeschnittenen Kragen und saß großartig. Er musste unbedingt Chantal bitten, ihm zwei aus dem Geschäft mitzubringen. Was die Bodyguards jetzt vom ihm dachten, war klar. Ihr breites Grinsen hatte gereicht. Unwichtig.

Jacques ging neben ihm her. »Passt«, war sein Kommentar gewesen. Der Rest hatte in seinen Augen gelegen.

Anerkennung. Schweigen. Komplizenhafte Männlichkeit. Kein langes Gerede. Caselli verbarg ein Lächeln. Ja, er mochte Jacques. Stimme, Gang, ganze Art. Er hatte in Rom niemanden, keinen echten Freund. Einen, mit dem er auf andere Art kommunizieren konnte als mit Tiberio oder Claudio. Über die Themen, die ihn privat interessierten. Eleganz, Wagner, Gefühle. Auf eine Art, die ohne viel Erklärungen auskam. Anders eben, und auf gleicher Wellenlänge.

Dagegen sprach: Jacques dealte. Caselli zog seinen Kragen etwas hoch. Bei Kabir auf luftleerem, auch im Hotel de Russie respektiertem Diplomatenstatus-Terrain konnte er, der Commissario, darüber hinwegsehen, aber im normalen Leben nicht. Somit … Warum dachte er überhaupt darüber nach?

»Geht's wieder?«, fragte er, als er auf den Aufzugknopf drückte.

»War was?« Jacques straffte die Schultern. »Das von neulich tut mir aufrichtig leid … der Drug-Knockout. Du hast sicher gelitten. Beim ersten Mal ist es grauenhaft. Eine idiotische Aktion. Ich bedauere das.«

»Schwamm drüber.« Caselli trat in den Aufzug, der sich mit einem Klingelton geöffnet hatte.

»Und nicht, dass du denkst, ich sei ein Dealer. Ich kokse auch nicht dauernd, nur wenn Kabir da ist. Kann ich mir normal gar nicht leisten. Bei Kabir liegt das Zeug offen herum. Es gehört für ihn dazu, dass seine Gäste sich an allem bedienen können, *was sie erfreut,* wie er immer sagt. Eine kleine Aufmerksamkeit, so selbstverständlich wie der Zucker im Espresso. In den letzten Jahren ist das allerdings ausgeufert. Die Leute werden gierig, wenn Koks umsonst ist. Und nach dem Unfall im Hassler musste sich was ändern. Kabir bat mich, die Verteilung *zu ordnen,* und genau das mache ich. Das ist alles.« Jacques warf einen flüchtigen Blick in den Spiegel, richtete eine Haarlocke und stellte sich neben Caselli, den Blick auf die Aufzugtüren.

»Hmhm.«

»Sag mal, findest du nicht auch, dass Thielemann in letzter Zeit unglaublich zugenommen hat?«

»Schon.« Caselli dachte an das Interview, das er sich auf Youtube angesehen hatte. Er drückte auf den Knopf zur Halle. »Aber wenn er ein Dirigat hinlegt, so wie bei *Götterdämmerung,* ist das komplett irrelevant. Er ist grandios.«

»Stimmt. Und das Ende des *Rings* ist so phänomenal.«

Caselli nickte. »Durchaus. Das war …?«

»Bayreuth 2007 … ich gehe nur noch selten in die Oper. In Rom, immerhin der Hauptstadt Italiens, bringen die aus Geldmangel ja seit Jahren keine komplette Saison mehr zusammen. Eine Schande ist das.«

»Ich komme auch nie weg, nicht nach Neapel oder Florenz. Aber du weißt ja, mein deutscher Großvater war Wagnerfan. Der ist zu uns auf *La Zagara* gezogen, als ich fünfzehn war. Ich habe seine Plattensammlung geerbt. Ich höre Musik zu Hause. Aber die Platten sind …« Er brach ab. »Jemand hat sie zerstört«, nahm er vage die Kurve.

»Wenn du mich fragst, führen Frauengeschichten ausschließlich in die totale Zerstörung.«

Caselli ließ ihn in dem Glauben. Dass ein Mafiakiller sie durchlöchert hatte, konnte er ja auch schlecht zugeben.

Sie waren jetzt unten angekommen und bogen ums Eck zu den Privataufzügen hinauf in die Suiten.

»Ich finde ja immer noch, das Harry Kupfer den *Ring* am besten umgesetzt hat.«

»Ja, nach Chereau … dir gefällt, möchte ich wetten, wie er Tomlinson mit wehendem Mantel in den hinteren Bühnenraum jagt. Die Dynamik. Alle rennen da ständig.«

Jacques lachte. »Absolut. Tragisch, das mit Peter Hofmann«, machte er einen großen Sprung. »Von Jeannine Altmeyer hat man nie mehr was gehört. Sie taucht auf, um mit Hofmann dieses fantastische Paar abzugeben, und danach verschwindet sie wieder von der Bildfläche. Ich hätte die Ära gern miterlebt. Auch Karajan in Salzburg. Das wird es nie mehr geben, weder den Genius noch den Glamour. Schade drum. Wir leben in einer Scheiß-Zeit.«

Sie betraten das Entree der Suite.

»Ich brauche jetzt einen Drink … und dann muss ich Carlo beruhigen, er hat uns gerade zusammen hereinkommen sehen und interpretiert sonst was hinein. Der dreht mir glatt durch.« Jacques legte Caselli kurz die Hand auf die Schulter. »Ciao.«

Caselli ging zur Terrasse durch. Dort war um die Zeit das Dessertbüfett aufgebaut. Er warf einen Blick auf die verlockende Crème brûlée und die Bignès, gefüllt mit Vanillecreme. Später vielleicht. Er wollte erst einmal zur Ruhe kommen, den Tag Revue passieren lassen, wieder klare Gedanken fassen … und das Erlösungsmotiv klang noch immer in seinem Kopf nach. Jacques … dealte also nicht. Aber er war definitiv homosexuell, und so sehr sich Caselli zur Toleranz zwingen wollte, in seinen Augen war alles in der Natur perfekt geregelt. Was ihren Gesetzen widersprach – auch in puncto sachgebundener Nutzung von Körperöffnungen für die dafür vorgesehenen Zwecke –, das war für ihn, der in Sizilien aufgewachsen war, eben nicht völlig normal und selbstverständlich, wie jeder, der politisch korrekt sein wollte, nun ständig behauptete. Da konnte er wohl nicht über seinen Schatten springen. Caselli atmete durch. Er dachte ja schon wieder über Jacques nach.

Es war schon spät, dann wurde die Luft leicht klamm, Feuchtigkeit vom nahe gelegenen Tiber stieg auf. Im Mai, Juni konnte es nachts ab und an noch kühl werden, daher hatten sich die verbliebenen Gäste in den Salon der Penthousesuite zurückgezogen. Caselli fand auf der Terrasse schnell einen ruhigen Platz. Kaum hatte er es sich mit einem Drink in der Hand in einem der Lounge-Sessel aus Rattan bequem gemacht, läutete sein Mobiltelefon. Caselli sah aufs Display und ging ran.

»Claudio! *Come stai?* Entschuldige, ich wollte mich schon seit Tagen bei dir … ja, Flavia erwähnte, du seist wieder in Rom.« Er hörte zu. »Das ist ja furchtbar«, antwortete er dann betroffen. »Wann?« Caselli stand auf und trat an die Brüstung. Er spürte den kühlen Nachtwind durch das Jackett. »Ja, das ist allerdings kurzfristig … Nein, nein, ich verstehe schon. Und Flavia hatte angedeutet, dass du … Also, wann jetzt? Und wo? Cimitero Flaminio, zwölf Uhr. Und vorher Gottesdienst in Andrea delle Valle. Selbstverständlich komme ich. Wissen die anderen schon Bescheid? … Aha, verstehe. Danke dir, dass du mich noch informiert hast, Claudio. Ja, gute Nacht.«

Caselli unterbrach die Verbindung. Starr blickte er über das Lichtermeer der Ewigen Stadt. Fulvio lebte nicht mehr. Er war vor drei Tagen einem Herzinfarkt erlegen. Die Beerdigung war bereits morgen.

Caselli presste die Kiefer fest aufeinander und blickte in den dunklen Nachthimmel.

Es konnte so schnell gehen. Man glaubte, man hätte alle Zeit der Welt, und plötzlich: vorbei. Die Runde in Giovannis Trattoria Dal Galletto würde ohne Fulvio nie mehr dasselbe sein.

15

»Hör mal, Alessandro, willst du nicht erst das Dach richten? Brauchst du jetzt tatsächlich einen Swimmingpool? Und gleich so einen großen?«

Caselli war in der Via dei Cappellari. Für die Beerdigung brauchte er einen schwarzen Anzug. Er war sich sicher, dass Enzo Calduzzo nicht noch einmal herkäme. Es passte nicht in das Vorgehensprofil. Dennoch hatte er die Wohnung mit vorgehaltener Dienstwaffe betreten. Die Schallplatten waren auf dem Schreibtisch zwischengelagert. Sie in den Müll zu werfen, hatte er nicht über sich gebracht. Dann hatte das Telefon geläutet. Als Caselli den Hörer abgenommen hatte, war er erstaunt gewesen, die Stimme seines Cousins zu hören. Wenn er sich recht erinnerte, war Gianni inzwischen zum Bauamtsleiter der Provinz Modica aufgestiegen.

»Was redest du denn da?«, fragte Caselli nun, kaum dass sie die Begrüßungsfloskeln hinter sich gebracht hatten und sein Cousin zum Anlass seines Anrufes kam.

»Ist das auf dem Mist deines Vaters gewachsen?«

»Nein, dann würde ich dich ja gar nicht erst anrufen. Außerdem weißt du doch, dass Vater derzeit nicht mit mir spricht.«

»Immer noch die Sache mit …«

»Ayascha, ja.«

Seit der Verlobung mit Ayascha, die aus Marokko als Erntehelferin eingewandert war, hatte sein Onkel mit dem Sohn gebrochen. Es herrschte eisige Funkstille zwischen den beiden. Schlichtungsversuche aus der Verwandtschaft waren gescheitert.

»Tut mir leid«, sagte Caselli.

»Da müssen wir durch.«

»Verstehe.«

»Also, ich habe hier einen Bauantrag für einen Pool, vier Meter Breite auf fünfundzwanzig Meter Länge. Mitten im alten Zitronenhain, wo wir als Kinder immer gespielt haben. Ich dachte immer, dir liegt etwas daran. Und jetzt das? Willst du ein Freibad eröffnen, oder was? Da wäre ich dann nämlich nicht mehr zuständig, sondern das Gewerbeamt in Ragusa«, scherzte er.

»Wer hat den Antrag denn unterzeichnet?«

»Du … und mein Vater. Ausführen soll es eine Baufirma aus Noto. Du weißt davon also nichts?«

»Nein, nichts, absolut nichts. Und ich will auch keinen Pool!«

»Habe ich mir schon gedacht. Dann lege ich den Antrag mal zur Seite. Papa sieht Urkundenfälschung offenbar als Kavaliersdelikt … wie so manches.«

»Ja, mach das. Ich kümmere mich darum, sobald es geht. Danke, Gianni. Du hast was gut bei mir.«

»Ja, ja … die Liste wird länger und länger«, zog sein Cousin ihn auf. »Ich zähle auf dich als Trauzeugen, aber bis dahin ist es noch ein steiniger Weg. Ich kann meinen Vater nicht vor den Kopf stoßen. Ich hoffe einfach, er hat irgendwann ein Einsehen. Na, dann. Ciao.«

So wie Caselli seinen Onkel kannte, konnte das noch eine ganze Weile dauern. Er sah auf die Uhr. Jetzt musste er sich beeilen. Der Trauergottesdienst für Fulvio würde in einer halben Stunde in Sant'Andrea della Valle beginnen, und er wollte zu Fuß dorthin. Am Corso Vittorio Emanuele II einen Parkplatz zu bekommen, war ein Ding der Unmöglichkeit. Als Journalist war Fulvio in Rom sehr bekannt. Caselli rechnete damit, dass gut zweihundert Trauergäste kommen würden, die alle einen Parkplatz in der Nähe der Kirche suchen würden.

***

Der Viale war von hohen Pinien gesäumt, die in der prallen Mittagssonne holzig dufteten. Caselli stand etwas abseits, lockerte seine Krawatte und öffnete die obersten Knöpfe des Hemdkragens. Er betrachtete die Trauergemeinde aus der Ferne. Ein Menschenpulk in Schwarz. Die Beerdigung war vorüber. Er sah Claudio, der ihn im Wagen von der Kirche zum Friedhof mitgenommen hatte, mit Tiberio und Giovanni sprechen, alle waren da. Tiziana auch. Als er sie kurz begrüßte, hatte er bemerkt, dass ihre Augen gerötet waren und sie geweint hatte. Er hatte davon abgesehen, sie zu trösten, da er nicht wollte, dass sie sich wieder Hoffnungen machte. Jetzt, da ihr Mentor und Ex-Geliebter nicht mehr lebte, war sie sicher anlehnungsbedürftiger denn je. Caselli trug ihr den letzten großen Streit nicht nach, aber was beendet war, sollte beendet bleiben.

Caselli hatte eine Schaufel Erde auf Fulvios Sarg geworfen, der Witwe und den Töchtern kondoliert und sich dann ein Stück weit vom offenen Grab entfernt, um zu sich zu kommen und in aller Stille Abschied zu nehmen.

Er hatte schon einmal hier gestanden, als Fulvios Sohn zu Grabe getragen worden war. Den Mordfall hatte er damals aufgeklärt. Im Schatten einer schlanken Zypresse ließ Caselli seine Erinnerungen Revue passieren. Panamahut und Leinenanzug, zugegeben, im Sommer hätte man Fulvio ab und an für einen südamerikanischen Plantagenbesitzer halten können, doch jeder kannte ihn als Gentleman. Ein eleganter, älterer Herr mit Geschmack und umfassender Bildung. Seine Schwächen: Frauen, schnelle Autos, das Pokerspiel. Legendär der Tag, an dem er mit Grandezza seinen neuen Jaguar verloren hatte. Selten sah man Fulvio ohne Zigarillo. Ein Charakterkopf. Gepflegter Schnurrbart, wissendes Lächeln, spärlicher Haarkranz um den kahlen Schädel, die Hornbrille. Fulvio, der Grandseigneur, war ein Journalist alter Schule gewesen, ein Mann mit Humor, der sein Leben genoss, und das ohne Wenn und Aber. Eine Institution. Sein enges Büro im ehrwürdigen Gebäude des *Messagero* in der Via del Tritone war für Caselli wie ein Anker gewesen. Dass Fulvio nun nicht mehr da war, hinterließ eine schmerzliche Lücke. Die Welt war um einen der Besten ärmer.

Caselli sah in den strahlend blauen Himmel, hie und da stand eine Kumuluswolke. »*Addio,* Fulvio«, sagte er leise und spürte, dass seine Augen sich mit Tränen füllten. Er senkte den Kopf. Er roch den Duft der Zypressen, hörte das Zirpen der Grillen. Eine Eidechse huschte über den sandigen Weg. Caselli lächelte matt. Sie erinnerte ihn an heiße Sommernachmittage in Modica. Treppen aus Sandstein, schmale Gassen. Das schillernde Grün der kleinen, flinken Eidechsen, die sich auf den Stufen sonnten. Hohe Mauern, hinter denen in verlassenen Gärten die stacheligen, orangefarbenen Früchte der Kaktusfeigen in der sengenden Sonne verdorrten. Und dann der Wind vom Meer, der die Gräser und Wildblumen auf dem First der alten Palazzi bewegte. Caselli atmete tief durch und wollte gerade Richtung Ausgang gehen, als sein Blick auf den frischen Grabhügel einer Ruhestätte am Viale fiel. Die Beerdigung war wohl noch nicht lange her, die Kränze aber bereits abgeräumt. Er traute seinen Augen nicht.

In der Erde steckte ein einfaches Holzkreuz. Ins Holz eingebrannt stand: Alessandro Caselli.

Es verschlug ihm den Atem. Caselli sah sich um. Eine ältere Dame füllte aus einer Gießkanne Wasser in die grüne Steckvase auf dem Grab, vor dem sie stand. Sonst war niemand in der Nähe. Die Trauergesellschaft löste sich gerade auf. Die ersten Trauergäste kamen den Viale hinunter und auf ihn zu.

Caselli zog das Holzkreuz aus der Erde, warf es hinter den wuchernden Efeu an der Mauer und schob mit dem Fuß vertrocknete Blätter darüber.

16

»Chantal, ich komme gerade von einer Beerdigung.« Caselli stoppte ihre Hand. Er stand am Fenster des Hotelzimmers und blickte auf den Obelisken auf der Piazza del Popolo.

Chantal hielt ihn umschlungen und schmiegte sich an seinen Rücken. »Ich weiß, aber wir haben nicht mehr viel Zeit.«

Caselli wandte sich um und fasste sie an den Schultern. »Heißt das, du bist jetzt vernünftig und siehst ein, dass du sofort nach Lyon abreisen musst?« Er drückte Chantal an sich und atmete erleichtert auf.

»Ach, Gott sei Dank!« Er ließ sie los. »Komm, wir gehen gleich runter an die Rezeption. Wir lassen dir für morgen früh einen Flug buchen.«

»Warte, nicht so schnell. Ich werde abreisen, das stimmt … aber nicht nach Frankreich und nicht vor Ende nächster Woche. Kabir bricht seine Zelte in Rom ab, fast einen Monat früher als geplant. Er lässt bereits die Jacht kommen, nach Civitavecchia … wo Stendhal war so unglücklich«, schob sie ein. »Die Jacht wird nicht vor Donnerstag dort sein. *Allors,* meine Aufgabe ist es, die Abreise zu organisieren. Jede der Prinzessinnen hat zwölf Koffer. Die Kunstschätze, die er mitführt und in den Privaträumen der Suite um sich hat, müssen verpackt werden, und vieles mehr. Ich werde sehr beschäftigt sein die nächsten Tage.«

Caselli schluckte. Seine Bauchmuskeln verkrampften sich, als hätte er einen Schlag in die Magengrube erhalten. »Und dein Job hier in Rom?«

»Mein Job? Das weißt du doch. Ich arbeite ab und an bei einem Herrenausstatter, wenn wir sind in Europa. Es macht mir Freude, und es ist praktisch für alle Kontakte. Aber hauptsächlich ich arbeite für Kabir. Ich reise mit ihm und den Frauen, die er auswählt, ihn zu begleiten. Ich bin immer unterwegs. Wenn er bleibt für einige Monate im Jahr in Arabien, ich habe eine Wohnung im Palast.«

»Ich verstehe.« Caselli stützte sich an der Konsole ab. »Und wo geht es diesmal hin? Was ist die nächste Etappe?«

»Marrakesch.«

Caselli nickte und senkte den Kopf.

Chantal trat zu ihm. »Es tut mir leid, Alessandro. Aber ein normales Leben ist für mich nicht möglich. Kochen, Kinder, zu wenig Geld – das ist alles nichts für mich. Ich muss frei sein. Und das Leben in der Entourage von Kabir ist märchenhaft. Ich werde das nicht aufgeben. Auch nicht für dich.«

»Ich verstehe«, wiederholte Caselli. Er hob den Kopf und sah Richtung Balkon. Der dünne Voilevorhang bewegte sich im Wind. Die Sonne schien auf die Piazza del Popolo, und man hörte den Verkehr entlang der Via del Babbuino. Caselli sah die Bougainvillea auf dem Balkon im gleißenden Licht. Es war ein heller, warmer Junitag. Der Kontrast zur lähmenden Dunkelheit in ihm hätte deutlicher nicht sein können.

»Wir sehen uns nicht wieder?«

»Nein. Nächstes Jahr Kabir wird für zwei Monate in Rom sein, im Hilton. Er plant weit voraus. Aber ich werde nicht mehr arbeiten bei Alberto. Ich mache niemals zweimal die gleiche Sache. Ich bin verliebt in dich, mehr als ich war in jede andere Mann. Aber ich weiß nicht, wie wir können das leben. Es geht einfach nicht. Und wenn wir versuchen, es aufrechtzuerhalten, es einrichten, dass wir uns sehen alle sechs Wochen irgendwo auf der Welt für zwei Tage, wir werden die Zeit dazwischen nur schrecklich leiden. *Un amore impossible,* wie ihr sagt in Italien.«

Caselli schnaufte. Mit dieser Art Liebe kannte er sich bereits aus. Er sah Chantal an. »Du liebst mich also?«

»*Oui.* Ich lieb dich sehr.«

»Aber DA VINCI und FRAGONARD und das schöne Leben um Kabir liebst du noch mehr.«

»*Oui.*«

»Hmhm.«

»Wir haben noch eine ganze Woche. Aber nun, es ist schon die Traurigkeit da«, fügte sie leise hinzu. »Und es wird nicht mehr sein, wie es war. Ich wollte es dir sagen erst am Donnerstag. Dann hätten wir gehabt noch ein paar unbeschwerte Tage. Ich verstehe, dass du mich bedrängst abzureisen. Um mir klarzumachen, dass die Lage ist brisant, du hast mir erzählt von Enzo. Es ist sicherlich schlimm für dich und tut mir leid, aber … ich habe mit dieser Geschichte *absolument rien* zu tun. Du als Flick hast jeden Tag das Risiko. Du wirst diese Situation meistern. Dich wollen immerzu Verbrecher, die du jagst, abknallen, oder nicht? Das ist dein Job.«

Caselli war klar, dass sie den Ernst der Lage nicht begriff. Er beließ es dabei. Er hatte bereits versucht, ihr klarzumachen, dass sie in Gefahr schwebte. Calduzzo spielte mit ihm. Er wollte ihn auslaugen, nervös machen, brechen. Mit diesen Methoden hatte die Mafia ehemals ihre Opfer durch Zermürbung so weit gebracht, dass das unausweichliche Ende für sie die Erlösung bedeutete. Im negativsten aller Sinne. Kein Des-Dur. Der Mann im Visier der Mafia sollte keinen Ausweg mehr sehen, keine Chance, lebend davonzukommen. Zudem musste er um seine Angehörigen fürchten. Die Mafia legte es darauf an, dass er sich mit der bevorstehenden Liquidation abfand, sie als Sühne für vermeintliche Vergehen als notwendig einsah, akzeptierte, ja am Ende regelrecht daraufhin fieberte, es möge endlich so weit sein. So wie ein fast zu Tode Gefolterter um den Tod bettelt. Ein schmutziges, jede Menschenwürde vernichtendes Machtspiel der Unterwerfung. Calduzzo folgte eben diesem Schema, so alt wie die Mafia selbst. Erste Anzeichen, dass die Taktik funktionierte, konnte Caselli langsam an sich selbst feststellen. Eine gewisse Zermürbung hatte schon eingesetzt. Und dass er gerade Chantal verlor, machte ihn nicht stabiler. Die Eskalation, die Enzo in Gang gesetzt hatte, schraubte sich hoch. In den nächsten Tagen würde ganz klar etwas passieren. Konfrontation, dann die finale Entscheidung auf Leben und Tod. Calduzzo war es, der die Karten in der Hand hatte. Caselli selbst konnte nur warten. Seine Mundwinkel zuckten. Die einzige Alternative wäre gewesen, die Polizeimaschinerie anzuwerfen und Calduzzo zur Fahndung auszuschreiben. Allem Anschein nach hatte er ja Mimi auf dem Gewissen. Er würde wegen Mordes lebenslänglich hinter Gitter wandern. Da war sie, die reale Chance. Caselli konnte ihm zuvorkommen. Ihn fassen, bevor Calduzzo ihn zu fassen bekäme. Aber Caselli wollte diese Chance nicht nutzen. Es war jetzt eine ganz persönliche Sache zwischen ihm und Enzo.

Sie würden sich gegenübertreten. Und wenn er dabei draufginge, umso besser. Was hatte er schon zu verlieren. Caselli biss die Kiefer aufeinander. Er war bereit. Fast.

»Was ist?«, fragte Chantal, als das Schweigen drückend wurde.

»Ich möchte … noch einmal nach Hause, nach *La Zagara*. Einmal noch das Meer sehen … Sampieri.«

Sie schwieg, überlegte offenbar. Dann nahm sie ihre Tasche vom Bett und trat zur Tür.

»Gibt mir eine Stunde. Und pack ein paar Sachen zusammen.«

»Chantal …«

»Ich regle das mit Kabir. Der Learjet kann in Comiso landen. Und von dort sind wir dann in einer Stunde in Sampieri.« Sie zog bereits die Hotelzimmertür hinter sich zu.

Caselli blickte Chantal nach. Und zur Finsternis in ihm gesellte sich ein stechender Zweifel: Woher wusste sie das so genau?

***

Es war später Nachmittag, als sie das de Russie verließen.

»Wir bekommen den Jet, aber erst morgen … dann haben wir zwei Tage. Sonntag muss ich wieder hier sein.« Chantal wandte den Kopf. »Schau, Santa Maria del Popolo … die Messe ist aus, die Leute gehen die Stufen hinunter. Lass uns auf einen Sprung in die Kirche gehen. Ich habe Sehnsucht nach Kunst. Da hängen zwei Caravaggios … und wir können aufstecken eine Kerze für deine verstorbene Freund, bevor ich gehe zu Alberto in das Geschäft, um mich zu verabschieden.«

Caselli zögerte.

»Was ist?«

»Nichts«, sagte Caselli und sah sich um.

»Hast du sogar ein Problem damit, mit mir über eine Piazza zu gehen?«

»Weißt du, ich müsste dringend in die Questura.« Er sah auf die Uhr. Das Taxi für Chantal fuhr vor.

»Jetzt? Warum kontrollierst du denn die Straße … meinst du, ich merke das nicht? Du denkst doch nicht wirklich, dass hier ein Killer auf uns lauert? Oder fürchtest du Neros Dämonen … du weißt, der Nussbaum, da drüben, des Kaisers Grabstätte.«

»Dein Taxi, Chantal«, sagte Caselli.

»Ich nehme dann ein anderes. Ich gehe allein in die Kirche, du brauchst nicht mit.«

»Chantal, bitte.«

Sie sah ihn prüfend an, dann stieg sie ein. Ohne Widerspruch setzte sie sich in den Fond. Das liebte er auch an ihr. Dass sie wusste, wann genug war.

»Pass auf dich auf«, sagte sie und beugte sich für den Abschiedsgruß vor. »Kommst du nach dem Abendessen mit deinen Freunden von der Trattoria noch auf die Party von Kabir? Heute ist das Konzert von Ezio Bosso. Sie haben den Stutzflügel gerade gebracht. Es beginnt um dreiundzwanzig Uhr. Wird vorbei sein bis dahin, der Abschied von deine Fulvio?«

Caselli nickte. »Ja, ich komme. Wir sehen uns.« Er schloss die Wagentür, und der Fahrer fuhr an.

17

Flavia machte die Tür hinter sich zu. »Was ist denn jetzt? Hast was herausgefunden wegen Caselli?«

»Na ja, schon … aber im Grunde darf ich mit dir darüber gar nicht sprechen.«

»Ach ja? Und wer hat dir den ersten Anhaltspunkt gegeben? Du hast doch inzwischen herausgefunden, wer da in Sizilien vorzeitig entlassen wurde, oder nicht?«

»Ja«, nickte Scurzi. »Natürlich, klar, einfach war das nicht. Da unten machen alle dicht, wenn es um Caselli geht, und ich konnte schlecht offiziell Akten anfordern, so hinter seinem Rücken. Also musste ich mir Informationen aus dem Internet zusammensuchen und dann jemanden aus dem früheren Umfeld Casellis finden, der mir doch das eine oder andere bereit war zu sagen.«

»Und?«

»Also, Giovanni Spadaro, so heißt der Commissario, mit dem ich gesprochen habe, war damals Polizist in Casellis Staffel. Der hat mit großem Respekt über ihn gesprochen, aber es klang durch, dass er ihm etwas nachträgt. Caselli hatte da unten eine Karriere. Da muss Wunder was vorgefallen sein, dass er versetzt wurde. Aber Giovanni hielt sich bedeckt. Und aus einem Sizilianer, der nichts sagen will, bekommst du nichts raus. Er hat mir Informationen gegeben, die hilfreich sein könnten, aber alles ohne viel Kommentar. Der, der entlassen wurde, heißt Enzo Calduzzo.«

»Du hast also hinter Casellis Rücken Erkundigungen eingezogen«, fasste Flavia zusammen.

»Ja, ich kann doch nicht einfach nichts tun. Auf jeden Fall, Spadaro, der sich auch um Caselli sorgt, sonst hätte er konsequenter gemauert, meinte, die Polizei in Ragusa hat Informanten im Knast, die hätten berichtet, Calduzzo plant was. Er hat wohl damit geprahlt, wie er Caselli zurichten wird. Natürlich nur gegenüber den Zellengenossen und im Hof. Bei der Psychologin war er artig. Die hat dann auch das Gutachten erstellt, und dem Antrag auf vorzeitige Haftentlassung wegen guter Führung wurde stattgegeben. So kam er letzte Woche nach nur fünf Jahren raus.«

»Dann ist Caselli ja wirklich in Gefahr! Und trotzdem hat der Generalstaatsanwalt ihm Personenschutz verweigert, das habe ich ja selbst gehört, als ich bei der Besprechung Erfrischungen reinbrachte.« Flavia riss die Augen auf.

»Ja, und Spadaro meinte auch, Calduzzos Rache wird sich nicht darauf beschränken, Caselli mit einem Präzisionsgewehr abzuknallen. Er ist der Typ, der die offene Konfrontation sucht. Er will ihm also gegenüberstehen, und dazu muss er ihn in einen Hinterhalt locken, das heißt, er braucht einen Plan. Und das heißt wiederum, er muss in Erscheinung treten, aus seiner Deckung kommen. Das gibt uns die Möglichkeit, seinen Plan zu vereiteln und ihn zu schnappen, bevor er Caselli kriegt.«

»Und wo willst du ansetzen? Hast du irgendeinen Anhaltspunkt?«

»Nein.« Scurzi schüttelte den Kopf. Alles wollte er Flavia dann doch nicht preisgeben. »Aber er wird einen Fehler machen, und dann haben wir eine erste Spur.«

»Tja, viel ist das ja nicht.«

»Es gibt noch etwas, was mich stutzig macht. Spadaro hat gesagt, Calduzzo ist mit einem Hubschrauber abgeholt worden. Entweder es war ein VIP-Service vom Boss, was laut Spadaro abwegig wäre, oder er hat sehr wohlhabende Freunde.«

»Er hat einen Auftraggeber … aber wen, wenn es nicht die Mafia ist? Ach, mir ist ganz schlecht!« Flavia presste die Hand auf den Bauch. »Stell dir mal vor, wie Caselli sich fühlen muss. Gejagt von einem Killer, der immer und überall zuschlagen kann. Furchtbar! Meine Nerven halten das jetzt schon nicht mehr aus. Aber warum sagt er dir nichts?«

Scurzi sog die Luft durch die Nase und blickte betroffen zu Boden. »Ich weiß warum.«

»Dann sag es doch.«

Scurzi schluckte. »Die wollten da unten alle nicht damit herausrücken, aber ich habe trotzdem rausgefunden, warum Caselli die Insel verlassen hat.«

Die Tür wurde geöffnet, und Caselli steckte den Kopf herein.

Scurzi zuckte zusammen. Rasch ließ er den Ausdruck des Fotos von Enzo Calduzzo, den Giovanni Spadaro ihm gefaxt hatte, in der Ablage verschwinden.

»Flavia, kommen Sie mal? Ich brauche einen Urlaubsschein. *Buongiorno*, Sergente.«

»Commissario.«

Scurzi sah durch die Glasfront. Während Caselli mit Flavia an deren Schreibtisch sprach, hatte er ein paar Minuten, um sich zurechtzulegen, wie er vorgehen würde. Im Fall Mimi hatte er eins und eins zusammengezählt. Er war zur Tangenziale Est rausgefahren. Dort hatte er einer schon älteren Prostituierten namens Maggie, die als Einzige mittags am Straßenrand stand, das Foto gezeigt. Sie hatte Calduzzo wiedererkannt. Caselli war vor ihm dort gewesen, in der letzten Nacht. Die Prostituierten hatten ihm, so Maggie, Mimis letzten Freier ganz genau beschrieben. Caselli musste Calduzzo anhand der Beschreibung also identifiziert haben. Doch statt eine Fahndung einzuleiten, unternahm er nichts. Er hielt ganz klar Informationen zurück, behinderte die Ermittlungen und machte sich damit, streng genommen, strafbar. Dafür konnte es nur einen Grund geben. Caselli wollte Calduzzo im Alleingang stellen. Das war ebenso gefährlich wie unvernünftig, aber bevor Scurzi sich wegen der Fahndung nach Calduzzo an den Vice-Questore wandte, wollte er unbedingt erst mit Caselli sprechen. Scurzi schluckte. Ja, da musste er jetzt diplomatisch vorgehen, leider keine seiner Stärken. Er wollte wissen, was Caselli ihm sagen würde. Aber wenn der Commissario weiter schwieg? Sollte er ihm dann auf den Kopf zusagen, was er herausgefunden hatte? Oder gleich zu Di Verdacchiano hinüber und ihm alles berichten? Scurzi atmete angestrengt durch. Die Sache war heikel, und da ging es um mehr als den aktuellen Fall. Ehre, Fehden, Rache – der ganze sizilianische Kram hoch drei. Da musste man vorsichtig sein. Caselli war empfindlich, wenn es um Sizilien ging. Kein Wunder bei dem, was da unten passiert war. Scurzi kannte nun ein paar Fakten über das Vorleben seines Vorgesetzten. Doch auf keinen Fall wollte er sich durch eigenmächtiges Handeln oder vorschnelle Hauruck-Aktionen in die Nesseln setzen. Er hatte die Erfahrung gemacht, dass der Commissario sehr genau wusste, was er tat. Notfalls würde er eben darauf vertrauen, dass das dieses Mal auch so war.

Während Scurzi noch hin und her überlegte, sah er, wie sich die Aufzugtüren hinter Caselli schlossen.

Der Commissario war nicht mal zu ihm hereingekommen. Das war es dann wohl erst einmal.

18

Dass mit Claudio etwas nicht stimmte, sah Caselli sofort, als er die Glastür aufdrückte und in die Trattoria trat. Der Kinderarzt saß mit Dreitagebart am Stammtisch und starrte trübsinnig vor sich hin.

Giovanni stellte das Glas, das er bis eben poliert hatte, neben die anderen. Er legte das Küchentuch über die Schulter und kam hinter der Theke hervor, um Caselli zu begrüßen.

»Schrecklich, nicht wahr?«, sagte er und reichte ihm förmlich die Hand. Mit der anderen fasste er Caselli kurz am Arm. Er wirkte betroffen. »Schön, dass du es einrichten konntest, zu unserer Feier zu kommen, Alessandro. Wir haben schon gemerkt, dass es Fulvio in letzter Zeit gar nicht gut ging … du warst ja länger nicht mehr hier. Recht eingespannt, was? Na, was will man machen, der Job geht eben vor. Tiberio kommt sicher auch gleich.« Er sah zum Stammtisch. »Claudio stand Fulvio zur Seite, als er ins Fate-Bene-Fratelli-Hospital eingeliefert wurde. Er hatte Nachtdienst in der Notaufnahme. Setz dich doch schon mal, ich werde später eine kleine Rede halten, ein *Addio* an unseren Fulvio. Nichts Langes. Nur ein paar Worte, aber die müssen sein. Ach, und das Essen geht aufs Haus. Tja, das ist er also, unser Held«, fügte er dann mit Blick auf Claudio hinzu. »Was muss er auch mitten ins syrische Kriegsgebiet. Hier in Rom gibt es genügend kranke Kinder, die seine Hilfe brauchen, möchte man meinen. Einen Grappa?«

»Lieber nicht. Sei so gut und mache mir einen doppelten Espresso, Giovanni … wird noch eine lange Nacht.«

»Kommt sofort«, sagte Giovanni und ging.

»Na, Claudio«, Caselli zog den Stuhl heran, um sich zu seinem Freund zu setzen, »dein Einsatz bei Ärzte ohne Grenzen hat dich sehr mitgenommen, hm?«

»Es war schrecklich, Alessandro«, begann der Kinderarzt ohne Umschweife. »Aleppo war die Hölle. Das kann man sich gar nicht vorstellen.«

»Das Krankenhaus wurde also bombardiert.«

Claudio nickte und schüttelte dann den Kopf. »Ich sag dir, katastrophal ... katastrophal.«

»Flavia hatte das schon angedeutet. Sie sorgt sich um dich.«

»Wir sehen uns kaum noch. Ich habe dafür momentan keinen Kopf. Ich mache Doppelschichten, und dann gehe ich nach Hause und nehme was. Augen zu und weg in den Tiefschlaf. Sobald die Albträume wiederkommen und ich aufschrecke, lege ich nach. Die Tabletten liegen parat am Bett ... habe ich übrigens rausgeschmissen, das Bett. Den Rahmen des schwedischen Möbelhauses. Ich habe jetzt nur noch eine Matratze auf dem Boden. Da fühle ich mich sicherer. Ich brauche Erdung oder so.«

»Kann ich was für dich tun?«, fragte Caselli.

»Nein, inzwischen geht es. Ich will und muss funktionieren. Letzte Woche sah es bei mir vielleicht noch aus, sage ich dir. Ich war total verwahrlost. Hatte mich abgeschottet nach meiner Rückkehr. Vorhänge zu. Schlechte Luft, überall Dosen und Pizzakartons. Dann habe ich mich zusammengerissen. Putzfrau organisiert. Die macht die Wäsche und räumt auf ... aber ich habe ja fast nichts mehr. Kann keine Möbel mehr um mich haben. Ich brauche Raum und Platz. Ich habe alles weggegeben. Lebe spartanisch. Konzentriere mich aufs Wesentliche. Das ist gut. Aber ich habe mir da was vorgemacht. Ich habe gehofft, wenn ich entrümple, alles rausschmeiße aus meinem alten, satten Leben, dann kriege ich die Bilder aus dem Kopf, was da los war nach dem Bombeneinschlag, als man durch die Riesen-Staubwolke langsam wieder was sah.« Claudio schluckte.

Caselli merkte, wie sehr es seinem Freund zusetzte, darüber zu sprechen. »Claudio, du musst jetzt nicht darüber …«, setzte er an.

»Nein, es muss raus. Lass mich reden, Alessandro, ich will, dass … das aufhört, weggeht – die Bilder, die Erinnerungen, die Schreie, die dröhnen in meinem Kopf. Und ich konnte nichts machen!« Er hob den Kopf, und in seinen Augen lagen Schmerz und Entsetzen. »Einem Kind war der Arm abgerissen worden … du, die Kleine, die hat geschrien wie am Spieß. Normalerweise hätte ich ihr sofort Fentanyl gespritzt, ein Opioidanalgetikum, hochpotent, wirkt sofort … und dann ihren Kreislauf stabilisiert. Aber ich … ich hatte nichts. Kein Schmerzmittel, keine Infusion, nicht mal Verbandszeug, nichts. Alles unter Dreck und Schutt begraben. Und wir mussten sofort evakuieren. Ich habe mich in meinem ganzen Leben noch nie so hilflos und unnütz gefühlt. Und die das getan haben, die schwarzen Energieschwaden, die Macht des abgründig Bösen, der IS, die sind in meinen Augen keine Menschen mehr.« Er schüttelte den Kopf.

Caselli atmete angestrengt durch.

»Ich war bei einem Kollegen, der hat mir geraten, da tief reinzugehen. Es mir anzuschauen, darüber zu reden. Wenn ich es verdränge, dann macht es mich kaputt. Die Kleine war am Verbluten, und ich, der Arzt, habe sie liegen lassen … Als die Mauer endgültig einstürzte und alles herunterkrachte, habe ich den kleinen Jungen, der sich an meinem Hosenbein festklammerte, auf den Arm genommen und bin gerannt … um mein Leben, um meine beschissene Haut zu retten. Hinter mir stürzte die ganze Chose ein, und als das Getöse vorbei war, da war es still, ganz still. Die Schreie des Mädchens … verstummt.« Er stützte die Ellenbogen auf den Tisch und strich mit den Fingern sein Haar zurück. »Ich habe versagt. Als die Ambulanzen aus einem anderen Stadtteil kamen, war es zu spät. Ich habe vollkommen versagt, als Arzt, als Mann und als Mensch.«

Caselli setzte an, etwas zu sagen. »Claudio, du hast dir absolut nichts vorzuwerfen …«

»Genau das sagen wir ihm alle … hat keinen Sinn. Kannst du gleich lassen, Alessandro. Grüß dich!«

Tiberio setzte sich Caselli gegenüber.

»Ja, das ist dann wohl ein Trauma«, meinte Giovanni, der Casellis *caffé* servierte. »Hier, schön schwarz mit Zucker … habe schon umgerührt.«

»Danke, Giovanni.« Caselli zog die Tasse zu sich heran.

»War eine super Trauerfeier in der Kirche Andrea della Valle. Alles voll …«, fuhr Tiberio fort. »Ich wusste gar nicht, dass Fulvio dermaßen prominent war. Die vielen Kränze und die Orgelmusik. Edel. Bloß etwas lang, das Ganze … und dann zum Friedhof Flaminio raus, Herr im Himmel, war mir gar nicht mehr bewusst, wie weit draußen der liegt, fast bei Prima Porta! Ich bin gerade dabei, einen Palisanderschrank aufzuarbeiten, der muss bis Montag fertig werden. Der Tag heute ist nun verloren. Also, ich habe einen Mordshunger. Was gibt es Gutes, Giovanni? Ich schlage heute ordentlich zu. Wenn du uns schon einlädst, so zu Ehren von Fulvio. Ist was? Warum schaut ihr denn so komisch?«

***

»Ja, und dann bin ich auf dieses Foto gestoßen. Ich sagte mir: Lenk dich ab, Junge. Ich besuche ja mit Flavia diesen

Kurs für Schwarz-Weiß-Fotografie …« Claudio schob den Teller *Pasta ai quattro formaggi* von sich. Er hielt den Handrücken vor den Mund und unterdrückte ein Aufstoßen.

»Hmhm«, machte Caselli und sah unauffällig auf die Uhr. Er musste los, er hatte Chantal zugesagt, dass er pünktlich ins de Russie kommen würde, zum Konzert von Ezio Bosso.

»Also, ich wollte mich nur entspannen. Ich hatte einen Fernsehbericht gesehen … über tauchende Eisbären. Wirklich schön. Beeindruckende Bilder. Ein Filmteam hat in der Antarktis eine Eisbärin mit ihren Jungen gefilmt. Unterwasseraufnahmen, wie die Eisbären schwimmen … von tief unten, tiefer als die Eisbären paddelten. Manchmal sind sie getaucht und haben dem Fotografen von oben in die Linse geguckt. So was habe ich noch nie gesehen.«

»Ja, ich verstehe schon«, brummte Caselli und blickte zu Giovanni, der einem amerikanischen Ehepaar Pizza servierte. Er hatte die Trattoria, aus Pietät, wie er sagte, später geöffnet, damit die Viererrunde ungestört bliebe. Seine Ansprache war ebenso knapp wie bewegend gewesen, und Caselli spürte schon jetzt, wie sehr Fulvio allen fehlen würde. Caselli selbst fühlte sich ausnehmend schlecht. Da war aufrichtige Trauer, die Anspannung wegen der Bedrohung, irgendwo auch dumpfe Angst … und dann noch der Kummer … weil Chantal ihm den Laufpass gegeben hatte. Er war froh, dass Tiberio – den ganzen Abend über bester Laune – sich nun verabschiedet hatte. Giuseppina und sein Töchterchen warteten. Nun, wenigstens bei ihm war alles in Ordnung. Die Runde war somit aufgelöst, und Giovanni hatte die Trattoria aufgeschlossen. Trotz des improvisierten Schildes *Trauergesellschaft* hatten Touristen mehrmals empört an der Tür gerüttelt, so lange bis Giovanni die Serviette auf den Tisch legte, zur Tür ging und mit Händen und Füßen zu erklären versuchte, was los war.

»Und?«, setzte Caselli nach, damit Claudio zum Ende käme. Er tastete in der Hosentasche bereits nach dem Autoschlüssel.

»Ich habe im Netz ein Foto gesehen. Es stammt von Amos Nachoum, der Mann ist eine lebende Legende der Unterwasserfotografie.«

»Aha«, meinte Caselli ungeduldig und griff nach seinem Jackett.

»Es hat mich am Boden zerstört.«

»Wieso denn das?«

»Es ist das Foto mit dem Pinguin. Dafür hat er zweitausendzwölf den American Fotographic Artistic Award bekommen.«

Muss ich das wissen, fragte sich Caselli.

»Warte, Moment, ich habe es auf dem Handy …«

»Claudio, ich muss jetzt los.«

»Hier, ich hab's gleich … und da ist mir klar geworden, so richtig, wie grausam die Natur ist. Alles nur Kampf. Fressen und gefressen werden. Aber das allein ist es nicht. Das kennt man. Das Schockierende ist das …« Er hielt Caselli das Foto unter die Nase.

Ein kleiner, apathisch wirkender, offenbar völlig erschöpfter und zerzauster Pinguin stellte sich mit gesenktem Kopf dem riesigen, sperrangelweit geöffneten Maul eines …

»Ein Seeleopard. Gibt es nur in der Antarktis. Vierhundert Kilo schwer. Kann mit seinen breiten Vorderflossen auf vierzig Kilometer in der Stunde beschleunigen. Da hatte der Pinguin nie eine Chance. Der Todeskampf hat dreißig Minuten gedauert. Der arme Kerl. Das Furchtbare ist, der Seeleopard hatte Spaß daran. Er hat den kleinen Pinguin gejagt bis zur totalen Erschöpfung. Er hat mit ihm gespielt, seine Todesangst genossen. Er hatte ihn mehrmals schon gefangen und im Maul, ihn aber nicht getötet, sondern ausgespuckt, damit es länger dauert. Das Bild da ist kurz vor dem Ende. Der Pinguin paddelt dem Feind entgegen … geradewegs auf das offen stehende Riesenmaul zu. Zerzaust, erschöpft. Und es sieht aus, als wolle er sagen: Friss mich doch endlich! Los! Ich kann doch nicht mehr.«

Caselli sagte nichts.

Claudio atmete angestrengt aus und lehnte sich zurück. »Dieses Foto widert mich über die Maßen an. Und das habe ich jetzt auch noch im Kopf, wie ins Hirn gebrannt. Mein Psychotherapeut, der Kollege, den ich hinzugezogen habe, damit ich aus dem Depri-Loch wieder herauskomme, sagt, ich suche Bestrafung für das, was ich getan habe. Ich … weil ich versagt habe, das Mädchen zu retten, würde mein Unterbewusstsein mir im Außen dieses Bild spiegeln: Ausweglosigkeit. Mein Unterbewusstsein spielt mit mir, jagt mich, hat mir den Pinguin in meine Realität projiziert. Denn, wie es in mir drin aussieht, im Unterbewussten, da, wo ich nicht hinkomme, wird mir in dem, was ich im Außen, im Hier und Jetzt wahrnehme, gezeigt und gespiegelt. Wie innen, so außen, verstehst du? Im Grunde ein metaphysischer Satz. Jetzt fangen die Psychologen auch schon damit an. Also, die Psychologie ist damit nun auch dort angekommen, in der Metaphysik, meine ich. Mein Unterbewusstsein will mich zwingen hinzuschauen. Will ich das nicht tun, quält es mich, bis ich zu erschöpft bin, überhaupt noch zu reagieren, mich apathisch in die Situation füge. Sie akzeptiere, ja, kaum mehr erwarten kann, dass sie mich zerstört … hier, Depression, friss mich! Damit der Todeskampf ein Ende hat. Der Seeleopard als Archetyp, nichts als ein unerlöster Schatten, wie der Pinguin. Beide unerlöst. Die sogenannte moderne Psychologie nennt das die Aufarbeitung der Schattenanteile. Und da gibt es nur eins: Man muss mit denen reden. Sie fragen, wann man sie erschaffen hat, wann man sie verdrängt hat, runter ins Unterbewusste. Sie fragen, was sie Gutes für einen getan haben und warum sie sich gerade jetzt zeigen. *Don't resist evil.* Das heißt nicht, lass das Böse zu. Es heißt: Schaue dir deine Schatten an, dich. Das Scheußliche in dir. Was da schwärt und du nicht zugeben willst, du verdrängt hast, weil es unerträglich war, als es geschah. Tust du das nicht, dann zerstört es dich von innen, frisst dich auf … also rede ich mit dem *Seeleoparden.* Wann habe ich dich erschaffen? Wann verdrängt? Was hast du Gutes für mich getan? Und warum zeigst du dich gerade jetzt? Was brauchst du von mir? Sich hinsetzen, das tun, das wagen. Das muss ich jetzt tun, unbedingt. Du fragst, und die Archetypen im Hades deines Unterbewusstseins antworten dir, sagt mein …«

»Du solltest dringend den Psychiater wechseln!«, erwiderte Caselli und fuhr hoch.

Die Glastür der Trattoria fiel hinter ihm zu, einen Lidschlag später stand er auf dem regennassen Pflaster in der engen Gasse. Eine Vespa knatterte vorbei, und Caselli trat einen Schritt zurück. Dann lief er, den Jackenkragen zusammenhaltend, leicht vornübergebeugt, damit der feine Nieselregen ihm nicht ins Gesicht wehte, zu seinem Wagen. Ach was. Das war Unfug. Sein Unterbewusstsein spiegelte ihm rein gar nichts. Er hatte damals bei dem Zugriff einen Verbrecher angeschossen, der das Feuer eröffnet hatte. Giovanni hatte da bereits verletzt am Boden gelegen. Es gab keine Schuld, die nach Sühne verlangte. Er hatte Calduzzo nicht zusammengeschossen. Und es hatte auch nichts damit zu tun, dass er glaubte, Calduzzo habe im Auftrag der Moreno-Catanazza den Anschlag auf seinen Vater verübt. Er hatte sich nichts vorzuwerfen. Und der Seeleopard? Diesen Gedanken ließ Caselli gar nicht erst zu. Auch wenn er durchaus sehen konnte, dass seine Überreaktion, Claudio einfach so sitzen zu lassen und gewissermaßen grußlos aus der Trattoria zu stürmen, ein deutliches Indiz dafür war, dass sein traumatisierter Freund mit seiner Analogie einen wunden Punkt getroffen hatte.

19

»Was soll das, Chantal?« Caselli klappte den Kragen hoch, um die Fliege zu binden. Der Dresscode auf der Einladungskarte lautete: *black tie.* »Sprich nicht über Dinge, die du nicht verstehst!« Ein scharfer Ton, den Caselli sofort bereute, ebenso wie den Fakt, Chantal überhaupt eingeweiht zu haben. Das war ein gravierender Fehler gewesen. Er hatte geglaubt, wenn er offen zu ihr wäre, könnte er sie davon überzeugen, sich sofort nach Frankreich in Sicherheit zu bringen. Aber sie dachte nicht daran, und das hatte sie ihm ja schon am Nachmittag deutlich gemacht. »Es ist völlig … unangebracht, jetzt wieder mit diesem Schwachsinn anzufangen, den Carmine von sich gibt. Er ist doch …«

»Ja, was denn? Ein armseliger Homosexueller aus Neapel, der sich für Kabirs Partys kaufen lässt? Den kann man doch nicht ernst nehmen, meinst du das?«

»Das habe ich nicht gesagt.«

»Doch, du diskriminierst ihn, das merkt man doch!«

»Das stimmt so nicht. Ich gebe mich einfach nicht mit ihm ab. Er provoziert mich und redet Stuss.«

»Er weiß sehr viel über dich!«

»Das bezweifle ich«, erwiderte Caselli und senkte das Kinn, um die Enden des Binders zu tarieren. Er ließ das rechte länger als das linke, schlug es über das kurze linke und führte es unten durch. »Das Attentat auf meinen Vater ging durch die Presse … und meine Versetzung auch. Das ist alles, was er wissen kann.«

»Aber du bist Sizilianer und lebst in Rom! Du hast deine Insel in den Fängen der Mafia zurückgelassen und machst dir ein schönes Leben, während dein Volk leidet!«

Caselli atmete angestrengt durch. Das war ja geradezu ein Konglomerat an irrigen Vorstellungen und wilden Gemeinplätzen. Er wandte sich um und sah Chantal an. War sie wirklich so naiv?

Er legte mit der linken Hand das kurze Ende des Binders zur Fliege zusammen. »Wir sind nicht bei der Französischen Revolution, Chantal. Erstens ist Italien seit Garibaldi geeint und somit ist auch die Bevölkerung in Rom, für die ich hier Dienst tue, *mein Volk.* Und zweitens hast du wie fast jeder vom Festland eine falsche Vorstellung vom Begriff Mafia. Das ist doch längst kein Phänomen mehr, das nur Sizilien betrifft. Die Mafia ist überall. Das Einzige, was in Sizilien zumindest noch eine gewisse Gültigkeit besitzt, mehr als anderswo auf der Welt, wo die Mafia regiert, ist der alte Ehrenkodex. Aber nicht nach Hollywoodmanier, wie du dir das vielleicht vorstellst. Versuche zu verstehen, dass es nach diesen bizarren Regeln zu simpel und zu unehrenhaft gewesen wäre, mich zu erschießen. Es gibt andere Methoden. Und ich wünschte, ich hätte das sofort erkannt, ohne …« Caselli brach ab. Er fingerte an der Schlaufe hinter der Fliege und musste sich konzentrieren. Am Nachmittag war er bedingungslos offen zu Chantal gewesen. Damit hatte er aber schlechte Erfahrungen gemacht. Anscheinend war Chantal nicht in der Lage, den Ernst der Situation zu begreifen. Vielleicht weil sie Französin war, aus einer anderen Welt kam, eine Mentalitätsfrage. In jedem Fall brauchte er ihr nicht noch einmal mit der Wahrheit zu kommen. Das hieße, einen Fehler wiederholen. Er verkürzte das Ganze. »Man will mich leiden sehen, längerfristig. Rom ist, bei aller Liebe zu dieser wunderbaren Stadt, ein Exil.« Es gelang ihm endlich, das lange Ende durch die Schlaufe zu ziehen, und er trat zum Spiegel. »Ein Sizilianer braucht sizilianische Erde unter den Füßen, den freien Blick auf das Meer und …« Er bremste sich. Die Kräfte, die da im Spiel waren, würde sie ebenfalls nicht verstehen, ihn allenfalls belächeln. Er schwenkte um. »Und von schönem Leben kann nicht die Rede sein. Ich habe praktisch drei Jahre durchgearbeitet, ohne jedes Privatleben.« Er hob das Kinn und justierte die Enden. Die Fliege saß. Caselli atmete durch. Er griff zum Smokingjackett und zog es über. Einen Satz setzte er noch nach, denn er sprach mit der Frau, die ihm wichtig war und am Herzen lag. Alles in ihm sträubte sich, sie wie ein Kind zu behandeln, das gewisse Dinge nicht begriff. Er wollte, dass Chantal ihn verstand. Wenn nicht sie, nach allem was zwischen ihnen war, wer dann. »Ich bin gegangen, um andere zu schützen.«

»*Ah, oui?* Ist es nicht eher so, dass du aus Feigheit abgehauen bist, in die Sicherheit nach Rom!«

Caselli erinnerte sich mit einem Mal an die letzte Konversation mit Tiziana. Warum nur geriet er auf dem Festland offenbar zweimal hintereinander an den gleichen, schwierigen Frauentyp? Erst verständnisvoll, liebenswert und intelligent, entpuppten sie sich, vielmehr mutierten sie, nach einer Weile zu aggressiven Provokateurinnen. Forderte er das heraus? Drückte er bei ihnen unwillentlich irgendwelche Knöpfe? Caselli schüttelte den Kopf. Nein, das hatte wohl andere Ursachen. Von Chantal hätte er dieses Verhalten am wenigsten erwartet. Und es schmerzte ihn doppelt und dreifach, da er, das musste er sich eingestehen, haltlos in sie verliebt war.

»Entschuldige, Alessandro, ich verletzte dich. Ich will das nicht. Ich habe nur … so ein schreckliches Gefühl seit einiger Zeit. Als ob passiert etwas ganz Furchtbares. Ich habe Angst, und der Gedanke, dass ein Killer ist her hinter dir, ist unerträglich.«

Casellis Blick ruhte auf Chantal. Das war es also. Wie hatte er nur an ihr zweifeln können. Er trat rasch zu ihr und nahm sie fest in die Arme.

Sie schmiegte sich an ihn. »Alessandro, es war alles so perfekt. Ich war glücklich mit dir wie fast nie in meinem Leben.«

»Ich hätte dich nicht einweihen dürfen. Es belastet dich«, sagte er und sah angespannt durch das Fenster auf den Obelisken, der im Licht der Straßenbeleuchtung hell in den Abendhimmel ragte. »Ich hätte es dir niemals sagen dürfen.«

»Ich weiß nicht, wirklich nicht.«

»Mach dir keine Sorgen. Es werde nicht ich sein, der bei der Begegnung mit Calduzzo sein Leben lässt. Das verspreche ich dir.« Er hielt sie ganz fest und spürte ihr seidiges Haar an seinem Kinn. »Es wird alles gut.«

Sie schwieg. Dann machte sie sich los. »Lassen wir Kabir nicht warten.«

»Ja«, meinte Caselli, blickte aber in Richtung Bett. Chantal schüttelte nur leicht den Kopf. »Mir ist jetzt nicht nach Liebe … aber weißt du, es könnte sein, dass ich ändere meine Leben.«

Caselli sah Chantal an. Hatte er das jetzt richtig verstanden? »Du meinst …?«

Sie nickte. »Heute Nachmittag bei Alberto, ich habe mich erinnert, wie ich dich das erste Mal sah.«

»Ja, ich weiß es auch noch ganz genau. Du standest auf der Leiter, der Stapel Kartonagen kam ins Rutschen und …«

»Du hast mich aufgefangen und festgehalten. Und in diesem Moment, es war schon geschehen. Ich habe deine

Arme gespürt um mich, da war dein männliche Energie und dein Parfum und ich wusste, ich möchte nie mehr sein ohne dich. Ich habe nur sehr lange … gezögert.«

»Chantal …« Caselli schluckte.

Sie trat neben ihn. »Morgen um sieben Uhr wird der Learjet für uns bereitstehen am Flughafen Ciampino. Wir werden haben zwei Tage in Sizilien … am Meer. Ich weiß, wie schön es da ist. Kabirs Jacht lag dort zu Ostern. Ich war mit ihm. Die Strände sind leer, und das Meer, das ist aufregend und ursprünglich, sodass du hast ein Gefühl von der Anbeginn der Welt. Der Wind bewegt die Blumen zwischen den Steinen an der Küste, wo ist die Macchia oben auf den Klippen … und in Modica leuchtet der Sandstein aprikosenfarben in der Abendsonne. Deine Stadt ist Barock aus dem *Ottocento.* Palazzi der Zeit der Grandeur. Eine Stadt, in ein Tal geschmiegt wie ein aufgeplatzter Granatapfel … wie das hat gesagt der Poet, Salvatore Quasimodo, nicht wahr? Ich bin durch Gassen gelaufen in der Mittagssonne, mit einem Strohhut auf dem Kopf und ein Pulli dabei, weil in den Kirchen du frierst, total. Und der Wind bringt mit den Geruch vom Meer, vermischt mit dem Duft von Jasmin, der rankt mit winzigen weißen Blüten an der Häuserwände in jede Innenhof.«

Caselli ging das Herz über. Sie hatte einen Blick für die Schönheit seiner Insel! Das rührte ihn so sehr, dass ihm Tränen in die Augen schossen.

»Und dann du sitzt bei Bonaiuto, *eh bien,* in dem kleinen Café, dessen Urgroßvater bei uns in France hat gewonnen ein Goldmedaille für sein *excellente chocolat* bei der Weltausstellung in Paris vor einhundertfünfzig Jahren mindestens … und immer noch er wirbt damit!«

Caselli musste lachen. »Das stimmt. Du weißt alles!«

»Aber ja, ich war dort drei Wochen, als Kabir hat gesucht ein Casale. Er hat angeschaut über zwanzig in der Gegend bis Noto. Aber in *La Zagara* er hat sich auf Anhieb verliebt, unsterblich.«

»Warst du dort? Hast du es gesehen?«

»Nein. Ich war nicht mit ihm dort. Er hat nur darüber gesprochen, aber da hatte er schon beschlossen, dass es ihm gehören wird. Und wenn Kabir etwas haben will, dann es gibt nichts und niemanden, der ihn hindert, es zu besitzen. Man kann ihn nicht aufhalten. Er ist ohne jeden Skrupel.«

»Bei mir hat er da kein Glück.« Caselli legte Chantal die Hand auf die Stelle zwischen den Schulterblättern und schob sie durch die Tür. »Ich habe ihm mehrmals klipp und klar gesagt, dass ich dem Verkauf nicht zustimmen werde. Und … wenn ich es dir morgen zeige, wirst du verstehen, warum.«

»Dein Onkel hat gemacht einen Vorvertrag.«

»Ich weiß, Chantal. Aber ohne mein Einverständnis kann er nichts bewerkstelligen. Und ich ändere meine Meinung nicht. Das geht nur über meine Leiche.«

Chantal schluckte, und es schien, als wollte sie noch etwas sagen. Doch sie schwenkte um. »*Allors,* wir hören uns an das Konzert. Bosso bewahrt Haltung. Das ist nicht leicht.«

Caselli nickte. Bosso gab sich wie ein Rockmusiker, war aber Konzertpianist, und er kämpfte mit Würde gegen eine degenerative neurologische Krankheit. »Ja«, sagte er, »das ist nicht leicht.«

***

Caselli drückte Chantals Hand, flüsterte eine knappe Entschuldigung und stand auf. An den Sitzgelegenheiten der andächtig lauschenden Gäste vorbei erreichte er die einen Spaltbreit geöffnete Terrassentür. Caselli fasste den Metallgriff und zog die Tür hinter sich ganz zu, sodass sie einrastete. Augenblicklich war das Klavierstück nur mehr schwach zu hören. Die Nacht war kühl. Ein kräftiger Wind wehte, die Fliesen waren nass vom Nieselregen. Caselli überblickte die Lichter Roms und atmete tief durch.

Er hegte großen Respekt für den Pianisten, und doch … er hätte es keine Minute länger da drin ausgehalten. Geprägt von seinem Leiden waren Bossos Kompositionen panisch vorangetriebenes Staccato oder elegisch trist. Die Melodieführung, die krankheitsbedingte Gestik des Pianisten und Komponisten und die Lautmalerei, die das Klavierspiel begleitete, vertrug Caselli momentan nicht. Es machte deutlich, dass ein Mensch einer Situation, in Bossos Fall dem Versagen des eigenen Körpers, hilflos ausgesetzt war, wenngleich er sich wehrte, solange es ging, und Haltung bewahrte.

Der Wind zerrte an ihm, dennoch trat Caselli an die Brüstung, so weit wie möglich weg vom Salon. Es regnete nicht mehr. Caselli sah auf die vom Personal mit Planen abgedeckten Lounge-Möbel und zog in Betracht, einen der Korbsessel in eine windgeschützte Ecke an der Hauswand zu schieben, um dort auszuharren, bis das Konzert zu Ende wäre. Als er sich daranmachte, eine Plane zu entfernen, bemerkte er, dass jemand vor ihm dieselbe Idee gehabt hatte. Bertram saß mit einer Zigarre und einem Whiskyglas in der Hand im Halbdunkel unter dem Dachvorsprung und prostete ihm zu. Der offene Kamin war nicht an, der Barbecue-Grill aus Edelstahl für amerikanische Gäste verschlossen an die Wand geschoben. Das Licht aus dem Salon warf schmale helle Streifen auf die Fliesen. Ab und an tauchte der Vollmond hinter den vorbeiziehenden dunklen Wolkenbahnen auf.

»Kommen Sie, leisten Sie mir Gesellschaft!« Bertram riss mit der Linken die Plane vom Korbsessel neben dem seinen.

»Verstehen Sie das bitte nicht falsch ...«, begann Caselli, als er sich Bertrams Aufforderung folgend auf den ausladenden Lounge-Sessel setzte.

»Wie könnte ich, Caselli, wie könnte ich. Ezio ist der wunderbarste Mensch, den man sich vorstellen kann, aber was er spielt, wie er spielt, macht einem bewusst, dass es mit uns allen unweigerlich mal zu Ende geht, und das kann einen schwermütig machen«, erwiderte Bertram und drückte die glimmende Zigarrenspitze im Ascher aus.

»Genau so ist es«, sagte Caselli. »Obwohl es für Sie dann ja erst richtig losgeht, Monsignore, nicht?«, fügte er hinzu und lächelte.

»Weiß man's?« Bertram nahm einen Schluck. »Ich würde das nicht so romantisch sehen, Alessandro ... und nennen Sie mich doch bitte Bertram.«

»Gern. Sie machen sich also keine große Hoffnung, was das Jenseits angeht?«

Bertram schmunzelte. »Das ist ein bunt bevölkertes Terrain.«

»Was meinen Sie damit?«

»Nun, ich meine, dass man es schaffen muss, ins Licht zu kommen, wie es so schön heißt. Ich arbeite daran, dass Erzengel Michael und mein Schutzengel mich dann geleiten, wenn es mal so weit ist. Denn die Herrschaften, mit denen ich durch meine zweifelhafte Gabe in Kontakt komme, befinden sich in Ebenen, in denen es doch recht ungemütlich zugeht. Da würde ich ungern landen und mich länger aufhalten müssen.«

Caselli fragte sich, was Bertram damit sagen wollte. »Ist Ihr Gebiet im Vatikan wohl Exorzismus?«

Bertram blieb ernst. Mit ruhiger Stimme antwortete er: »Nein, das nicht. Ich bin ein Medium. Wussten Sie das nicht?«

Caselli war verblüfft. Bertram angelte mit einer Hand die Whiskyflasche vom Boden und hielt sie hoch.

»Auch einen? Gläser finden Sie neben sich auf dem Bord. Bei den Barbecue-Sachen. Whiskyglas wird keins dabei sein, aber es geht ja auch ein Wasserglas in unserer improvisierten Diasporaecke.«

»Danke, genügt«, sagte Caselli, als Bertram eingoss. Aus dem Salon drangen die ersten Akkorde von Beethovens Mondscheinsonate. Der Künstler legte ein klassisches Intermezzo ein. Bertram drückte den Korkverschluss auf und stellte die Flasche zurück auf den Boden.

»Heißt das, Sie haben Kontakt mit Verstobenen?«, hakte Caselli nach. Er hatte das untrügliche Gefühl, er wäre gerade vom Regen in die Traufe geraten.

»Das versuche ich eher zu vermeiden«, meinte Bertram und schwenkte den Whisky. »Ich habe in Kanada für das *law enforcement* gearbeitet und geholfen, vermisste Kinder zu finden. Meine Aufgabe war es, die Kinder nach Hause zu bringen, lebendig oder … im schlimmsten Fall nur den *body*, damit die Eltern ihren Frieden machen konnten.«

In Caselli erwachte das Interesse des Polizisten. »Wie darf ich mir das vorstellen? Wie gehen Sie da vor?«

»Ich stelle eine Verbindung zur Seele des Kindes her, und dann sehe ich Bilder, die Aufschluss geben können … einen Schacht oder eine Leuchtreklame, so etwas eben.«

»Sprechen Sie mit dem Kind telepathisch?«, wollte Caselli wissen.

»Ach nein, beileibe nicht, aber ich kann Details erkennen. So fing das Ganze auch an. Die Polizei in Kanada und, soweit ich weiß, auch in den USA zieht durchaus häufiger Menschen wie mich, Medien, heran. Meine Schwester lebt in der Nähe von Toronto. Als ich sie besuchte, gab es gerade einen spektakulären Fall. Es ging um einen Mord in einem Restaurant. Ich kam gleich nach meiner Ankunft dort mit meinem Trolley vorbei und spürte: Da ist was passiert. Ich sah Szenen, Bilder, und wenn ich mich intensiv auf einen Menschen einschwinge, nehme ich mit meinem Körper auch seinen Schmerz wahr, die Körperstellen, an denen er verletzt oder verwundet wurde – wie bei den verschleppten US-Soldaten im Irak. Aber das ist eine andere Geschichte, die kam erst vor zwei Jahren hinzu. Nun, ich bin da in der kanadischen Kleinstadt auf die Polizeiwache und habe denen erzählt, was ich erfahren hatte. Fakten vom Tatort, die nur Polizei und Spurensicherung wissen konnten. Erst hielt man mich für verrückt, dann für einen der Täter. Ich wusste eben Details, die keiner wissen konnte. Gott sei Dank konnte ich beweisen, dass ich zur Tatzeit in einem Flugzeug in zehntausend Meter Höhe gesessen habe. Dann standen alle um mich herum und haben mich ausgequetscht. Man gab mir Anhaltspunkte, die mir wiederum ermöglichten, tiefer in den Fall einzutauchen. Es war eine Kooperation, die schließlich zur Festnahme der drei Täter führte. Einen davon hatte die Polizei in keiner Weise auf dem Schirm gehabt.«

»Unglaublich«, sagte Caselli. »Na, dann wird unsere Arbeit vielleicht bald überflüssig.«

»So schnell nicht, Alessandro, so schnell nicht! Ich sehe Bruchstückhaftes, Fetzen, und die haben dann die Jungs vom *law enforcement* akribisch wie ein Puzzle zusammengesetzt, alles saubere, normale Ermittlungsarbeit. Dadurch wurden die Täter gefasst. Nun, damals, das war eine interessante Zeit.«

»Haben Sie damit aufgehört?«

»So gut wie.«

»Und warum, wenn ich fragen darf?«

Ezio Bosso war wieder zu einer Eigenkomposition übergegangen. Staccato-Salven. Bertram sprach etwas lauter. »Ich bin letztendlich katholischer Priester. Der Vatikan ist mein Arbeitgeber, und ich habe Gehorsam gelobt.«

»Man will nicht, dass Sie als Medium wirken?«

»So ist es.« Bertram schwenkte nachdenklich den Whisky. »Und die Arbeit geht an die Substanz. Ich sagte schon, ich spüre körperlich, was da los ist. Eine Sache war besonders grauenvoll. Ein US-Soldat in Syrien wurde über längere Zeit immer wieder gefoltert. Vertreter der US-Regierung und seine Frau haben mich bekniet, dass ich das Versteck finde. Das war extrem schwierig für mich, vor allem unter diesen Bedingungen. Es hat mich an meine Grenzen gebracht. Ich habe gefühlt, was er fühlte, psychisch wie physisch. Ich musste abbrechen, aus Selbstschutz. Als der Unterschlupf dann aufgespürt wurde, mir möglich gewesen war, mich wieder einzuklinken, konnten fünf Geiseln befreit werden, aber für den einen war es zu spät. Er ist verrückt geworden. Ich erspare Ihnen die Einzelheiten.«

Caselli atmete flach. Das Szenario war klar. »Und bei den Kindern?«

»Die empfinden große Angst. Und wenn sie Opfer eines Gewaltverbrechens wurden, findet die verstörte Seele sich nicht immer zurecht. Es ist wichtig, wie wir sterben, damit wir in die andere Dimension gelangen. Der Akt des Sterbens ist im Grunde der wichtigste Moment der ganzen Existenz. Es ist wichtig, dass wir den Übergang bewusst erleben und uns in Frieden mit uns selbst und der Welt befinden. Die moderne Medizin weiß das in ihrem missverstandenen Eifer, auf Teufel komm raus Leben zu retten, leider nach besten Kräften zu vereiteln. In einem Krankenhaus darf kaum einer mehr in Würde und Anstand gehen, wenn es für ihn an der Zeit wäre. Immer wieder rücken die Ärzte mit ihren Apparaten und Maschinen an, reanimieren, setzen gnadenlos Defibrillatoren auf. Es ist ein Elend. Der Mensch hat keine Chance, in Ruhe zu sterben.«

Caselli schnaubte. Das war vielleicht eine Konversation. »Was geschieht mit den Seelen, die aus irgendeinem Grund nicht in Frieden gehen konnten?«, nahm er den Faden wieder auf.

»Es gibt Zwischenwelten, und die sind unangenehm bevölkert, wie ich schon sagte. Da bleibt hängen, was nicht ins Licht will oder kann ... wobei erstere Kategorie die gefährlichere darstellt.«

»Ich nehme an, zu denen, die nicht *können*, gehören jene, die ohne Segen eines katholischen Priesters starben und von ihrem Mörder verscharrt wurden?«

»Die auch, ja. Aber die Sterbesakramente an sich sind dabei nicht so wichtig. Das ist, sagen wir, eine Erfindung der katholischen Kirche, wie so manches ein Ritual, das den Übergang erleichtern soll – für Sterbende und Angehörige. Gewaltsamer Tod aber stellt das größere Problem dar.«

»Hilft es, wenn man für den Betreffenden eine Messe lesen lässt?«, wollte Caselli wissen und dachte dabei an seinen Vater.

»Klosterschule, was?« Bertram lächelte.

»Sizilien«, erwiderte Caselli.

»Verstehe. Da muss ich Sie enttäuschen, das sind tradierte Relikte aus dem Mittelalter. Gott feilscht nicht. Er ist kein Händler in einem Suk. Doch eine Messe, nun, das sind Gebete. Und Gebete sind immer gut.«

»Na, Carmine hat wohl nicht so ganz unrecht.«

»Dass ich ein Ketzer bin?« Bertram lachte müde. »Nein, da liegt er ebenso falsch wie mit seiner Behauptung, Sie, Alessandro, hätten Sizilien aus Feigheit verlassen. Ich kenne die Hintergründe nicht«, fügte er hinzu. »Aber ich kann spüren, was Sie gefühlt haben, als Sie neben ihm auf dem Pflaster knieten.«

»Wie?« Caselli wandte ruckartig den Kopf.

Bertram wirkte konzentriert. Er starrte auf den Grund seines Whiskyglases. »Ein blutjunger Polizist, niedergeschossen auf offener Straße. Lederbrieftasche. Braun. Durchlöchert. Foto seiner Braut. Ebenso jung und guter Hoffnung. Das Ultimatum. Sie haben es platzen lassen. Es traf den Jüngsten, Schwächsten, den kleinen Bruder Ihres besten Freundes ...«

Caselli fühlte, wie sich seine Nackenhaare aufstellten. »Das können Sie nicht wissen! Das ist unmöglich ... ich ...«

»Eben«, sagte Bertram. »Und ich wette, das ist es, was Sie seither verfolgt ... Es wird recht kühl hier. Der Wind frischt auf. Lassen Sie uns reingehen. Ich höre Applaus. Das Konzert ist vorüber.« Er atmete angestrengt durch. »Und gleich werden sie mich wieder mit ihren Fragen bombardieren: *Monsignore, wie kann Ihr Gott das zulassen? So ein begnadeter Musiker. Ihr Gott muss ein Sadist sein!*«

Bertram wuchtete sich aus dem Korbsessel. »Die Bigotten tuscheln, Bosso habe wohl Furchtbares getan, dass Gott ihn mit dieser Krankheit strafe. Neunzig Prozent der Christen leben noch ihren Kinderglauben. Gottvater, wie Michelangelo ihn schuf. Die Kirche belässt es dabei und zahlt einen hohen Preis. Der Mensch hat sich über die Jahrhunderte verfeinert. Es wäre nicht mehr nötig, die Schäfchen mit Gedankengut und Gepflogenheiten des Mittelalters wie Beichte und Fegefeuer zu ängstigen, um die Herde sozusagen an die Kandare zu nehmen. Das stößt unweigerlich auf Widerstand und bewirkt derzeit genau das Gegenteil, den Austritt aus der Kirche. Wobei zu betonen wäre, dass nicht jede Kritik berechtigt ist. Denn wenn diejenigen, denen der entsprechende kulturelle Background fehlt, dennoch mitreden wollen, kommen sie einem immer mit Schlagworten der billigsten Art von Kritik. Bei der Kirche werden Inquisition und Hexenverbrennung aufs Tapet gebracht, immer das Gleiche … das kennen Sie sicher von Wagner, Alessandro, da sind es dann eben die vermeintlich antisemitischen Äußerungen. Und immer kommt das von Leuten, die nichts geleistet haben, klein und hohl sind, aber sich aufspielen, dadurch, dass sie Kritik an Grandiosem üben … oder das Bein heben und Genialität anpinkeln. Das hat einer wo gehört und redet es nach. Mitreden wollen, darum geht es, immer nur darum. Aber wozu, frage ich mich. Diese Leute merken das nicht einmal. Wissen Sie, der Kraftakt der Kirche war, den Glauben durch für die Kirche und die Menschen schwierige Jahrhunderte zu retten. Das war eine immense Leistung. Nicht ohne Fehl, doch eine Leistung, die unsere Anerkennung verdient. Sicher, jetzt könnte man Ballast abwerfen. Dem Zeitenwandel Gehör schenken. Nie verlorenes, aber lange ausgegliedertes Wissen der anderen Evangelisten wieder aufnehmen und die Kirche reformieren. Wie dem auch sei: Gott straft weder Bosso noch sonst jemanden. Meiner Meinung nach hatte Bossos alte Seele eine karmische Rechnung offen, und er beschloss, sie in diesem Leben zu begleichen.«

Caselli sagte nichts. Was Bertram, wie er behauptete, aufgrund seiner medialen Fähigkeiten Caselli soeben über sich und seine Vergangenheit offenbart hatte, wirkte noch nach. Dann vibrierte sein Handy. Er nahm es aus dem Smokingjackett.

Bertram stand an der Glasschiebetür und öffnete sie mit einer Hand. In der anderen hielt er das Whiskyglas und die Flasche. Er deutete einen Gruß an und lächelte Caselli müde zu.

Drinnen hatte sich Ezio Bosso für eine Zugabe erneut an den Flügel gesetzt und intonierte die ersten Takte von *Following a bird … You learn to follow only when you get lost.*

Caselli ging ran. Ein Klicken. Er starrte auf das Display. Seine Nummer hatte Enzo Calduzzo jetzt also auch. Die Begegnung rückte näher.

***

Caselli schob die Glastür auf. Angenehme Wärme schlug ihm entgegen. Auf der Terrasse war es doch recht frisch gewesen. Er sah sich nach Chantal um, konnte sie aber nirgends entdecken, Jacques ebenso wenig. Carlo stand am Büfett. Auf dem Weg zur Toilette kam Caselli der Bankier entgegen.

»Die vordere meiden, der Soundtrack ist eindeutig«, sagte dieser im Vorbeigehen.

Caselli nickte und bog in den hinteren Teil der Suite ab.

***

Jacques, auf dem Weg zu Kabirs improvisiertem Büro, in dem er in Rom seine Geschäfte fortführte, traute seinen Ohren nicht. Er brauchte Nachschub an Partydrogen und wollte sie gerade holen, doch das, was er nun mitbekam, ließ ihn wie erstarrt stehen bleiben.

»Caselli kommt da nicht mehr lebend raus, und seinen Kadaver findet keiner«, sagte eine Männerstimme. »Das ist doch, was Sie wollten.«

»Gut, die Übergabe hat also geklappt?«, hörte Jacques Kabirs Stimme.

»Ja.«

»Sie konnten den früheren Kerker unter der Villa Ada finden, und er ist geeignet, um …?«

»Besser geht's nicht. Sogar der Eisenring an der Wand sitzt noch bombenfest … zum Anketten. Rostig, aber fest.«

Jacques lugte durch den Türspalt.

»Es freut mich, dass der Botschaftssekretär doch noch kooperativ war.« Kabir trat an den verglasten Kamin, um sich die Hände zu wärmen. »Der Honorarkonsul in Kairo sagte mir, dass diese Pläne existieren, nur leider konnte er sie nicht beschaffen.«

»Handyfoto mit dem Töchterchen, Waffe an Pausbacke, und der stand stramm wie eine Eins«, antwortete Kabirs Besucher. Es folgte ein schmutziges Lachen.

Jacques schauderte.

»Sagen wir, Sie haben gute Überzeugungsarbeit geleistet, das klingt sympathischer, Enzo.«

»Es ist alles vorbereitet, Kabir.«

Einer der Bodyguards trat vor und verpasste dem Mann einen harten Schlag ins Gesicht. »Das heißt *Exzellenz,* du Idiot!«

»Mach das noch mal, und du hast eine Kugel im Kopf.« Der Mann zischte das leise.

Jacques bekam Gänsehaut.

»Auseinander!«, rief Kabir. Es folgten scharfe Worte auf Arabisch.

»Ich bitte höflichst um Verzeihung«, hörte Jacques den Bodyguard dann stammeln.

»Zeigen Sie mir, wo das ist«, verlangte Kabir.

»Der Gang zum Kerker liegt hier … der Eingang ist eingestürzt. Optimal. Da kommt niemand auf die Idee hinunterzugehen, obwohl es doch so nah ist. Ich komme durch einen Ausläufer hin ... hier ...« Er deutete auf den Plan, der auf dem Schreibtisch ausgebreitet lag.

»Wann?«, fragte Kabir.

»Um Mitternacht«, antwortete der Mann namens Enzo.

Ich muss ihn warnen, ich muss Alessandro warnen! Jacques tastete sich rückwärts, stieß aber an die Konsole, auf der zwei Silberjardinieren mit Orchideen standen, ein schepperndes Geräusch war die Folge. Jacques wandte sich hektisch um ... und sah Caselli in die Gästetoilette gehen.

Er rannte hin und wollte die Tür aufreißen. Doch jemand packte ihn von hinten, hielt ihm den Mund zu und schleifte ihn weg.

***

»Meine Tochter hat Meeresbiologie studiert. Jetzt hat sie ihre Doktorarbeit geschmissen, stellen Sie sich das mal vor! Und gleich alles entsorgt. Hunderte Seiten an Studien und an Vorbereitungsmaterial. Alles weg. Endogene Depression, sagt unser Hausarzt. Das Korallensterben mache sie fertig, sagt sie. Sie will es nicht mehr sehen auf ihren Tauchgängen im Dienst der Wissenschaft. Die Korallenriffe bleichen aus, wegen der Verschmutzung der Weltmeere und weil das Wasser zu warm ist, Strömungsveränderungen im Zuge des Klimawandels. Da unten auf dem Meeresboden stirbt alles ab. Nur die Seeigel breiten sich aus. Traurig, sehr traurig, und sieht scheußlich aus. Ich habe Aufnahmen gesehen, die sie gemacht hat, ich selbst tauche nicht. Ich frage mich, was sie jetzt machen will im Leben, meine Francesca. Ich mache mir große Sorgen um sie. Das Meeresbiologische Institut in Sydney war ihr Arbeitsplatz. Und nun? Sie ist zweiunddreißig. Will man da auf Friseuse oder Installateur umsatteln? Macht sie das dann glücklich? Also nichts gegen Friseurinnen, und eine Handwerkerin in der Familie wäre nicht mal so schlecht bei dem, was die heutzutage so verlangen. Neulich musste ich die Toilettenspülung reparieren lassen … zweihundertachtundsiebzig Euro zuzüglich Mehrwertsteuer, unglaublich!« Der Professor schnaubte. »Ja, beim eigenen Kind, da machen Sie mal was! Wir unterstützen Francesca natürlich, und meine Frau freut sich, dass unsere Tochter wieder in Italien ist. Aber ich bekomme nachts kein Auge mehr zu. Das Ganze nimmt mich sehr mit. Es ist ja kein Einzelfall. Das greift um sich, die Resignation der Generation um die dreißig, das sehen Sie in Italien überall. Dabei hatte meine Tochter einen Job, und einen guten dazu! Im Gegensatz zum Heer des sogenannten akademischen Prekariats, also all jener, die sich nach dem Abschluss von einem Praktikum zum anderen hangeln. Unterbezahlt, frustriert, ohne echte Perspektive leben sie noch bei ihren Eltern und verlieren langsam die Hoffnung, von der Lust am Leben ganz zu schweigen. Und sie kommen einem so bieder vor. So uncharmant und so verstockt. Keine Ideale, keine Rebellion. Es gibt nichts, wofür es sich für diese Generation zu kämpfen lohnt. Erschütternd, wenn man das so sieht und miterlebt in der eigenen Familie. Mein Magengeschwür ist wieder aufgebrochen, die Gastritis sowieso wieder in vollem Gange. Ich fühle mich körperlich sehr schlecht, gesundheitlich angegriffen. Manchmal stehe ich kurz davor, eine Vorlesung abzubrechen, vor akuten Magenschmerzen, so ist das. Was sind das nur für Zeiten. Was waren wir Postachtundsechziger aktiv, nicht wahr, Carla? Was haben wir nicht alles gemacht, erlebt und für Träume realisiert! Na, lassen wir das, das wird auch irgendwann wieder besser werden mit den vierunddreißig Prozent Jugendarbeitslosigkeit. Manche gehen weg. In andere europäische Länder. Da sieht es etwas rosiger aus … im hohen Norden. Aber lernen Sie erst mal Schwedisch oder Finnisch, um da arbeiten zu können. Dann das schlechte Wetter und die Kälte, die die da haben und … Amalfi dreitausend Kilometer entfernt. Was für ein Leben wäre das!«

Casellis Mundwinkel zuckten.

»Ach, weißt du, mein Lieber«, schaltete seine Gattin sich ein, »ich sage dir: Irgendwas wird man immer. Ich sehe das gelassener als du. Ich habe den Eindruck, der Trend bei den jungen Leuten geht dahin, erst mal etwas zu studieren, das sie interessiert, um sich zu bilden, sich seiner selbst bewusst zu werden und die Zeit herumzubringen, bis eine gewisse geistige Reife erreicht ist, um dann in einem völlig anderen Beruf Erfolg zu haben … oder eben irgendeiner Arbeit nachzugehen. Was sie ja schon früher hätten haben können, na ja. Doch möglicherweise hätten sie dann eines ihrer besten Jahrzehnte vergeudet und eine Menge Spaß verpasst. Ein Studium gibt den jungen Leuten, die heute praktisch seit dem Kindergarten in einer mörderischen Leistungsmühle stecken, wenigstens vier bis fünf Jahre Freiheit. Danach lässt sich das Leben ordentlicher über die Bühne bringen. Meine Freundin Nadia, die an der Sapienza unterrichtet, sagt allen Erstsemestern auf den Kopf zu, sie könnten entweder sofort in einen 0815-Job gehen oder erst mal bei ihr Kunstgeschichte studieren. Es komme, predigt sie, chancenmäßig aufs Gleiche heraus. Aber mit einem akademischen Grad und der Persönlichkeit, die sie Zeit hätten zu entwickeln, ließe sich diese 0815-Tätigkeit dann leichter ertragen. Das sei der Gewinn des Studiums. Ich finde das nicht zynisch, sondern auf den

Punkt gebracht. Universitäten sind im Grunde dazu da, Menschen zu bilden und Kultur weiterzugeben. Daraus muss nicht zwingend eine Laufbahn entstehen. Wie lange ist das her, dass daraus noch gradlinig verlaufende Laufbahnen entstanden? Wer den Fokus nur auf Arbeit und Geldverdienen legt, der kann ja eine kaufmännische Ausbildung machen oder zu uns an die LUISS kommen und Wirtschaftswissenschaften studieren. Aber wie dem auch sei … du nimmst dir das zu sehr zu Herzen, Arturo. Du reibst dich daran auf. Es ist doch gar nicht dein Problem. Du als Vater kannst nichts tun. Francesca findet schon ihren Weg, und falls nicht, unterstützen wir sie eben, und später erbt sie mal. Wir verdienen beide und sind nicht gerade arm. Sie landet schon nicht unter einer Tiberbrücke. Nimm schön deine Tabletten, dann heilt es aus, das Magengeschwür. Und wenn wir wieder zu Hause sind, mache ich dir Kamillentee … überdies kann die Erde jederzeit ein Meteorit treffen. Was wir dann mitnehmen, ist nur das, was wir durch unser Menschsein in unserer Seele geworden sind. Und nur ein geschulter Geist im Einklang mit dem Herzen schult die Seele«, schloss sie.

Caselli sah auf die Uhr. Seltsam, dass Chantal heute so lange in der Suite der Prinzessinnen blieb. Und Jacques … auch er war wie vom Erdboden verschluckt. Von seinem Platz im Blauen Salon hatte Caselli mitbekommen, wie Carlo zunehmend unruhiger wurde.

Nun sah Caselli Carminiello auf sich zukommen. Das hatte ihm gerade noch gefehlt! Er nahm Zigarettenetui und Feuerzeug von der Marmorplatte der Konsole und schickte sich an, aufzustehen. Doch der *femminiello* war auf den hohen Schuhen erstaunlich schnell.

»*Tesoruccio mio,* darf ich mich einen Moment zu dir setzen?«

»Carmine«, sagte Caselli. »Was willst du?« Auf weitere Provokationen hatte er absolut keine Lust.

»Hast du Jacques gesehen? Wir suchen ihn überall.« Er nickte zu Carlo, der bei Goliarda stand und zu ihnen herübersah. Der Transvestit hatte auf den Kopfputz verzichtet und trug ein flaschengrünes Paillettenkleid.

»Nein, ich habe keine Ahnung, wo er ist.«

»Ach.« Carmine war sichtlich enttäuscht. Dann sah er Caselli direkt in die Augen. »Weißt du, Carlo ist eifersüchtig, weil Jacques von dir schwärmt. Muss er aber nicht, nicht wahr? Du bist ja ein *richtiger* Mann ... haahhh ...«, machte er und wedelte mit dem einen Ende der Federboa, von der er sich wohl niemals trennte, vor Casellis Gesicht herum. »Ein richtiger, richtiger, richtiger Mann!«

Caselli atmete ungehalten durch. »War's das?«, meinte er und prustete den Federflaum weg, der ihm zwischen die Lippen geraten war.

»Nein, *tesoruccio mio.*«

Carmine anzuhalten, ihn nicht *mein Schätzchen* zu nennen, hatte Caselli längst aufgegeben.

»Ich will mich entschuldigen. Ich war nicht nett zu dir, und ungerecht, und so gemein ... das tut mir leid, weißt du ... inzwischen sind fast alle hier ein klein wenig in dich verliebt!«

Caselli schnaufte. Offenkundig stieg gerade sein Blutdruck an, und er merkte, dass er ins Schwitzen kam.

»Mittlerweile mögen wir dich so, so, so, so gern.« Carminiello umkreiste mit dem Ende der Boa Casellis Nase. »So, so, so, so gern. Und um dir das zu beweisen, werde ich dich nie, nie, nie mehr *tesoruccio mio* nennen. Das magst du nicht. Ich weiß das. Aber tief in mir«, er pochte mit der linken Faust gegen seine flache Brust, »werde ich ... na ja, du weißt schon«, schloss er und sah

Caselli aus seinen mit Kholstift umrandeten Augen derart entwaffnend und gespannt auf eine Reaktion an, dass Caselli nicht umhin konnte zu lachen.

»Alles gut?« Carmine stand auf.

»Aber ja, Carminiello«, antwortete Caselli.

»Danke … und du bist ja so, so, so, so unglaublich männlich!«

»Schon gut, *basta adesso!«*, wehrte Caselli ab und suchte Blickkontakt mit Bertram. Der hatte jedoch selbst genug zu tun. Der Professor, dessen Gattin Carla und Signora Picchetti saßen um ihn herum, in streitbarer Laune, wie es schien.

»Gut, dann suchen wir Jacques weiter, ciao *teso*… …lessandro.« Carmine warf die Boa über die Schulter und stöckelte davon.

»Aber, ich bitte Sie, Bertram, ich halte mich an die Fakten! An das, was Augenzeugen über ihn berichten! Casanova ist ihm schließlich mehrmals begegnet. Es mag ja sein, dass er eine gewisse Bewunderung für ihn hatte, aber man kann ja nachlesen, was er wirklich vom Grafen hielt: Trotz seiner Prahlereien, Widersprüche und offenkundiger Lügen, habe er, Casanova, es nicht fertiggebracht, ihn unverschämt zu finden, aber er habe ihn auch nicht achtenswert gefunden, genau das schreibt er, nun, aus dem Gedächtnis zitiert.«

»Ich halte mehr davon, sich zu vergegenwärtigen, dass der Graf das Vertrauen Ludwigs XV. genoss und für ihn als Mittelsmann und Geheimagent agierte. Casanova übernahm zwar kleinere Missionen, war aber immer nur Randfigur, wohingegen der Graf von Saint Germain am Politgeschehen der Epoche maßgeblich beteiligt war und an den wichtigen Fürstenhöfen ein und aus ging. Heute würde man sagen bei den Royals.«

»Ja, ja, das habe ich auch gelesen. Um genau zu sein, lieber Bertram, behauptete Saint Germain von sich, er dürfe den französischen König seinen Freund nennen. Wie Ludwig XV. das wirklich sah, wissen wir aber nicht, stimmen Sie mir zu?«

»Professor ... dass Sie meinem Rat, Saint Germain zu googeln, gefolgt sind, freut mich. Aber womit ich mich befasse, das sind die Lehren des Aufgestiegenen Meisters Saint Germain, nicht seine irdische Persönlichkeit. Ich beschäftige mich damit, was Saint Germain zusammen mit El Morya nach seinem Aufstieg aus der geistigen Welt übermittelt hat ... und für uns tat.«

»Ah ja, jetzt fangen Sie sicher von Madame an, der potthässlichen, russisch-US-amerikanischen Okkultistin, allein schon, als ob das zusammenginge. Spiritismus des ausgehenden neunzehnten Jahrhunderts! Das fasziniert einen als Buben, aber da wächst man doch heraus! Die Blavatsky, die von sich behauptete, sie sei die Reinkarnation der Könige von England Heinrich II. und Heinrich VIII., wohlgemerkt beider, und während derer Regentschaft habe sie El Morya aus politischem Kalkül hinrichten lassen, zweimal gleich. Erst tausendhundertsiebzig in dessen Inkarnation als Thomas Becket, Erzbischof von Canterbury – na, bei dem war es gemauschelt, er wurde von einem Getreuen erledigt, ohne Prozess nur auf den indirekt geäußerten Wunsch des Königs hin – und dann fünfzehnfünfunddreißig als Thomas Morus, der den Widerstand von Heinrich VIII. gegen den Papst nicht mittragen wollte. Tod durch Schafott. War zu Heinrich VIII. Zeiten ja oft im Einsatz, das Schafott. Daher müsse sie ihm, also die Blavatsky, dem Aufgestiegenen Meister El Morya, nun als Medium zu Diensten sein und seine Lehre verbreiten. So was in der Art hat sie über die Sache geschrieben, wenn ich mich recht entsinne. Wobei El Morya den Namen und das Erscheinungsbild seiner Inkarnation als indischer Prinz und Staatenführer behielt, wenn er sich der Blavatsky oder anderen Getreuen zeigte … deshalb wird er immer mit Turban abgebildet.«

»Die Theosophische Gesellschaft, die Madame Blavatsky gründete, besteht noch heute«, fügte Bertram ungerührt hinzu.

»So ein Humbug! Bertram, wie kann ein Mann Ihres Standes und Bildungsgrads einen derart hanebüchenen Unsinn glauben!«

»Vorsicht, mein Lieber, sonst verwandelt er dich noch in eine Unze Feingold!«, warf Carla ein.

»Wieso denn das?«

»Der Monsignore bezeichnet sich als Alchemisten und modernen Mystiker«, wusste Signora Picchetti einzuwerfen.

»Ein Alchemist wandelt Niedrigwertiges in Höherwertiges. Das tue ich und beziehe mich dabei rein auf die inneren Werte. Ich bin kein Hexer.«

»Na, das wird ja immer besser«, meinte der Professor.

»Es geht um Klärung und Schärfung des Bewusstseins, um Verfeinerung unseres Selbst … Um auf Saint Germain zurückzukommen: Die Violette Flamme reinigt und befreit den Menschen, wie Feuer Gold klärt. Die Anrufung *I AM a being of violet fire, I AM the purity God desires* bricht die schwarzklebrige Masse auf, die über die Jahrzehnte durch falsches Denken und Handeln die Kanäle für die Aufnahme feinstofflicher Energie, die unsere vier niederen Körper besitzen, zugesetzt hat und nun verhindert, dass das Licht Gottes, das Bewusstsein der ICH-BIN-Gegenwart, ungehindert in uns einströmen kann. Ohne diese Energie geht der Mensch zugrunde, wie der viel strapazierte Weinstock in der Bibel. Seit ich die Violette Flamme anrufe, hat sich mein Leben grundlegend gewandelt. Ich rate damit zu beginnen, das Dekret laut zu sprechen. Tun Sie es einfach. Die zwei Zeilen. Zwanzig, dreißig Mal hintereinander. Jeden Tag. Alles andere fügt sich. Sobald die Quellenergie merkt, dass wir uns ihr zuwenden, wendet sie sich uns zu. Selbstfindung und Gottfindung ist alles andere als langwierig. Wir müssen nichts finden, auftun oder werden, sondern lediglich etwas ablegen, reinigen und sein. Wenn wir uns ansehen, was sich an Schmutz im Unterbewusstsein gesammelt hat, und den Unrat abtragen, leuchtet der Funke auf und erstrahlt im erneut einströmenden göttlichen Licht. Das Licht durchdringt und klärt alles in unserer Existenz. Belastende Befindlichkeiten und Umstände ändern sich, sozusagen zwangsläufig. Menschen, die uns schaden, gehen. Passende kommen. Wiederkehrendes Karma, das durchlebt werden muss, wird abgeschwächt, trifft uns mit weniger Wucht. Der Kosmos beruht auf unumstößlichen Gesetzen. Wir können sie nutzen. Wir vollziehen diese innere Reinigung, indem wir uns genau ansehen, was in unserem Leben geschieht, und dann unser Bewusstsein, unsere konzentrierte Aufmerksamkeit, auf die verborgenen Schatten lenken. Jeder Schatten, den wir identifizieren und sehen, also jedes einer Situation zugrunde liegende negative Gefühl wie Angst, Hass, Machtlosigkeit, Neid, Selbstsucht oder was auch immer, verliert allein dadurch, dass wir es ans Licht holen, neunzig Prozent seiner Kraft. Wir ändern es nicht. Unsere Aufgabe ist nicht, Hass in Liebe umzuwandeln. Wir erkennen das Gefühl, ohne Wertung. Lassen es da sein. Aha, das bin also auch ich. Das gehört auch zu mir. Ich kann hassen … Indem wir dazu stehen, alle menschlichen Regungen und Gefühle zu fühlen und zu kennen, integrieren wir sie, statt sie zu verdrängen, zu verleugnen und uns als die Guten und die Opfer darzustellen. Und wenn wir das nächste Mal hassen, sind wir uns bewusst, was da gerade geschieht, haben die Macht zu entscheiden, wie wir uns verhalten, statt, nur vom Unterbewusstsein gesteuert, zu reagieren. Wir werden zwangsläufig, möchte ich sagen, zu einem Meister unserer selbst, und der Mensch hat nun einmal nur Macht über sich selbst. Einen anderen dazu zu bringen, dies oder jenes zu tun oder zu unterlassen, ist langfristig ein Ding der Unmöglichkeit. Übrigens haben Sie hier ein Paradebeispiel für einen falsch ausgelegten Bibelspruch, Herr Professor Torri, wir hatten das Thema ja kürzlich angesprochen, nicht wahr? Wenn Jesus sagt: *Liebet eure Feinde!*, meint er, nach der mystischen Auslegung der Bibel, unsere inneren Feinde, die ins Unterbewusstsein verdrängten Schatten, nicht die Feinde im Außen!« Bertrams Blick traf nun die Gattin des Professors. »Damit ist nicht der mobbende Kollege gemeint, Carla, der Ihnen momentan das Leben zur Hölle macht. Den müssen Sie nicht lieben. Es geht allein darum, die inneren Feinde, die negativen, irgendwann einmal von uns selbst oder unseren Eltern oder Bezugspersonen als schlecht verurteilten und deshalb von uns verdrängten Gefühle anzunehmen als Tatsache der Polarität, ohne die eine Weiterentwicklung unmöglich ist. Ich sehe dich, Hass … aha, du bist auch ein Teil von mir. Was willst du mir sagen? Ich sehe dich, du darfst da sein. Ich ändere dich nicht. Ich werte dich nicht. Ich lass dich sein, was du bist, eine Nuance auf der Palette des Menschseins …«

Caselli sah auf die Uhr. »Wo blieb nur Chantal?« Er stand auf, um sich die Beine zu vertreten. Auf dem Weg zur Terrasse musste er an kleinen Grüppchen zusammenstehender Partygäste vorbei. Dottore Gardoni war wieder voll in seinem Element.

»Morgens einen Becher heißes Wasser mit dem Saft einer ausgepressten Zitrone …«

Vorbei an den Gay-Freunden von Jacques: »Seit es Hvorostovsky so schlecht geht, ist die Opernwelt im Grunde erledigt …«

Und vorbei an Crasso, der ihm zuprostete, während er zu jemandem sagte: »Nein, von den Kaimaninsel rate ich Ihnen ab …«

Als Caselli sah, dass es regnete, änderte er die Richtung und bahnte sich seinen Weg hinaus ins Entree. Vielleicht war Chantal ja aufs Zimmer. Schließlich mussten sie beide morgen recht früh zum Flughafen. Es schien ihm surreal, dass er Sampieri wiedersehen würde. Für einen Tag. Schwimmen gehen … mit Chantal in den Dünen liegen. Chantal hatte gesagt, sie überlege, bei ihm zu bleiben.

Die Hoffnung, die er bei diesem Gedanken empfand, war unbeschreiblich. *Das wäre zu schön, um wahr zu sein.*

***

»Du hast jetzt zwei Möglichkeiten.«

Jacques, flankiert von zwei Bodyguards, die ihn grob festhielten, sah auf. Kabir, der um einiges größer war als er, stand in voller Pracht vor ihm.

»Entweder du schweigst und vergisst, was du gehört hast. Dann verbleibst du in meiner Entourage, du hast Geld, du reist mit uns auf der Jacht, du genießt – auch Carlo – alle Annehmlichkeiten, die ich meinen Freunden zu meiner großen Freude biete. Oder aber …«, er trat näher heran. »Du landest noch heute Abend in der Gosse. An Gesicht und Körper entstellt. Den Rest deines Lebens wirst du allein sein wie ein Hund, nur die Schmerzen bleiben. Du hast die Wahl. Ich biete dir meinen Schutz.«

Nach Art der Jungen aus Kalabrien spuckte Jacques neben Kabir auf den Boden.

Er fing sich einen harten Schlag in die Magengrube ein, der ihn vornüber auf die Knie sacken ließ.

***

Caselli hatte das Zimmer erreicht. Er schob die Karte in den Schlitz und trat ein.

Leer.

Das Display seines Handys blinkte auf.

Eine SMS und ein Selfie.

Calduzzo hatte Chantal.

20

Der Tempel der Flora lag im Mondlicht. Die Becken des runden, zweistöckigen Springbrunnens davor waren trocken und voller welker Blätter. Caselli hielt die Beretta mit beiden Händen angelegt, Lauf nach oben, und sondierte das Terrain. Feinkörniger Kies knirschte unter seinen Sohlen, und in den Baumwipfeln schrie ein Käuzchen.

Es war Wahnsinn, allein hierherzukommen. Das Gelände war vollkommen unübersichtlich. Seit Jahrzehnten war der kleine Tempel dem Verfall preisgegeben. Hätte sich Caselli dem Bau von vorn genähert, hätte er nur vier neoklassische, dorische helle Säulen, darüber Architrav und dreieckiges Giebelfeld gesehen, zu denen Treppenstufen hinaufführten. Rückwärtig lag das Gelände ein gehöriges Stück tiefer, weshalb die Apsis, zu der sich der Tempelbau rundete, auf einem Arkadengang thronte. Vor diesem war der kleine Platz mit Brunnen halbkreisförmig angelegt, auch er voller Laub vom letzten Winter. In diesem Halbkreis, genau auf der Achse zur Apsis, befand sich der leere Springbrunnen, an dem sich Caselli gerade vorbeibewegte.

Calduzzo konnte überall sein.

Caselli näherte sich den Rundbögen und betrat durch den mittleren den Arkadengang.

Ein Schlag auf den Hinterkopf, und Caselli brach zusammen.

Wie ein Anfänger in die Falle getappt, dachte er noch, ehe alles um ihn herum schwarz wurde.

***

»Alessandro!«

Jemand rüttelte an Casellis Schulter. Er schlug die Augen auf.

»Chantal …« Caselli lehnte an einer Mauer, angekettet, wie er gleich darauf merkte. Sein Kopf schmerzte, und er fühlte Blut über die Stirn rinnen. Trüber, dünner Lichtschein. Er versuchte, etwas zu erkennen. Hinter einem großen, massiven Gitter saß Enzo auf einem Stuhl und wippte vor und zurück, einen Revolver in der Hand.

»Bist du in Ordnung?«, flüsterte Caselli.

Chantal, die neben ihm kniete, nickte.

»Ach, ist das nicht rührend. Das Liebespaar vereint.« Calduzzo lachte boshaft.

»Turtelt nur noch ein bisschen rum. Ich bin ja kein Unmensch. Später, Caselli, da wird es dir bei Weitem schlechter gehen, wenn ich erst mal anfange, mich mit dir zu beschäftigen.«

***

Das Pflaster war nass vom Regen, und Jacques spürte Schmerz. Irgendetwas stank. Er kam auf dem Ellenbogen hoch, prüfte mit der Linken den Kiefer und mit der Zunge die vordere Zahnreihe. Alle noch drin. Immerhin. An der Hand klebte Blut. Das kam aus der Nase. Im Schein der Straßenbeleuchtung verharrte er einige Momente so. Was stank, war der Hundehaufen kaum einen halben Meter weg. Jacques legt die Hand in den Nacken und kam langsam wieder voll zu sich. Er versuchte aufzustehen. Es ging, wenn auch mühsam. Die Bodyguards hatten ihn aus dem de Russie geschafft, dann zusammengeschlagen und in eine Gasse geworfen. Sie hatten ihn glimpflich davonkommen lassen, vielleicht weil sie ihn schon lange kannten, und mit der Warnung, bloß keine Schwierigkeiten zu machen. Das war geradezu anständig, aber Jacques konnte auf die beiden jetzt keine Rücksicht nehmen, selbst wenn er sie damit reinritt. Er stand auf, hielt sich die stechend schmerzende Seite, und sah sich um. Das marmorne Straßenschild oben an der Mauer des Palazzos gab ihm Auskunft, wo er sich befand.

***

»Sergente Scurzi, also, tut mir leid, aber der Mann hier behauptet, Commissario Caselli sei in Gefahr. Da haben wir Sie angerufen. Sie können wohl am besten beurteilen, ob da was dran ist. Die Personalien haben wir schon. Er heißt Giacomo Grignani.«

»Natürlich, danke Agente Ferri, das war richtig.« Scurzi, den man um halb zwei Uhr nachts aus dem Bett geholt hatte, nickte. »Kommen Sie«, sagte er und musterte dabei den Mann.

»Brauchen Sie einen Arzt?«

»Nein, es geht schon … sieht schlimmer aus, als es ist«, sagte Jacques. »Erste Hilfe hatte ich schon … eine Polizistin, sie hat die Schramme am Kinn desinfiziert, und die Hand. Die ist offenbar verstaucht.«

»Bitte«, sagte Scurzi, als er das Licht im Büro angeschaltet hatte, und wies auf den Stuhl. »Und Sie sind sich ganz sicher? Sie haben gehört, dass jemand verschleppt werden soll, und es fiel der Name Caselli?«

»Aber ja! Es geht ganz eindeutig um Alessandro!«

»Nach meiner Information hat der Commissario zwei Tage Urlaub beantragt. Er könnte bereits abgereist sein.«

»Nein, der Flug wäre morgen gewesen, also heute früh. Und Chantal ist auch weg … die beiden sind ein Paar«, erläuterte er. »Kabir und dieser Kriminelle in seinem Büro wollen Alessandro verschwinden lassen!«

»Kabir?«

»Alessandro frequentiert die Feste des saudischen Prinzen Kabir Abdul Ben Salem im Hotel de Russie«, erläuterte Jacques ungeduldig. »Sie zweifeln doch nicht etwa an, was ich Ihnen sage? Ich wurde zusammengeschlagen, damit ich die Klappe halte … und der Kriminelle hat was von Mitternacht gesagt!«

»War es der hier?« Scurzi, der sich hinter seinen Schreibtisch gesetzt hatte, schob Calduzzos Foto über den Tisch.

Jacques nahm das Blatt. »Ja! Ja, das ist er! Er hat Alessandro zur Villa Ada gebracht. Sie müssen ihn finden, er will Alessandro etwas antun!«

»Ja, wenn das so einfach wäre. Die Villa Ada, das sind eins Komma acht Quadratkilometer Terrain, Gehölze und streckenweise dichter Wald.« Scurzi griff zum Hörer. »Ich rufe den Vice-Questore an. Wir leiten sofort eine Großfahndung ein.«

21

Scurzi warf mittels Beamer die geografische Karte an die Wand des Besprechungsraums. »Nur noch mal kurz zur Orientierung: Das ist das fragliche Gelände, der Park der Villa Ada, die zweitgrößte grüne Lunge hier in Rom. Dichte Vegetation, und für die, die das nicht wissen: Sogar ein paar seltene, nicht in Europa ansässige Baumriesen wachsen da. Wer den Park kennt, weiß, dass er groß ist, und groß heißt: Er erstreckt sich über einhundertachtzig Hektar. In Nähe der Südwestseite liegt die LUISS, am Campus ist immer viel los, das Stück an der Via Panama können wir also getrost vernachlässigen. Im Südosten befindet sich das Gelände, das über weite Strecken an die Via Salaria grenzt. In der ehemaligen Residenz der Savoia ist ja schon seit den Fünfzigerjahren die ägyptische Botschaft untergebracht, aber seit siebenundneunzig gehören das Gebäude und ein Teilstück des Parks Ägypten, ist also Privatbesitz und weitläufig abgesperrt, um die Botschaft zu sichern. Da brauchen wir ebenfalls nicht zu suchen. Der Bunker der Savoia, den man in den Kriegswirren vorsorglich gegen Luftangriffe bauen ließ, liegt dreihundertfünfzig Meter von der Palazzina Reale entfernt in nördlicher Richtung. Viel Tuffstein hier. Deshalb gibt es ja auch an der Via Salaria so viele frühchristliche Begräbnisstätten – lässt sich halt gut bearbeiten und aushöhlen, der Tuffstein. Sie kennen alle die Katakomben der Priscilla, die sind touristisch erschlossen und bestens ausgeleuchtet. Da traben täglich massenhaft Touristen durch, zumindest durch die

Hauptgänge. Auch hier ist ein Versteck unwahrscheinlich. Aber es gibt unerschlossene Gänge. Die Villa, also der Park, ist ein Maulwurfshort. Da ist alles unterwandert. Dann noch die Reste des antiken unterirdisch verlaufenden Vergine-Aquädukts, der damals Wasser in den Nordteil des alten Roms schaffte. Ja, und der Bunker der Savoia, der war über die letzten Jahrzehnte ein feuchtes Loch und völlig vergessen«, führte Scurzi aus.

»Da sind Sie nicht auf dem neuesten Stand, Sergente«, erwiderte Di Verdacchiano. »Der Bunker wurde kostspielig saniert. Da gibt es jetzt eineinhalbstündige Führungen. Die grasen alles ab, was zur Residenz der Königsfamilie gehört hat: die Stallungen, den Tempel der Flora und noch so eine bemooste Ruine. Alles total heruntergekommen, seit fünfundvierzig ist nichts daran gemacht worden, und jetzt saniert man ausgerechnet den Bunker. Den hätte man am ehesten verrotten lassen können, finden Sie nicht? Die Sopraintendenza dei Beni Culturali musste für das Ticket, das die Touristen zahlen, ein paar Sehenswürdigkeiten zusammenkratzen. Also lässt man sie auf einem elend langen Rundweg durch den Park laufen, vorbei an den Ruinen. Dabei hatte König Vittorio Emanuele III., nachdem der die Villa zur offiziellen Residenz gemacht hatte, alles eins a in Schuss bringen lassen. Tempio di Flora und Belvedere waren damals ja schon da, erbaut hatte sie Principe Luigi Pallavincini, so um siebzehnhundertachtzig. Offenbar mochte der König die Villa Ada lieber als den Quirinal mitten in der Stadt. Brauchte wohl Grün. Umbenannt hat er die Villa nicht, sie heißt noch nach der Gattin des königlichen Gutsverwalters Graf Tellfner, dem sein Vater, König Umberto I., die Villa überlassen hatte. Vittorio Emanuele III. hat sie zurückgekauft, das war so in den ersten Jahren nach der Jahrhundertwende, neunzehnvier, glaube ich. Dreiundvierzig, nach dem Waffenstillstand mit den Alliierten, der den Bruch der Achse Berlin-Rom bedeutete, floh er vor den Deutschen nach Brindisi und war sich da sicher schon im Klaren, dass lebenslanges Exil auf ihn wartete. Vierundvierzig besetzten die Deutschen die Villa, und nach der Befreiung der Stadt die Alliierten. Der Park diente als Truppenlager.«

»Ja, aber Sie haben was ausgelassen, Vice-Questore. Am fünfundzwanzigsten Juli dreiundvierzig wurde in der Villa Ada Mussolini festgenommen …«

Der Vice-Einsatzleiter Agente Ferri schaltete sich ein. »Ihre Geschichtskenntnisse in allen Ehren, meine Herren, aber sollten wir jetzt nicht lieber …«

»Ja, ja … die Sache mit den hundert Carabinieri, die sich in der Ambulanz versteckt hielten, als trojanisches Pferd sozusagen, das angeblich zu seiner Sicherheit vorgefahren wurde«, sagte Di Verdacchiano.

»Genau«, erwiderte Scurzi mit einem Kopfnicken. »Sie haben Mussolini dann erst mal in die Kaserne in Quinto Selle bei der Stazione Termini gebracht, dann auf die Isola di Ponza, und wenig später wurde er auf die Isola Maddalena verfrachtete, aus Angst, die Deutschen könnten ihn finden.«

»Und am Schluss war er dann am Gran Sasso in den Abruzzen bei Acquila, in dem Kaff, genannt Campo Imperatore, saß dort in diesem Hotel. In das Kaff kam man nur mit der Seilbahn, und die wurde militärisch überwacht«, übernahm Di Verdacchiano wieder den Ball.

»Ja… und das Militär war der Meinung, da sei er sicher, aber Hitler hat ihn mit seinen Fallschirmjägern befreit. Befreiung durch Otto Scorzeni, am zwölften September: Da kann sich ja jeder denken, wie das lief. Der König floh am achten, wie Sie schon sagten, nach Brindisi. Belegt ist, dass er mehrmals auf deutsche Kommandos traf, die haben aber angeblich nichts gesehen. Es heißt, es habe einen Deal gegeben: Vittorio Emanuele III. verrät dem Führer, wo Mussolini versteckt wird, und dafür darf er von den Deutschen unbehelligt das Land verlassen. Wie es weiterging, wissen wir ja: Hitler und Mussolini schüttelten sich in München die Hand. Und der Urenkel von Umberto II., der Kronprinz, der dann selbst sehr kurz König war, darf so vor zehn Jahren dank einer Amnestie nach Italien einreisen, gewinnt die Tanzshow *Ballando* und fast auch das Festival von San Remo und ist nun TV-Star«, schloss Scurzi.

»Ja, so ändern sich die Zeiten.« Di Verdacchiano stand auf. »Gut, wir waren dabei, das Terrain für die Suchmannschaften einzugrenzen. Machen wir weiter. Es ist wie mit der Nadel im Heuhaufen, aber ich werde nicht tatenlos herumsitzen. Da Calduzzo auch Chantal Lafont hat, wie Ihr Zeuge sagt, wird es sich kaum um ein Erdloch im Wald handeln, wie die Camorra das mit den Entführungsopfern im Aspromonte macht. Hoffen wir, dass es ein Mafioso alter Schule ist, falls es so was überhaupt gibt und kein Psychopath, der Spaß daran hat, Caselli zu … auf jeden Fall … er braucht ein Gebäude aus Stein. Schalldicht. Abgelegen. Auf jeden Fall Mauern.« Vice-Questore Di Verdacchiano deutete mit dem Zeigestab auf Gebäude im Park. »Als Erstes durchkämmen wir die Ruinen, den Tempio, die früheren Stallungen und dann das Belvedere. Irgendwo müssen wir ja anfangen. Sergente?«

»Der Grignani sagte aber was von einem Gang«, warf Scurzi ein.

»Mag sein, aber das ist mir zu vage. Wir können nur hoffen, dass der Gang, vom dem die Rede ist, mit einem Gebäude verbunden ist und wir so eine Chance haben, ihn zu finden. Und dann noch was: Der Wohnwagen der

Prostituierten stand in der Nähe des Schrottplatzes in der Via delle Foci dell'Aniene, einer Seitenstraße der Via del Foro Italico. Die Gegend werden auch fünfzig Mann durchkämmen. Wenn Calduzzo sich eine Nutte so weit draußen gesucht hat, mitten in der Nacht, gehe ich davon aus, er hatte seinen Unterschlupf in der Nähe. Auch wenn der Besitzer des Motels, den Sie befragt haben, ihn auf dem Foto angeblich nicht wiedererkannt haben will. Eventuell wollte der nur nichts mit der Polizei zu tun haben. Keinen Ärger. Kein Protokoll. Gut, das wäre es dann. Sergente Scurzi … Agente Ferri … meine Herren!«, wandte er sich an die anderen Polizisten im Raum. »Sie wissen, was Sie zu tun haben. Ich veranlasse alles Weitere.«

22

»*Ah! Mon Dieu!* Aber es ist doch überhaupt nicht erforderlich, grob zu werden!«

»Lass Sie los!«, brüllte Caselli und rüttelte an der Kette. Calduzzo hatte ihn mit Handschellen und einer Art Ankerkette an den Eisenring in der Mauer gekettet. Er hatte etwas Spiel, wie ein Hund, aber nicht sehr viel.

»Natürlich, du kannst haben jede Frau durch Gewalt, aber ist das nicht immer das Gleiche? Wie lange es ist her … dass eine Frau war zärtlich zu dir, Enzo?«

Im schwachen Schein der Petroleumlampe konnte Caselli sehen, dass Calduzzo mit offenem Mund dastand. Caselli verfolgte angespannt die Szene. Er begriff sofort, was Chantal vorhatte, aber das war riskant, und es würde wahrscheinlich nicht viel bringen.

»Ein Mann wie du braucht nicht anzuwenden … *la force.* Ich habe nichts dagegen, wenn wir machen Liebe … aber nicht unbedingt hier … wäre es nicht netter, wenn wir wären nur zu zweit, du und ich?«

»Netter?« Calduzzo stand herum wie ein Idiot.

»Uh!«, rief Chantal und drängte sich nah an ihn. »Da war eine Ratte!«

Calduzzo, der sie nun quasi im Arm hielt, schoss. Ein Quietschen war zu hören. Offenbar hatte er die Ratte getroffen. Wohl eher ein Impuls als eine Geste der Ritterlichkeit.

»Eh, Chantal …«, hörte Caselli ihn dann flüstern. Offenbar tat sie irgendetwas. Enzo stand immer noch regungslos da, sein Kinn an ihrem Haar. »Nein, wir machen es hier!«, brüllte er plötzlich und warf sie zu Boden. »Ich will, dass er zusieht!«

Ein Aufstöhnen Chantals machte klar, dass er ihr wehgetan hatte.

»Lass sie in Ruhe, verdammt!«, brüllte Caselli.

Enzo spannte den Hahn und schoss. Eine Kugel prallte neben Casellis Kopf in die Mauer. Gleich darauf stürzte Enzo sich auf Chantal.

Caselli versuchte im dämmerigen Dunkel seines Gefängnisses mehr zu erkennen. Die Lampe gab kaum Licht. Neben dem Stuhl im Vorraum, draußen vor dem Gitter, stand noch eine weitere Lampe, die aber ebenfalls kaum Licht spendete.

»Ah! Ist das hier schmutzig … Moment, ich glaube ich liege auf ein Stein … *calme toi, ca va tout bien, Enzo …*«, sagte Chantal sanft.

Und was sich zuerst nach Kampfhandlungen angehört hatte, ebbte ab. Caselli schlug den Hinterkopf gegen die Mauer, an der er lehnte, und litt.

Enzo gab Laute von sich wie ein Tier … und dann plötzlich: Stille.

Chantal flüsterte. »Es ist nichts, Enzo … das kann passieren … und es ist meine Schuld … ich bin zu verkrampft.«

Calduzzo stand auf und schloss seinen Gürtel.

Caselli machte einen Fehler. Er schnalzte mit der Zunge, dieser typisch sizilianische Laut, der in jeder Situation, ohne ein Wort zu verlieren, all das und mehr kommentierte, was es denn zu sagen gegeben hätte.

Calduzzo wandte langsam den Kopf.

Dann ging er auf Caselli zu, blieb stehen und spannte den Hahn vor.

***

»Exzellenz, der Polizist ist nun da.«

»*Buona sera!*«, grüßte Scurzi atemlos. Die Prozedur, die er hinter sich hatte, um zu dem Saudi durchzukommen, würde er nicht noch einmal durchboxen wollen. Trotz Durchsuchungsbefehl, den der Vice-Questore dank seiner Kontakte zur Staatsanwaltschaft mitten in der Nacht hatte beschaffen können, musste der Sergente an der Rezeption eine halbe Stunde diskutieren.

»Das ist ja wohl nicht ganz zutreffend, um diese Uhrzeit …«, erwiderte Kabir und band die Schluppe seines seidenen Morgenmantels.

Hinter Scurzi stürmte ein Trupp Polizisten die Suite.

»Kann man erfahren, was Sie suchen?«

»Den Untergrundplan der Villa Ada und das Versteck, in dem Enzo Calduzzo in Ihrem Auftrag Commissario Alessandro Caselli festhält!«

»Ach, soso, und sonst nichts?« Kabir war die Ruhe selbst. »Ich habe wirklich nicht die geringste Ahnung, wovon Sie sprechen. Sehen Sie sich um. Im Hotel de Russie steht Ihnen das frei. Ich selbst habe jedoch diplomatischen Status, wie Ihnen bekannt sein dürfte. Und wenn Sie fertig sind, dann verschwinden Sie.«

»Sie planen abzureisen?« Scurzi hatte die zahlreichen Schrankkoffer und eingepackten Gegenstände bemerkt.

»Ja. Ich habe mehrere Monate in Rom verbracht und reise in Kürze ab. Geschäfte in Marrakesch erwarten mich.«

»Nichts, Sergente«, sagte der Polizist, der Meldung zur Durchsuchung machte, eine halbe Stunde später. »Wir haben nichts gefunden. Abzug?«

Scurzi nickte.

»Wenn ich bitten darf …« Kabir wies zur Tür.

Der Sergente sah ein, dass es keinen Sinn hatte. »Begleitet die Herren hinaus«, wies Kabir die Bodyguards an. Seine Stimme klang hart und angespannt.

Dann stellte er sich vor den verglasten Kamin und betrachtete die züngelnden Flammen. Der Plan war für immer vernichtet. Nachdem Kabir sicher sein konnte, dass die Polizei weg war, stürmte er mit fliegenden Schößen seines Morgenmantels in den Salon, in dem sein Sekretär, die Mitarbeiter seiner Entourage und eine Angestellte des Hotels kleinlaut herumsaßen und warteten. Als er eintrat, standen alle hastig auf.

»Wo ist Chantal?«, schrie Kabir außer sich. »Und was sollen die weißen Nelken hier!« Er deutete auf die Celadon-Vase, die auf einer vergoldeten Konsole stand.

Die Hotelangestellte trat vor.

»Mademoiselle Lafont war, nachdem sie die Suite der Prinzessinnen verlassen hatte, nicht wie sonst auf ihrem Zimmer, Exzellenz. Sie macht sich da ja immer kurz frisch, und dann kann ich ihr die Nelken aufs Zimmer stellen. Aus Nizza, von wo die Blumen für Ihre Suite, Exzellenz, extra eingeflogen werden, treffen sie jeden zweiten Tag gegen sechzehn Uhr im Hotel ein. Mademoiselle Chantal wollte aber am Nachmittag und am Abend privat sein und nicht gestört werden. Sie wies mich an, nicht mit dem Generalschlüssel ins Zimmer zu kommen, falls sie nicht öffnen würde, sondern erst nach dreiundzwanzig Uhr. An diese Anweisung habe ich mich gehalten. Und sonst war sie ja um die Zeit auch immer kurz da. Nur eben heute nicht. Ich konnte die Vase nicht vor der Tür stehen lassen, also habe ich sie wieder mitgenommen und vorerst im Entree abgestellt, Exzellenz.«

Kabir fasste sich an Herz.

»Raus! Alle!«, rief er, und seine Stimme kippte. »Sofort!«

***

»Jacques, was ist denn los?« Carmine und Goliarda tauchten neben dem Polizeiwagen mit blinkendem Blaulicht auf, der vor dem Hotel de Russie stand.

»Wo kommt ihr denn jetzt her?«

»Wir waren noch in einem Nachtclub«, sagte Goliarda.

»Jacques«, Carminiello legte besorgt die Hand auf seinen Arm, »hat man dich zusammengeschlagen? Wir haben dich überall gesucht! Carlo ist zu dir nach Hause gefahren, um dort auf dich zu warten.«

Es war schnell berichtet, was vorgefallen war.

»Um Gottes willen! *Tesoruccio* ist in Gefahr! Und die Polizei tappt im Dunkeln! Wir müssen ihm helfen!«

»Da kommt der Sergente! Die nehmen Kabir sicher mit … und dann wird er schon damit rausrücken, wo der Kriminelle Alessandro hingebracht hat!« Jacques nickte.

»Und?«

Scurzi sah sich mit einem Mal umringt.

»Was ist? Wieso verhaften Sie Kabir denn nicht!« Der Kreis schloss sich enger.

Ein Transvestit stellte sich Scurzi in den Weg. Scurzi blickte zu ihm auf. »Lassen Sie mich durch, ich darf keine ermittlungsrelevanten Informationen herausgeben!« Er schickte sich an, in das Polizeifahrzeug zu steigen.

»Was geschieht denn jetzt?«, rief Jacques.

»Goliarda, tu doch was!«, kreischte Carminiello. »Der fährt einfach weg!«

Jacques fasste Scurzi am Arm. »Hören Sie! Offenbar pocht Kabir auf seinen Diplomatenstatus. Zum Teufel mit den Dienstvorschriften! Es geht um Alessandro, wir müssen jetzt gemeinsam etwas unternehmen, um ihn zu finden!«

»Ja«, versicherte Carminiello sofort, »wir können auch was tun!«

»Haben Sie das Foto von Calduzzo dabei?«, fragte Jacques.

Scurzi nickte.

Jetzt übernahm Carmine das Kommando. »Gut, dann machen wir Fotokopien … an der Rezeption, und verteilen sie als Flugblätter entlang der Salaria. Da steht doch alle zweihundert Meter eine von uns. Die haben bestimmt was gesehen! Her mit dem Foto!« Carminiello streckte die Hand aus.

Scurzi sah lila Nagellack.

»Bitte«, fügte Carminiello sanft hinzu.

»Gut, warum auch nicht.« Scurzi holte das gefaltete Foto aus seiner Jacketttasche.

Carmine nahm es und eilte auf Stöckelschuhen durch den Torbogen des Eingangs hindurch in die Hotelhalle.

»Haben Sie neue Anhaltspunkte? Wurde sein Wagen schon gefunden?«, fragte Jacques.

»Ja, auf Höhe der Salaria 267 …«, antwortete Scurzi.

»Da liegt doch die Palazzina Reale, und die ganzen Nebengebäude, und der Bunker«, wusste Goliarda.

»Ja, stimmt. Auf dem Terrain sind gerade fünfzig Mann und eine Hundestaffel im Einsatz.«

Die Polizisten, die zur Durchsuchung der Suite abgestellt gewesen waren, kamen nach und nach aus dem Hotel. Zwei Vans der Polizei standen in Kolonne hinter dem Dienstwagen.

»Wir fahren jetzt zur Villa Ada und zur Unterstützung der Kollegen!«

»Wir fahren mit!«, entschied Jacques. »Kommen Sie, drei Mann passen da doch noch rein!«

»Sergente?«, fragte eine Polizistin.

»Gut, wir müssen alles versuchen. Warten Sie, bis der … Signore die Kopien fertig hat, und dann fahren

Sie zur Salaria, auf Höhe 267. Die anderen Einsatzfahrzeuge sind schon dort. Grignani, Sie können mit mir fahren.«

»Ach, sagen Sie doch Jacques.«

»Na gut, wie Sie wollen. Steigen Sie bitte hinten ein.«

Jacques umrundete den Wagen. »Goliarda, ruf du Bertram an!«

***

Di Verdacchiano stand neben seinem Dienstwagen und stützte die Hände gegen den Rahmen.

»Nichts ... die Hunde haben nicht angeschlagen. Wir suchen jetzt seit einer Stunde. Ich sagte ja: die Nadel im Heuhaufen. Was ist das denn?« Er blickte zum Trupp Prostituierter und Transsexueller, der auf sie zukam.

»Ich habe Verstärkung mitgebracht ... zur Verteilung der Flugblätter«, wandte sich Carmine an Scurzi. »Wir benötigen einen Streifenwagen. Zu Fuß schaffen wir das nicht. Die Via Salaria ist lang.«

»Ihr seid aus Kabirs Entourage ...«, erfasste der Vice-Questore die Situation sofort.

»Ja«, bestätigte ihm Scurzi.

Di Verdacchiano war salopp in Jeans, Polohemd und Lederblouson gekleidet, wohl das Erste, was er erwischt hatte, nachdem der Alarm ihn aus dem Bett geholt hatte. Er wirkte recht übernächtigt, wickelte die Einsatzleitung jedoch mit routiniertem Elan ab.

»Ich bin Carmine!«

Scurzi beobachtete die theatralisch raumumgreifende Geste. »Und das sind meine Freunde von der Straße. Ich habe alle mobilisiert, die ich hier kenne. Wir lassen Alessandro nicht im Stich!«

Di Verdacchiano nickte. »Agente Ferri, Sie nehmen einen Van und fahren die Herrschaften dahin, wo sie hin wollen. Nehmen Sie zwei Polizisten mit. Die können gleich etwaige Hinweise aufnehmen.«

»Aber ...«, protestierte Ferri.

»Nun machen Sie schon!«

»*Scuderie* … negativ«, krächzte eine Stimme aus dem Sprechfunkgerät.

Di Verdacchiano nahm es auf. »Verstanden. Gehen Sie jetzt zum Tempio di Flora.« Für die in Hörweite setzte er hinzu: »Die früheren Stallungen, diese heruntergekommenen Ruinen, fallen schon mal weg.«

»Aber es ist doch unter der Erde!«, rief Carmine. »Jacques hat was von einem Gang gehört! Hören Sie! Das Versteck ist unter der Erde!«

»Wir stehen hier auf einem Schweizer Käse, meine Liebe«, erwiderte Di Verdacchiano. »Unter Villa Ada liegt ein Teil der Priscilla-Katakomben, dazu noch ältere Katakomben sowie die geheimen Fluchtwege, die die Savoia im Zweiten Weltkrieg anlegen ließen.«

»Die ägyptische Botschaft besitzt doch die Karte der unterirdischen Anlagen«, warf Scurzi jetzt ein. »Laut Grignani erhielt der Saudi den Plan von einem Angestellten der Botschaft. Mit Sicherheit hat der ihm nur eine Kopie gemacht …«

»Um da nachts um drei reinzukommen, reichen meine Kontakte im Golfclub leider nicht aus, Sergente. Das geht nur auf dem offiziellen Dienstweg und nicht vor morgen früh.«

»Da kann es zu spät sein!« Jacques presste die Lippen aufeinander und ballte die Fäuste. »Es ist schrecklich, wenn man nichts tun kann, während dieses Schwein von einem Kriminellen …«

»Tempio di Flora … negativ«, kam aus dem Sprechfunkgerät.

»Verstanden, dann doch zum Bunker«, führte Di Verdacchiano die Koordination des Einsatzes weiter. »Ist eigentlich schon jemand draußen beim Motel, da, wo die Prostituierte ermordet wurde?«

»Noch nicht«, antwortete Scurzi.

»Also, wir sollten jetzt los!«, drängte Carminiello. »Wir fahren die Via Salaria ab.«

»Gut«, nickte Di Verdacchiano. »Agente Ferri, Sie wissen Bescheid, Sie fahren die Damen.«

»Die Damen?«, fragte der verdutzt.

Carminiello hob stolz den Kopf. »Es gibt eben noch Männer mit Manieren, *grazie caro!* Komm, Goliarda.«

»Und Bertram?«, fragte Jacques hastig.

»Ich bin da«, ließ sich in diesem Augenblick eine tiefe Stimme vernehmen. Bertram trat, von einer Polizistin begleitet, hinzu.

»Man wollte mich nicht durchlassen, pardon. Das Einsatzgebiet ist abgeriegelt, wie es scheint!«

Dann stellte er sich vor. »Monsignore Bertram. Ich habe drei Jahre für das *law enforcement* gearbeitet, in Kanada. Spezialeinheit für die Suche nach Vermissten. Sind Sie der Einsatzleiter?«

Di Verdacchiano gab ihm die Hand. »Freut mich. Dann sind Sie wohl ein Medium, was? Ich habe davon gehört, dass die Kollegen in Kanada und in den Staaten neue Wege ausloten.«

»Das ist Vice-Questore Di Verdacchiano«, stellte Scurzi seinen Vorgesetzten vor.

»Ja. Wie stehen Sie der Sache gegenüber?«

»Aufgeschlossen … Monsignore, aufgeschlossen. Wir können jede Hilfe gebrauchen. Wie gehen Sie vor?«

»Ich brauche einen ruhigen Ort, an dem ich mich konzentrieren kann …« Er sah sich um. »Vielleicht in einem der Vans?«

»Scurzi, lassen Sie den Van da freimachen.«

»Wie hoch liegt Ihre Erfolgsquote?«

»Eins zu drei.«

Di Verdacchiano nickte. »Also eine Chance hätten wir. Versuchen wir es.«

***

Caselli sah, wie Calduzzo den Revolver auf ihn richtete. Er zielte, und drückte ab. Die Kugel traf wieder die Mauer, gleich neben Casellis Kopf.

Calduzzo spannte den Hahn erneut. Er zielte. Chantal griff ein. »Enzo! *Arrête ça!*« Sie fiel ihm in den Arm. Er wehrte sie ab. Der Schlag war hart und schleuderte sie zu Boden. »Halt die Klappe!« Er zielte erneut.

Chantal rappelte sich auf und warf sich gegen ihn. Enzo verriss. Der Schuss traf Caselli an der Schulter. Er spürte, wie sich die Kugel in seinen Körper bohrte.

»Nein!«, schrie Chantal.

Enzo schoss erneut, diesmal in die Luft, aber in Chantals Richtung. Sie floh in eine dunkle Ecke. Der Schuss prallte dem Klang nach an einem Eisenblech in der Wand ab.

Chantal stürzte zu Boden. »Ahh.«

»Halt dein Maul und bleib dahinten! Und wehe du rührst dich! Ich knalle dich ab! Das mache ich, hörst du! Ich knall dich ab!«, schrie Enzo.

Calduzzo verlor die Kontrolle über sich, damit war zu rechnen gewesen. Caselli drückte die linke Hand auf die blutende Wunde und biss die Zähne zusammen.

Calduzzo ließ die Waffe sinken und verließ den Kerker. Er schloss die Tür des Gitters hinter sich. Das verrostete Schloss krachte auf den Rahmen, ohne einzurasten. Calduzzo setzte sich auf den Stuhl und griff nach der Flasche, die auf dem Boden stand. Er schraubte sie auf, den Revolver noch in der Rechten, setzte an und trank.

»Chantal«, flüsterte Caselli eindringlich. »Chantal!«

»Ich bin … Alessan…«

»Chantal, ganz ruhig … bist du verletzt?«

»Es tut so weh.«

Caselli biss die Kiefer noch fester zusammen.

»Sterbe ich …?«

»Sei ganz ruhig, Chantal. Nicht bewegen.«

»Alessandro …«

»Ssssch«, machte Caselli. »Es wird alles gut.«

»Ich … kann doch nicht… sterben, ich liebe dich … doch … so sehr …«

Caselli hört das Gittertor quietschen. Sein Antagonist trat erneut aus der Dunkelheit.

»Und jetzt zu uns.«

***

Scurzi fragte sich, warum er erlaubt hatte, dass Jacques, Carminiello und Goliarda zusammen mit Bertram im Van saßen. Doch die vier kannten sich offenbar, und vielleicht brauchte der Monsignore Beistand, denn Carmine kniete neben ihm und hielt fest dessen Hand.

Bertram stöhnte.

»Es geht los«, flüsterte Carmine. »Er hat Kontakt.«

»Ein Tempel. Neoklassisch. Vier dorische Säulen. Architrav … Giebelfeld. Füllhorn.«

»Il Tempio di Flora!«, rief Jacques.

Scurzi schüttelte den Kopf. »Da waren wir schon mit der Hundestaffel. Da ist er nicht.«

Carminiello hielt weiterhin Bertrams Hand.

Bertram stöhnte laut. »Ahhhhh!« Er fasste sich an die rechte Schulter.

Die Wagentür wurde aufgerissen, und Di Verdacchiano steckte den Kopf herein. »Was ist hier los?«, rief er aufgebracht. »Wir foltern nicht bei unseren Befragungen!«

»Er sieht was und … Alessandro ist verletzt«, erläuterte Carminiello sanft. »*Tesuruccio mio* … halt durch. Wir finden dich und Chantal … ja, wir finden euch, ganz bestimmt!«

»So? Was sieht er denn? Scurzi, hat er was gesagt?«

»Tempio di Flora.«

»Aber da waren wir doch schon!«

»Eben.«

»Also klappt es nicht. Fehlschlag.«

»Wir versuchen es weiter.«

»Bertram irrt sich nicht … du musst noch mal dort suchen … Vice-Questore, bitte!«, sagte Carmine mit Nachdruck.

»Nein, da verlieren wir nur kostbare Zeit. Wenn die Hunde nicht anschlagen, ist es aussichtslos. Wir haben aus Casellis Wohnung einen Pullover holen lassen. Die Hunde haben keine eindeutige Witterung aufgenommen. Die Staffel ist jetzt beim Bunker. Obwohl ich mir da keine großen Hoffnungen mache. Der ist saniert und verschlossen. Alles gut gesichert. Als Versteck völlig ungeeignet.«

Das Sprechfunkgerät sprang an.

»Ja?«, fragte er kurz und dann wandte er sich an Scurzi. »Sergente kommen Sie mit, ich brauche Sie. Sie übernehmen die Leitung der Suchmannschaft um das Motel. Ihren Ermittlungen zufolge hat Calduzzo ja diese Mimi auf dem Gewissen, und übernachtet hat er dort vermutlich auch. Kommen Sie!«

Scurzi stieg aus dem Van.

»Monsignore, konzentriere dich, wir brauchen mehr …«, sagte Carminiello. »Es ist irgendwo unter der Erde. Wir brauchen den Eingang zu einem Gang … ich bete inzwischen ein Ave Maria, das hat noch immer geholfen … *Ave Maria, piena di grazia, il Signore è con te …*«

»Ja, aber doch nicht laut!« Jacques rempelte Carmine mit dem Ellenbogen an.

23

Enzo setzte sich neben Caselli an die Mauer.

»Bring Chantal raus, Calduzzo. Sie ist verletzt. Es muss sie ein Querschläger getroffen haben.«

»Blödsinn, meinst du, ich kann nicht schießen, oder was? Ich habe in die Luft geschossen, damit sie Ruhe gibt. Die zickt nur.«

Caselli spürte den Lauf des Revolvers auf seinem linken Bein.

»Erinnerst du dich … bei der Festnahme? Zwei Schuss. Auge um Auge, Zahn um Zahn. Schulter. Bein. Oder wollen wir eine kleinen Variante machen?«

Der Lauf des Revolvers kam Casellis Schritt unbehaglich nahe. Er rührte sich nicht.

»Angst lähmt, eh?«, sagte Enzo. »Ja, wo war es denn …« Er fuhr mit dem Lauf Casellis Oberschenkel hinab. »Hier«, sagte er und stoppte. »Der Schmerz ist noch da, manchmal«, er schnaufte. »Ich vermeide mal die Schlagader«, sagte er und justierte die Mündung leicht schräg. Du wirst eine Woche brauchen, bis du hier elend krepierst. Die gönne ich dir. Ich bin am Nachmittag bei der Bewährungshelferin in Ragusa. Learjet.«

»Warst du es, der meinen Vater erschossen hat?«

»Wollte keiner machen, da habe ich es gemacht. So, Schluss jetzt.« Calduzzo setzte die Waffe auf. »Pass auf … das wird jetzt gleich so richtig wehtun. Kaliber .375 Magnum, extra für dich. Das reißt dir ein Loch rein.

Er spannte den Hahn.

Drückte ab.

Ein leeres Klicken.

»Bis fünf sollte man schon zählen können …«, sagte Caselli.

Calduzzo verpasste ihm mit der Waffe einen harten, wutentbrannten Schlag über die Schläfe. Alles wurde Schwarz.

***

»*… adesso e nell'ora della nostra morte, Amen!*«, schloss Carminiello. »Monsignore … jetzt sag doch was …«

Bertram schlug die Augen auf. »Carmine … wo ist Jacques?«

»Ich bin hier, Bertram.«

»Und Goliarda?«

»Die wartet draußen.«

»Carmine, trommle deine kleine Truppe zusammen! Wir gehen zum Tempio di Flora. Die Prostituierten wissen, wo das ist, der Ort wird jede Nacht genutzt … die Arkaden bieten Unterschlupf. Da ist eine Frau … sie ist schon älter, füllig. Sie trägt einen biederen Rock und gelbe Gummistiefel. Auf dem Kopf einen Hut mit einer Feder. Die Haare sind grau. Sie hat Chantal gesehen … und den Mann, der Alessandro in seiner Gewalt hat … es ist die mit Brettern vernagelte Arkade … dort ist etwas … Irgendwo dort mündet ein Gang … die beiden befinden sich unter dem Tempel.«

»Wir brauchen Lampen oder Fackeln!«, rief Jacques.

»Nimm doch die«, meinte Carmine und deutete auf die Polizeieinsatz-Ausrüstung.

»Wir machen das so«, sagte Bertram, der seine Trance nun vollends abschüttelte. »Ich lenke die beiden Polizisten ab, die da draußen stehen. Der Einsatzleiter, Di Verdacchiano, glaubt mir nicht. Ich will nicht riskieren, dass man uns jetzt aufhält und etwa nicht gehen lässt. Ihr nehmt vier Fackeln und ein paar Taschenlampen und schleicht euch raus.«

Carmine nickte. »Ja, das machen wir.«

***

Caselli roch Calduzzos schlechten Atem und schlug die Augen auf.

»Na endlich«, sagte Calduzzo neben ihm. »Ich habe nachgeladen.«

Ein aufgesetzter Schuss.

***

»Ahhhhahh …«, Bertram presste die Hand auf seinen Oberschenkel, brach wenige Schritte vom Fahrzeug entfernt zusammen und schlug der Länge nach auf den Kies.

Sofort eilten ihm die beiden Polizisten, die beim Van standen, zu Hilfe. Schmerzensschreie gellten durch die Nacht.

»Das macht Bertram aber total realistisch«, meinte Jacques, als er sich mit vier Fackeln unter dem Arm in die Büsche schlug.

»Ich fürchte eher …« Carmine verstummte.

»Wie siehst du denn aus?«, sagte Jacques.

»Na, irgendwo musste ich diese Taschenlampen ja unterbringen. So viele kann ich nicht tragen, da habe ich sie in meinen Ausschnitt gestopft.« Carmine stützte mit beiden Händen die ausladende Büste. »Also, darum beneide ich keine Frau. Ich möchte nicht dauernd mit so einem Vorbau …«

»Pass auf und verlier nichts. Komm, wir müssen uns beeilen. Ah, da vorn ist Goliarda … und die anderen.« Jacques bog einen Zweig zurück und lief los.

***

Am Himmel standen die ersten hellen Streifen der Morgendämmerung.

»Schau mal, das ist sie doch … gelbe Gummistiefel und der Hut!«, rief Jacques. »Genauso hat Bertram die Frau beschrieben!«

Der kleine bunte Trupp, bewaffnet mit Taschenlampen und Fackeln, kam zum Halten.

»Was soll das? Was wollt ihr denn alle hier? Der Platz ist schon unter uns anderen aufgeteilt! Ihr habt hier nichts verloren. Haut ab!«

Jacques erklärte, warum sie zum Tempio di Flora gekommen waren.

»Ich bin Maggie. Ich kenne den Commissario! Der hat mich persönlich befragt … zum Mord an Mimi! Beim Motel oben neben dem Schrottplatz am Fluss. Wenn es regnet, gehe ich hierher. Unter die Arkaden.«

»Zeig ihr das Foto, Carminiello!« nickte Jacques.

»Ja, den habe ich gesehen unten am Vorplatz … auf der Rückseite vom Tempio. Der kennt den alten Gang … als ich jung war, konnte man auch von hier aus rein. Da drüben … die letzte Arkade, die, die mit den Brettern vernagelt ist, weil alles zusammengekracht ist. Da kann man nicht mehr durch, seit Jahren schon nicht mehr. Ist komplett eingestürzt. Verrammelt, dicht, voller Schutt. Man muss zum anderen Ende vom Gang. Da geht es noch, da kommt man rein. Aber runter gehe ich da nicht, das sage ich euch gleich. Ist ein Dreckloch. Es gibt eine Art Raum da unten, weit drinnen. Aber da traue ich mich nicht mehr hin … und wenn es noch so schüttet, mir liegt das zu abseits. Da habe ich Angst. Ich bin den beiden bloß durch den Park nach, weil die hier nichts zu suchen haben. Das ist mein Platz, immer bei schlechtem Wetter und im Winter, hier unter dem Bogen«, sie deutete auf die Arkaden. »Die Jüngeren wollen mir den schon lange streitig machen. Aber nicht mit mir. Na, jedenfalls, der da, der auf dem Foto hier, der ist in den Gang … mit einer Frau, das habe ich gesehen.«

»Wo ist das? Bring uns hin!«, rief Jacques.

»Das ist aber ein ganzes Stück. Dann verdiene ich heute gar nichts mehr. Ich habe da einen Stammkunden. Der kommt manchmal vor seiner Frühschicht her!«

»Jacques …«, sagte Carmine auffordernd.

»Ich …? Hör mal, ich bin zusammengeschlagen worden. Handy weg. Konnte nicht mal das Taxi zahlen … erst als ich wirklich in die Questura hinein bin, ist der Fahrer weggefahren.«

»Ich habe noch einen Fuffi …«, sagte Goliarda.

»Also, hundert müssten es schon sein.«

»Also, weißt du …«

»Maggie …«

»Ja … Maggie, das ist ja … also, da schweben zwei Menschen in Lebensgefahr, und du schacherst hier rum!«

»Ja, Gott, mir schenkt auch keiner was!«

»*Ragazze* … Mädels! Alle mal herhören!« Carmine klatschte in die Hände. »Jetzt legt mal zusammen!«

»Also, ich habe einen Fünfer!«

»Mehr als drei Euro geht nicht.«

»Du, wenn du mir zwei rausgibst, dann gebe ich auch drei.«

»Huh! Hach! Das dauert ja ewig!« Carmine raffte sein Kleid und zog zwei zwanziger aus dem Strumpfband. »Hier nimm! Neunzig muss reichen!«

»Mit den Schuhen wird das aber schwierig«, meinte Maggie, die nach den Scheinen griff, und deutete auf Carmines Pumps.

»Da kann ich jetzt auch nicht helfen. Los jetzt! Verlieren wir keine Zeit!«

***

»Chantal … !« Enzo kniete sich neben sie und fasste sie am Arm. »Chantal …« Er stand ruckartig auf. »Scheiße! Scheiße! Scheiße! Scheiße!«

Rasch warf er die Waffe in die Sporttasche, zog den Reißverschluss zu und machte, dass er fortkam.

24

»Uahaah … hu, uaha … huh! Ich glaube, das war eine Ratte!« Caselli hörte Stimmen.

»Ist das feucht, sieh dir nur meine Pumps an! Völlig ruiniert!« Ein Mann. Und dann viele kleine, leise Stimmen.

»Ich glaube, da kommt was. Da vorn ist ein Gitter! Carminiello, hierher!«

»*Ragazze!* Kommt schnell mit den Fackeln, huch … Wer ist da? Ach, Goliarda, warum stehst du denn wie ein Baum mitten im Weg! Wo, denn … ich seh nichts. Wo ist denn das Gitter?«

»Na, da.«

»Und da ist Stroh … und eine leere Flasche, sieh doch! Aber die ist schon uralt. Die liegt schon lange da.«

»Ja, stimmt … *tesoruuuuccio!* Bist du da drin? Haaalllo?«

Caselli wollte rufen, doch er konnte nicht.

»Hier … die Fackeln her! Rasch!«

»Das ist stockfinster da drin, kein Fenster, nichts … ein furchtbares Loch.«

»Jetzt leuchte doch mal!«

»Da hinten an der Mauer … ich sehe was!« Ein Raunen vieler leiser Stimmen.

Carmine rüttelte an den Gitterstäben. »Das ist fest!«

»Das ist ein Kerker, du Dummchen … da sind die Gitter immer fest.«

»Ach, du weißt ja immer alles besser, Goliarda, du bist so was von besserwisserisch, das kann einen ganz schön auf die …« Ein Rütteln am Gitter. »Was machen wir denn jetzt?«

»Na, dafür hast du mich doch dabei.«

»Na los, Goliarda, dann tu was! Biegst du wohl die Stäbe auseinander mit deinen starken, starken, muskulösen Armen. Oihaha, also du hast ja wirklich …«

»Ist offen«, sagte Goliarda und drückte die quietschende Tür auf.

»Geh du vor … jetzt mach doch endlich … los jetzt!« Frauenstimmen wie im Nebel.

»Da … da an der Mauer … kommt rein, schnell!«

»Das sieht nicht gut aus.«

»Ihr da, geht zurück! Ruft oben einen Krankenwagen und die Polizei, verlangt nach Sergente Scurzi. Wir haben ihn gefunden!«

»Er ist verletzt.«

»Er lebt!«

»Geh weg! Lass mich zu ihm!«

Carminiellos Stimme ganz nah. »*Tesoruccio mio* …«, sanft und leise. Er hob behutsam Casellis Kinn an. »Wir sind da. Es ist vorbei.«

Caselli öffnete die Augen. Fackelschein. Ein Kreis aus Beinen um ihn herum. Die Flammen blendeten ihn, und er blinzelte.

»Ohhhh …!« Ein Raunen vieler Frauenstimmen.

»Lasst mich durch!« Jacques kniete sich neben ihn. »Alessandro … ich bin es, Jacques. Wir holen dich hier raus! Er ist angeschossen. Wir warten, bis die Sanitäter kommen. Aber bringt eine Wasserflasche. Er hat total aufgesprungene Lippen. Wasser!«

»Die können hier nicht mit der Trage runter. Wir müssen ihn irgendwie raufbringen. Das schaffen wir schon!«

»Ja, das schaffen wir.«

»Uahaah … hu, uaha … da sind Ratten! Ich will raus hier!«, kreischte Carminiello.

Caselli stöhnte.

»Vorsicht, du tust ihm weh, Goliarda! Mach doch vorsichtig! Und da ist überall Blut. Ganz viel Blut!«

»Die Kette … und die Handschellen, das kriege ich nicht auf. Das muss die Polizei machen.«

»Die sind gleich da! Maggie steht vor dem Einstieg zum Gang, damit die Polizisten herfinden. Goliarda, geh du hoch und pass auf die da oben auf! Nicht dass der Sizilianer wiederkommt!«

»Oh je.« Eine Stimme ein Stück weiter weg von den anderen.

»Was ist denn?«

»Schaut mal her.«

»Wer ist das?« Der Schein der Fackeln entfernte sich.

»Das ist Chantal.«

»Sie ist tot.«

25

Der Himmel war strahlend blau, man sah die Kronen der Palmen im Innenhof. In der Ferne am Horizont glitzerte das Meer.

Es klopfte, und Pietro kam herein mit einem Tablett in Händen und einer Zeitung unter dem Arm.

»Na, du läufst schon herum … du sollst dich doch noch schonen, die nächsten vier Wochen hat der Arzt gesagt.« Pietro stellte das Tablett ab und legte die Zeitung daneben.

»Schau dir das an«, sagte er. »Giovanni Spadaro kümmert sich darum … hält es flach, das versickert.«

Caselli nahm die Zeitung auf.

»Ja, sie haben Enzo Calduzzo gefunden.« Pietro blickte Caselli an. »Er saß erschossen auf einem Stuhl vor dem Gefängnis in Ragusa. Eine weiße Nelke im Mund. Von hier war das keiner, das steht fest. Komm, iss was, damit du wieder zu Kräften kommst.«

Caselli nickte.

»Ich geh dann mal wieder. Wenn du was brauchst …«

»Ist gut, Pietro … danke.«

»Ach, und Pasquale lässt dir ausrichten: Der Saudi ist abgesprungen. Hat sich nicht mehr gemeldet. Er wird *La Zagara* jetzt doch nicht kaufen. Es bleibt alles beim Alten. Ich bestelle dann mal die Gartenbaufirma für die Palmen, ja? Jetzt im Juli geht es noch … Alessandro?«

»Ja, mach das.«

Caselli trat ans Fenster und roch den Duft des Jasmins, dessen Blattwerk mit abertausend weißen, kleinen, sternförmigen Blüten die Sandsteinhauswand emporrankte. Er hatte Chantal all das nicht mehr zeigen können …

Chantal …

Die Zeit heile alle Wunden, hieß es.

Hoffentlich.

Das Telefon, das auf dem Beistelltisch stand, läutete. Caselli nahm ab.

»Hier ist Jacques. Wie geht es dir?«

Fine

Anhang

Prophet, Elisabeth Clare, *Gefallene Engel unter uns. Der Kampf um den Spirituellen Aufstieg,* Silberschnur Verlag, 2008

Prophet Elisabeth Clare, *Access the Power of your Higher Self,* Summit University Press

Kaplan, Leon, *Das Mona Lisa Syndrom,* Econ Verlag, 1990

Atlas, Marco, *Die Femminielli von Neapel,* Campus-Verlag

Lesen Sie auch die weiteren Fälle von Commissario Caselli!

Römische Ermittlungen
Römische Verwicklungen
Römische Verdächtigungen
Römisches Vermächtnis
von Bianca Palma